KB210628

안녕,

목화마을

안녕,   목화마을

본디소
장편소설

디설
책방

차례

0.

안녕,
목화마을

아직 해도 뜨지 않은 캄캄한 새벽이다.

재경은 희미한 가로등 불빛이 밝히는 도로를 따라 차를 몰았다. 묵직한 검은 구름이 하늘을 먹먹하게 뒤덮었다. 숨이 막힐 정도로 두툼한 구름이었다. 언제 내려앉아 재경을 깔고 짓뭉개도 전혀 이상하지 않을.

도연이 말했다.

"이삿짐은 어제 도착했어. 빨리 와. 같이 아침 먹자."

"응, 금방 갈게."

재경은 속력을 높였다. 아무도 없는 도로를 쌩하고 지나자, 벽처럼 솟은 녹색 산 아래 조그만 터널 입구가 보였다. 그 앞에 '말빛터널'이라고 새긴 비석이 세워져 있었다.

주황빛 조명이 차 안을 깜빡깜빡 비췄다. 중간쯤 왔을까. 앞도 뒤도 끝없이 터널로 이어진 듯한 공간이 나왔다. 밤낮을 구분할 수도, 바깥 날씨가 어떤지도 알 수 없었다.

재경은 거대한 산의 혈관을 통과했다. 긴 터널을 지나면 '목화마을'이 나온다. 오늘부터 재경이 살 곳이었다.

'기대가 크면 실망도 커.'

마른침을 삼킨 재경은 생각했다.

높이 올라가는 만큼 떨어질 때 고통스럽다고.

사는 곳이 달라져도 지금껏 살아온 삶이 드라마틱하게 변하진 않을 것이다. 그렇기에 우중충한 날씨는 이사 날에 제격이었다. 또다시 닥쳐올 삶의 고난에 대비해 마음의 방벽을 높게 쌓을 수 있도록 경고해 주니까.

목화마을 중턱에 있는 온봄주택 302호에는 도연이 살았다. 도연은 재경의 오랜 친구였다. 직장 생활을 하면서 한동안 서로를 보지 못하다가 며칠 전에 재경이 도연의 집을 찾았다.

한참이나 계단을 올라간 곳에 있는 붉은벽돌과 녹색 지붕의 다세대주택. 도연의 집 안은 어두웠다. 센서 등만 켜진 현관에 서서 재경은 맞은편 창문을 바라보았다. 그 너머로 도시의 야경이 반짝거렸다. 여기까지 오는 수고를 전부 잊을 만큼 찬란한 야경이었다.

"잠이 오지 않을 때면 한참 동안 저 풍경을 들여다보게 돼."

그 목소리를 들은 순간, 재경은 이곳에서 도연과 함께 살아야겠다는 결심이 섰다. 회상이 끊겼다. 터널의 끝이 보이기 시작했으므로. 날이 갠 걸까. 먼 곳에서 밝은 빛이 비쳤다.

긴 터널을 빠져나왔을 때 환한 아침 햇살이 쏟아졌다. 눈이 부셨다. 푸르른 녹음이 일렁이는 산이 마을을 넓게 감싸안고 있었다. 구름이 산등성이를 넘지 못했는지 하늘이 티 없이 맑았다.

반대편에 유속이 느린 강이 유유히 흘렀다. 갈대밭이 바람결을 따라 휘청댔다. 강 너머 먼 곳에 깔린 철길로 기차가 지나갔다. 희미하게 덜컹거리는 소리가 들렸다. 그 너머로 떠나온 도시가 보였다. 숨 막힐 정도로 건물과 인간이 빽빽하게 들어찬 회색빛 도시가.

'아, 나는 저 감옥과도 같은 곳을 빠져나왔구나.'

그때부터 걷잡을 수 없이 마음이 들떴다. 여태 쌓아뒀던 마음의 방벽을 넘어서는 기대감이 솟구쳤다. 재경은 저도 모르게 차창을 내렸다. 맑은 공기가 세차게 들어와 머리카락을 흩뜨렸다. 숨을 크게 들이마시자, 몸속이 단번에 시원해졌다.

"이렇게 경치가 좋았던가?"

산자락을 따라 낮은 건물들이 불규칙한 계단처럼 켜켜이 쌓여 있었다. 오밀조밀한 건물 사이를 골목과 계단이 연결했다. 구석구석 들어찬 꽃과 나무가 바람결을 따라 산들거렸다. 아침 일찍부터 상점가의 주민들이 분주하게 가게 앞을 쓸고 창문을 열어젖혔다.

"무슨 동화 속으로 들어온 것 같아."

고즈넉한 풍경의 목화마을.

어쩌면. 어쩌면 여기선 이전에 살았던 삶과 전혀 다르게 살아갈 수 있을지도 모른다. 벅차오른 심정이 눈물이 되어 눈가에 맺혔다.

당장 보고 싶은 사람의 이름이 떠올랐다. 견딜 수가 없어 그 이름을 크게 외쳤다.

"도연아!"

세찬 바람이 금방 눈물방울을 훔쳐 달아났다.

"나 여기 오길 잘한 것 같아!"

1.

즈믄산장

재경은 헉헉거리며 계단을 올랐다. 주택 근처에 공용주차장이 있었으나, 마을 풍경을 더 구경하고 싶은 마음에 먼 곳에 주차를 해놓은 게 실수였다.

"아오, 씨! 어후!"

목화마을에 도착한 지 채 30분도 지나지 않아 여기로 이사 온 것을 후회했다. 끝도 없는 계단을 저주하며 재경은 온봄주택이 있는 골목으로 들어섰다. 멀리서 할머니 한 분이 손짓하고 있었다. 집주인 할머니였다.

"죄송, 헉, 합니다. 주차를, 헉, 잘못해서……."

뛰는 시늉을 하며 도착한 재경에게 할머니는 느릿하게 손사래를 쳤다. 두꺼비를 닮은 미소가 재경을 맞아주었다. 백발이 성성한 작달막한 노인은 주름이 자글자글한 손으로 302호 열쇠를 쥐여주었다.

"아, 감사합니다."

"더 필요한 게 있으면 다음에 말해줘요."

"네? 네, 알겠습니다."

"그래, 그래. 그러면 잘 살아요."

"네."

행동만큼 느린 말씨로 말을 마친 할머니는 재경이 온 반대편으로 갔다. 딸카닥딸카닥하는 지팡이 소리가 멀어졌다.

'계단의 축복이 끝이 없구나.'

힘겹게 3층까지 걸어 올라간 재경은 302호 문을 열었다. 집 안에서 도연의 냄새가 났다. 도연이 꾸린 삶에서 풍기는 냄새가. 도연의 세간살이 사이로 재경의 이삿짐이 아무렇게나 널려 있었다.

현관 맞은편에 창문이 있었다. 지금은 야경 대신 강과 도시가 비쳤다. 식탁에 앉아 창밖을 보고 있던 도연이 벌떡 일어났다.

"왜 이렇게 늦었어! 기다리느라 돌아가시는 줄 알았네."

"그게, 그…….다 사정이 있었어."

"읊어봐."

대답 대신 재경은 능청스럽게 "아침부터 먹자. 배 안 고파?"라는 질문으로 말머리를 돌렸다. 눈을 일자로 뜬 도연이 말했다.

"엄청 고프지. 방금 꼬르륵 소리 들었어? 나가자, 집에 먹을 거 하나도 없어. 전에 내가 맛있다고 했던 수프 집 있잖아. 거기 어때?"

"나 아직 신발도 안 벗었거든? 짐 정리는 또 언제 하고."

"그러게, 누가 늦으래? 짐 정리는 밥 먹고 나서 해! 가자, 가자."

애초부터 이럴 작정이었는지 도연은 완벽한 외출복 차림이었다. 손목을 잡아당기는 친구에게 맥없이 끌려간 재경은 힘겹게 올라온 계단을 도로 내려가야 했다.

온봄주택이 있는 골목에서 조금만 내려오면 근린공원을 중심으로 상점가가 늘어서 있었다. 빨래방, 슈퍼, 미용실, 각종 음식점과 카페……. 재경은 도연이 소개한 수프 집에 앉아 지나온 거리를 곱씹으며 양파수프를 한 술 떠 입에 넣었다.

"여기 수프는 건더기를 씹을 수 있어서 좋아. 크림 맛도 너무 부드럽고. 얼마나 자주 왔는지, 아마 여기 벽돌 한 장은 내가 깔았을걸?"

"그래, 정말 맛있다."

짧고 성의 없는 감상평에 도연이 불만족스러운 소리를 냈다. 하지만 더 이상 무슨 이야기를 해야 할지 재경은 알 수 없었다. 식사를 마치고 수프 집을 나온 재경은 마을을 좀 돌아다녔다. 흰 원피스 자락을 팔랑거리며 도연은 마을 이곳저곳을 다 소개해 주고 싶어서 안달이었다.

근린공원에는 희고 노란 수선화가 잔뜩 피어 있었다. 공원 아래, 초등학교 철책 길을 따라 울창하게 자란 금목서가 진한 향기를 흩뿌렸다. 파릇파릇한 새순이 돋은 벚나무 아래로 산책을 나온 반려견들이 코를 킁킁거렸다. 적당히 소란스럽고, 또 적당히 고요한 마을이었다.

"여기 정말 좋지? 여기서 한번 살면 다시는 밖에서 살 생각이 안 들어."

"그러게. 전에 왔을 때는 이렇게 좋은지 몰랐어."

"그건 이제야 마을이 너를 주민으로 받아들여서 그래."

"그래?"

"응!"

재경은 상점가 끝에서 끝까지 걸었다. 한 손에는 동네 빵집에서 갓 구운 따끈따끈한 빵을, 다른 한 손에는 동네 주스 가게에서 갓 갈아준 생과일주스를 들었다. 대강 마을 지리를 익혔을 때쯤 발이 아프기 시작했다.

"빨리 와!"

"어후, 진짜. 헉, 허억, 미친 계단⋯⋯."

지치지도 않는지 도연은 학창 시절 좋아했던 노래들을 흥얼거리며 몇 발짝 앞서 걸었다. 등반이라도 할 것처럼 도연은 끝없이 높은 곳으로 갔다. 땀 한 방울 흘리지 않는 도연에 비해 재경은 얼굴이 벌게져서 숨을 씨근거렸다. 닿을 듯 말 듯 쫓다 보니 어느새 마을 가장 높은 곳에 올라와 있었다.

〈한뉘산 등반길 진입로〉

"산 이름이 한뉘산이었구나."

표지판에 적힌 글씨를 읽은 재경은 주위를 둘러보았다. 길가에 등산객을 위한 음식점이 즐비했다. 도연은 파전과 막걸리를 파는 곳, 버섯칼국수를 잘하는 곳을 지나쳐 한 등산로 앞에서 마구 손짓했다.

"일로 와!"

"여기서 더 올라갈 거였으면 차를 끌고 오는 건데."

억울한 마음에 중얼거리며 재경은 후들거리는 다리를 열심히 놀렸다. 도연은 '즈믄산장, 앞으로 50m'라고 쓰여 있는 표지판을 "짜잔!" 하고 가리켰다. 표지판 너머로 좁은 오솔길이 꼬불꼬불 이어져 있었다. 여기도 오르막이었다. 재경은 이를 악물고 한참을 더 걸었다.

〈즈믄산장〉

기진맥진한 재경은 땀에 젖은 티셔츠를 펄럭이며 예스러운 서체로 쓰인 간판을 보는 둥 마는 둥 했다.

"이 운동 부족아."

도연이 핀잔을 줬다. 숨을 몰아쉬던 재경은 "즈믄?" 하고 대꾸했다.

"천(千)이라는 뜻이래. 숫자 천."

"여기 장사하나?"

통나무로 지은 산장에 불은 켜져 있지 않은 것 같았다. 포치에 꺼내둔 검은 난로에는 먼지가 소복이 쌓여 있었다. 그 옆에 난 창문은 유난히 얼룩덜룩해 안에서 불빛이 보이는 것 같기도 하고 아닌 것 같기도 했다.

"들어가 보면 알겠지!"

도연의 부추김에 재경은 짐짓 용감하게 산장 문을 열어젖혔다. 다행히 잠겨 있지 않았다.

향초 냄새가 훅 끼쳤다. 곳곳에 향을 피워놓은 게 보였다. 촛불로 조명을 대신한 탓에 실내가 어둑어둑했다. 안쪽 창문도 탁했다. 창가에 선 캐처와 드림캐처가 여러 개 걸려 있었다. 희미하게 투과된 빛이 선 캐처의 크리스털에 맺혀 무지갯빛으로 쪼개졌다.

"어때?"

"생각했던 것보다 좁네."

즈믄산장은 도연이 이 마을에서 가장 좋아하는 곳이었다. 재경이 이사 오기 전부터 도연은 이곳에 관해 자주 말했다. 그 덕분에 재경은 머릿속에 그려놓았던 어떤 풍경이 있었다.

"네게 들었을 땐 좀 더 따뜻하고 아늑한 분위기 같았는데."

직접 와본 이곳은 상상과 무척 달랐다. 목화마을에서도 유독 이질적인 공간이었다. 활기와 생명력이 넘치던 다른 곳과 달리 해묵은 회한과 삭막함이 느껴졌다. 이곳의 주인은 아주 슬프겠구나. 저절로 그런 생각이 들 정도로.

똑똑, 도연이 계산대를 두드렸다. 여기서 보이는 건 잡화를 늘어놓은 선반과 계산대뿐이었다. 계산대 뒤로 나무 찬장과 메뉴판이, 그 왼쪽으로 가리개가 쳐진 주방이 보였다. 계산대에 누군가가 턱을 괴고 앉아 있었다. 산장 주인인 것 같았다. 아무 반응이 없는 주인에게 재경이 다가갔다.

'문?'

가까이 가보니 계산대 왼편으로 쪽문이 나 있었다. 이런 곳에 문이 있을 리 없다고 생각해서 그런지 더 눈에 띄었다.

'저 문은 산장으로 통하려나. 밖에서 봤을 때는 더 넓어 보였으니까. 여기는 그러면 체크인하는 곳? 매점도 겸하는 것 같은데.'

재경은 메뉴판으로 시선을 옮겼다. 직접 쓴 붓글씨로 메뉴가 적혀 있었다. 다방 커피, 코코아, 동동주, 호박식혜, 팥빙수, 김치라면, 어묵, 쇠간.

'쇠간은 뭐지?'

그때까지도 산장 주인은 미동조차 없었다. 파는 메뉴만큼이나 주인장의 외관도 의외였다. 나이 든 사람일 줄 알았는데, 갓 스물이나 됐을까. 아주 젊은 사람이었다. 신기하게도 그 나이대에 어울리는 앳됨이 없었다. 오히려 고목에 가까워 보였다.

가지런히 자른 바가지 머리에 둥그런 안경을 쓴 산장 주인은 누가 봐도 예쁘장하게 생겼다고 말할 만큼 이목구비가 선명했다. 그런데도 말을 걸기가 꺼려졌다. 공허한 시선에 생기라고는 느껴지지 않았다.

'이곳 분위기랑 묘하게 잘 어울리네.'

"여기 2층에서 팥빙수 먹으며 보는 경치가 진짜 멋진데."

귓가로 다가온 도연이 아쉽다는 듯 속삭였다. 아무래도 산장 주인의 분위기가 심상치 않아 이대로 돌아가려는 듯싶었다.

"여기 2층에서 팥빙수 먹으며 보는 경치가 진짜 멋지다는데요."

여기까지 온 게 아쉬웠던 재경이 소리 내 말했다. 산장 주인의 고개가 돌아갔다. 주인장은 재경을 발견하고 눈을 큼지막하게 떴다. 눈꼬리가 뾰족하고 속눈썹 숱이 많아 꼭 굵은 붓으로 그린 것처럼 눈매가 또렷했다.

그 때문일까. 표정 변화가 더욱 극적으로 보였다.

재경은 순간 산장 주인이 울음을 터뜨리는 줄 알았다. 그러나 그 사람은 끝까지 눈물을 보이지 않았다. 염치가 없어 차마 울 수도 없다는 듯 어떤 지독한 감정이 전해졌다. 그게 자신의 감정인지 산장 주인의 감정인지 재경은 구분이 잘 안되었다.

"카드 되나요?"

"네, 카드 받겠습니다."

목이 쉰 것처럼 탁한 음성이 산장 주인에게서 흘러나왔다.

"2층에 자리 있어요. 앉아서 기다리고 계시면 음식 가져다드릴게요."

재경은 2층으로 통하는 좁은 계단을 올랐다. 창가에 놓인 바 테이블에 앉자, 눈앞에 목화마을의 전경이 펼쳐졌다. 마을의 가장 높은 곳에서 보는 풍경. 도연이 수없이 자랑했던 그 풍경이었다.

"멋지지."

"그러게."

곧 산장 주인이 팥빙수를 가져다주었다. 1층으로 내려가는 그 사람을 눈으로 좇으며 재경은 가슴께를 문질렀다. 어딘가 껄끄러웠다. 자꾸만 그 사람이 신경 쓰였다.

그렇게 멋있다는 풍경도, 그렇게 맛있다는 팥빙수도 뒷전이 되었다. 결국 다 못 먹은 팥빙수는 흐리멍덩한 팥물로 녹아내렸다. 팥물을 단숨에 들이켜고 내려온 재경은 산장 매점을 나서기 전 계산대로 갔다.

"또 올게요."

그 사람은 재경의 말을 듣고 미소했다. 호의나 기쁨이 담긴 미소는 아니었다. 복잡한 심경에 한숨처럼 떠밀려 나온 가냘픈 미소였다. 그날부터 재경은 주마다 한 번 이상 즈믄산장을 방문했다. 가끔은 도연 없이도 혼자 그곳에 갔다.

계절이 바뀐 어느 날에 재경은 드디어 쇠간을 주문해 보았다. 주인장이 내려놓은 접시에는 검붉은 고기가 놓여 있었다.

'아하. 쇠간이라는 게 소의 생간이었구나.'

"저기요."

1층으로 내려가려는 주인장을 불러 세운 재경은 "같이 먹을래요?"라고 물었다. 뜬금없는 제안에 멀뚱하게 서 있던 산장 주인이 갑자기 "캥" 하고 웃었다. 정말 "캥" 하는 웃음소리였다. 그날 재경은 "캥" 하고 웃는 그 사람의 이름을 알아냈다. 류호정이라는 이름이었다.

"실례지만, 나이가……."

호정은 엄청난 동안이었다. 나이가 재경보다 두 살은 많았다.

"어째 나보다 산장 주인이랑 더 친해지는 것 같다?"

호정과 영업 마감 시간까지 신나게 떠들다 온 어느 날. 조용히 현관문을 닫고 들어가려던 재경에게 도연이 볼멘소리로 투덜댔다. 식탁에 앉아 재경이 오기만을 기다렸던 모양이었다.

"늦게까지 안 들어와서 걱정했잖아."

"호정 씨랑 얘기하다 보니 시간이 이렇게 지난 줄 몰랐어."

"나 없이 둘이 무슨 얘길 하길래 그렇게 재밌었을까, 응?"

"뭐야, 너 질투해?"

"그래, 질투한다. 이젠 나 없어도 괜찮다 이거지?"

"참 나. 호정 씨랑 별 얘기 안 했어. 그냥 여기서 새로 일 구하는 게 힘들다고 찡찡거릴 사람이 필요했던 것뿐이야."

"정말 그것뿐이야?"

"내 꼴을 봐. 내가 너 아니면 여기로 이사 왔겠어? 호정 씨랑 친해지려는 것도 너랑 친한 사람이니까 나도 친해지려는 거야."

"그래?"

"응."

적막이 찾아왔다. 왜인지 잘못하고 있는 듯한 기분이 들었다. 재경은 도연을 피해 욕실로 쑥 들어섰다. 세면대 거울 속에 도연과 아주 닮은 자기 모습이 보였다. 도연의 옷을 빌려 입은 탓이었다.

'같이 살아서 그런가.'

재경은 머리카락 끝을 만지작거렸다. 머리 스타일도 도연을 점점 닮아가고 있었다. 편하진 않았다. 도연의 스타일은 자신과 달랐다. 재경은 좀 더 후줄근한 옷차림이 편했다.

어렸을 적부터 꾸미는 게 서툴렀다. 꾸밈에 신경 쓰는 게 귀찮았다. 그러다 보니 어느새 '꾸민다'의 개념이 도연을 따라 하는 것이 되어버렸다.

찜찜하게 목뒤를 쓸어내리던 재경은 수돗물을 틀었다. 멀리서 우르릉하고 천둥소리가 들렸다. 뉴스에선 오늘부터 장마가 시작된다고 했다. 목화마을에서 처음 맞는 장마다. 지대가 높으니 침수 걱정은 없었다. 저 먼 도시가 다 잠길 때까지 이곳은 멀쩡할 것이다.

'그러면 뭐 해. 일자리도 못 구했는데.'

목화마을로 이사 오기 전, 재경은 다니던 회사에서 퇴직했다. 계약직으로 1년 일하면 정규직 시켜준다더니, 온갖 핑계를 갖다 대며 1년 더 재계약하자는 회사를 믿을 수 없어 뛰쳐나왔다. 나오면서 든 생각은 '나는 사회생활이랑 체질적으로 안 맞나?'였다.

또다시 뛰어든 취업전선은 전선(前線)이라는 이름에 걸맞게 여전히 치열했다. 지난한 자기소개서 쓰기와 스펙 비교, 발품팔이. 끝없이 머릿속을 맴도는 '난 왜 이러고 있지? 뭘 위해서?'라는 생각.

다들 이런 일을 겪으며 사는 걸까. 이렇게 지긋지긋하고 보람도 없는 일들로 인생을 채워가며 어찌어찌 살아가는 걸까.

이런 게 삶이라면 처음부터 살지 않을 걸 그랬다.

'이것 봐. 사는 곳이 달라져 봤자, 아무것도 바뀌지 않는다니까.'

결국 인생의 고난은 언제나 똑같은 얼굴로 닥쳐온다. 자신은 항상 똑같은 지점에서 넘어진다. 한두 번이면 이겨내 보려는 시늉이라도 하지. 몇 번이나 반복된 고통은 마음을 꺾는다.

자정부터 비가 폭포수처럼 쏟아졌다. 머리맡의 창문이 비바람이 불 때마다 요란하게 덜컹거렸다. 방 모퉁이에서 배관을 타고 자꾸만 물이 콰르르 콰르르 쏟아지는 소리가 들렸다.

잠결에 뒤척이던 재경은 순간 가슴이 철렁해 눈을 떴다. 이불을 붙잡고 몸을 일으키자, 지나친 적막이 방 안을 가득 채웠다.

"도연아?"

선득해진 재경은 벌떡 일어나 집 안을 둘러봤다. 도연은 어디에도 보이지 않았다. 집에 아무도 없었다.

"도연아."

아, 화장실에 있나? 그쪽으로 가려는데 쾅 하고 현관문이 세게 닫히는 소리가 들렸다. 놀라 어깨가 튀어 오른 재경은 벌렁거리는 가슴을 부여잡고 서둘러 현관으로 갔다. 문 너머로 계단을 뛰어 내려가는 소리가 났다. 얼마 꽂혀 있지 않은 우산 중에 사라진 건 없었다.

'미친 거 아니야? 이 새벽에 우산도 없이 나갔다고?'

도무지 집에 홀로 있을 수 없었던 재경은 서둘러 의자에 걸려 있던 외투를 걸쳤다. 도연의 냄새가 났다. 도연이 자주 입던 큼직한 밤색 니트 카디건이었으니까.

재경은 우산 하나를 빼 들고 계단을 뛰어 내려갔다. 우산을 펼쳐 쓰고 곧장 골목길로 나와 고개를 좌우로 돌렸다. 오른쪽 모퉁이 끝에 희끄무레한 인영이 비쳤다.

"도연아!"

그때쯤엔 재경도 오만 가지 생각이 다 들었다. 따라가야 하나,

말아야 하나 고민도 되었다. 그러나 오래 지체할 여유는 없었다. 오른쪽으로 방향을 틀어 힘껏 달렸다. 무슨 이유가 있어도 흰 원피스 한 장 걸치고 우산도 없이 빗속으로 사라지는 걸 두고 볼 수는 없었다.

"허윽, 헤엑, 헥……."

숨이 차 헐떡이느라 목구멍에서 쇠 맛이 났다. 도연은 순식간에 계단 위에 있었고, 골목 저편에 있었고, 다음 모퉁이에 있었다.

『이상한 나라의 앨리스』가 떠올랐다. 도연은 시계 토끼고 자신은 앨리스였다. 이대로 맨홀에 빠져 이상한 나라로 가는 게 차라리 편할 것 같았다.

"너 진짜 나한테 왜 그러는 거야!"

세찬 빗소리가 재경의 외침을 집어삼켰다. 도연은 재경의 목소리를 듣지 못한 것처럼 사라질 듯 말 듯 멀어졌다. 물기를 머금어 무거워진 운동화가 발걸음을 내디딜 때마다 철퍽거렸다. 어느새 재경은 도연을 쫓아 목화마을의 가장 윗길에 들어서 있었다.

"하필이면 오늘 같은 날에 꼭 이래야겠어? 대답해 봐!"

원망하는 말에도 아랑곳하지 않고 저만치 가 있던 도연이 갑자기 사라졌다. 순식간에 벌어진 일이었다. 겁에 질린 재경은 남은 힘을 다 짜내 도연이 사라진 곳으로 뛰었다.

'여기로 들어갔나?'

즈믄산장으로 통하는 진입로 앞이었다. 빗물로 진창이 된 어두운 오솔길을 겁도 없이 달렸다. 멀리 얼룩덜룩한 창문 너머 희미한 촛불 빛이 일렁거렸다. 길 끝에 도착한 순간 기다렸다는 듯 세찬 비바람이 훅 불었다.

우산이 완전히 뒤집혀 따가운 빗줄기가 온몸을 때렸다. 차르륵 소리를 내던 우산살이 중구난방으로 휘었다. 돌풍은 금방 잦아들었다. 하지만 이미 비에 젖은 생쥐 꼴이 되었다. 뒤집힌 우산을 도로 젖혀도 봤지만, 쇳소리를 내며 우그러진 살이 하나둘 힘을 잃고 축 늘어졌다.

"와, 나……."

꼼짝없이 산장에 들어가 도움을 청할 수밖에 없었다. 재경은 망가진 우산을 난로 곁에 던져두고 산장 매점으로 들어섰다. 문을 열자마자 짙은 향냄새가 재경을 반겼다. 호정은 웬일인지 계산대 밖으로 나와 있었다. 재경은 머쓱하게 눈인사부터 건넸다.

"기다렸어요."

호정은 곧바로 들고 있던 담요를 재경의 어깨에 둘러주었다. 건조한 목조 건물에서 전해진 훈기에 재경의 몸이 부르르 떨렸다.

"저를 기다리셨다고요?"

"그래요. 도연 씨를 찾고 계셨죠?"

"맞아요. 어떻게 아셨어요? 도연이 여기 있죠?"

"추워 보이네요, 재경 씨. 우선 2층에 가서 몸을 덥히고 계세요. 이대로면 감기에 걸릴 거예요."

호정에게 떠밀려 재경은 2층으로 통하는 좁은 계단을 올랐다.

'그래서 도연이가 여기 있다는 거야, 없다는 거야?'

의아해하며 재경은 항상 앉는 창가의 바 테이블에 앉았다. 마을 전경이 다 보였던 창문은 날씨 탓에 온통 암흑에 휩싸여 있었다.

곧 호정이 마시멜로를 띄운 코코아 두 잔을 들고 올라왔다. 따뜻한 코코아를 마시니 오한이 점점 가셨다. 그러자 속수무책으로 기분 좋은 피로가 몰려왔다. 곧장 잠들 수도 있을 만큼 달콤한 졸음이었다. 재경은 고개를 내젓고 눈을 부릅뜨며 깨어 있으려고 노력했다.

"재경 씨가 이곳으로 온 지도 벌써 넉 달이 넘었네요."

"벌써 넉 달이나 됐어요? 와, 시간 정말 빠르다."

"그동안 우리 많은 얘길 나눴었죠. 도연 씨 이야기도 참 많이 했고요."

"그렇죠. 도연이 얘길 나눌 사람이 있어서 정말 좋았어요."

"도연 씨는 재경 씨에게 굉장히 소중한 사람인 것 같아요."

"맞아요. 전 걔랑 영원히 친구 하고 싶었어요. 나보다 나를 더 잘 알고 있었거든요. 이번 생은 망했다는 생각이 들 때마다 그래도 걔가 있어서 괜찮았어요. 평생 내 곁에 도연이 있을 테니까."

재경은 옅게 웃었다. 따라 웃은 호정이 사르륵 흘러내린 윤기 나는 머리칼을 귀 뒤로 넘겼다. 새초롬하게 솟은 눈꼬리가 가늘게 휘어졌다. 혼미한 정신으로도 재경은 '저런 게 여우상이구나'라고 생각했다. "캥" 하는 웃음소리를 처음 들었을 때도 그런 생각이 들었는데.

"도연 씨를 다시 만나려면 아주 오랜 시간이 걸릴 거예요."

"진짜요? 왜요?"

호정의 말이 뭔가 이상했다. 하지만 머리가 어질어질해서 어떻게 대꾸해야 할지 떠오르지 않았다.

"제게도 소중한 사람이 있었어요. 그 사람이 떠난 지도 벌써 천 년이 넘었네요. 그동안 그 사람이 살던 세상과 너무 달라져 버렸어요. 재경 씨, 이미 떠난 사람을 다시 만난다는 건 그만큼 어려운 일이에요."

"에이, 무슨 농담을 그렇게 진지하게……."

재경은 다음 할 말이 떠오르지 않아 기어드는 소리로 어물거렸다. 말꼬리가 늘어지고 문장이 뚝뚝 끊겼다. 꿈속에 들어온 것처럼 몽롱했다. 온몸의 힘이 천천히 풀렸다. 호정이 자리에서 일어났다. 재경은 저도 모르게 따라 일어났다.

"운명이 있다면 이런 걸 말하나 봐요."

탁한 음성이 머릿속에서 조그맣게 메아리쳤다. 호정의 손을 잡고 재경은 아래층으로 내려갔다. 계산대 왼편의 쪽문을 연 호정은 그곳으로 재경을 데리고 들어갔다. 재경의 어깨에서 흘러내린 담요만 문 앞에 툭 떨어졌다.

얼마나 걸었을까. 풀 냄새와 물비린내가 물씬 풍겼다. 사방에서 빗소리가 들렸다. 재경은 호정과 함께 숲길을 걷고 있었다. 무성한 나뭇잎이 하늘을 가려 비를 맞지 않고도 걸을 수 있었다. 이끼에 뒤덮인 바위들이 보였다. 바위틈에 하나씩 놓인 조그마한 등불이 주위를 은은하게 비췄다.

'요정이라도 튀어나올 것 같아.'

저 멀리 앞서 걷는 호정에게서는 발소리가 거의 들리지 않았다. 발치에 보이는 그림자에 갯과 짐승의 귀와 아홉 개의 꼬리가 보였다. '여우에게 홀렸다'라는 문장이 뇌리를 스쳤다.

그때였다. 호정의 어깨 너머로 작은 빛 알갱이가 날아왔다.

'진짜 요정인가?'

요정은 아니었다. 반딧불이였다. 숲길의 끝에 수많은 반딧불이가 맴도는 둥그런 공터가 나왔다. 호정은 걸음을 멈췄다. 재경도 걸음을 멈췄다. 어디선가 아이들의 천진한 웃음소리와 방울 소리가 어렴풋하게 들렸다.

공터의 중앙에 거대한 돌탑이 있었다. 지나는 사람들이 모양 좋은 돌을 하나둘 가져다 쌓으면서 소원을 비는 돌탑. 재경은 살면서 이렇게 큰 돌탑은 처음 본다고 생각했다.

"제가 쌓은 거예요. 마을을 떠난 이들에게서 받은 염원으로 쌓았죠."

"염원……."

목구멍에서 말이 제대로 나오지 않았다. 여전히 물속 깊이 잠긴 것처럼 몸과 마음이 둔했다.

"이 마을에는 마음에 너무 많은 상처를 입어 위태로운 사람이 살러 와요. 그들을 손님으로 둔 가게 주인이 그들의 마음을 보듬어 주죠. 상처가 다 나으면 사람들은 이곳에서의 기억을 잊고 마을을 떠나요."

호정은 돌탑의 겉면을 쓸어내렸다.

"여기 쌓인 돌 하나하나는 간절히 바랐다가 더는 바라지 않게 된 염원이에요. 승려가 죽으면 몸에서 사리가 나온다고 하죠. 이 염원들도 그것과 비슷해요."

"그걸 왜…… 저한테……."

"저는 비겁한 거예요. 재경 씨에게 제 짐을 떠넘기는 거니까."

"그게, 무슨……."

"이제 조금만 더 쌓으면 돼요. 그러니 나머지는 재경 씨가 쌓아요. 이 돌탑을 완성하면 도연 씨를 다시 만날 수 있어요."

"대체 무슨 말씀을……."

호정은 재경의 두 손을 잡았다. 호정의 얼굴이 바짝 다가왔다. 재경은 눈을 질끈 감았다. 훅하고 밀려온 서늘한 한기가 입술에 닿았다.

"내 보배 구슬을 받아요."

입속으로 둥글고 매끈한 것이 들어왔다. 구슬이었다. 순간 천지가 개벽하는 듯한 아찔한 현기증이 느껴졌다. 재경은 깨달았다.

'이 구슬이 맨홀이구나!'

그렇다면 시계 토끼는 도연이 아니라 호정이었을까. 하지만 호정은 토끼가 아니라 여우 같았는데. 정말 이상하다. 자신은 앨리스처럼 왕리본을 달지도 않았다. 그냥 평범하게 살아온 일개 시민이다.

'이게 다 도연이랑 닮아져서 그래. 걔는 앨리스 같았잖아.'

32

"늦기 전에 도연 씨를 꼭 다시 만날 수 있길."

호정의 목소리를 끝으로 발밑이 꺼졌다. 재경은 땅 밑으로 끝도 없이 떨어졌다. 깜깜한 허공에서 발버둥 쳤지만, 손에 잡히는 건 아무것도 없었다. 멀리 희미한 빛이 보였다. 터널 끝에서 보았던 그런 빛이었다. 빛은 재경을 끌어당겼다. 밀어내고 거부해도 빛은 점점 다가와 재경을 집어삼켰다. 그리고 재경은…….

"쯧쯧. 가엾은지고."

딸카닥딸카닥 지팡이 짚는 소리가 울려 퍼지다가 뚝 끊어졌다. 온봄주택 집주인은 돌탑 앞에 쓰러져 있던 재경에게로 몸을 기울였다. 식은땀을 잔뜩 흘리며 재경은 끙끙 앓고 있었다. 찡그린 얼굴에서 눈꺼풀이 쉴 새 없이 움찔거렸다.

"보배 구슬을 삼켰으니, 인간 몸으로 세상의 이치를 다 알게 될 텐데."

재경의 앞에는 노쇠한 여우가 몸을 웅크린 채 죽어 있었다. 보배 구슬이 없어 수명이 다한 것 같았다. 하나, 둘, 셋, 넷……. 죽은 여우에게 달린 꼬리는 총 아홉 개였다.

"이 매정한 녀석아. 제멋대로 일을 치르고 인사도 없이 갔구나."

느린 몸짓으로 조심스레 여우 사체를 안아 든 노인은 왔던 길을 다시 걸어갔다. 마른 잇새로 한숨이 푹 쏟아져 나왔다.

"마을에서 벌써 둘이나 초상을 치렀어."

시름에 잠긴 노인은 우선 산짐승들을 시켜 재경을 302호로 옮겨두라 일렀다. 그리고 여우 사체를 묻어줄 양지바른 산언덕으로 향하기 시작했다.

까마득한 옛날부터 노인은 마음에 상처를 입은 존재들에게 터를 내주었다. 그때는 노인도 힘이 넘쳤다. 좋은 기운으로 사람들을 지켜주었다. 하지만 이제는 너무 나이가 들어버렸다. 수명의 끝자락이 손에 잡힐 듯했다. 새 터주를 세우지 않는 이상 목화마을도 노인과 함께 스러질 것이었다.

"아직 다 낫지 못한 사람들은 어찌할꼬."

그 순간 어떤 생각이 노인의 머릿속에 반짝였다.

그래, 그거다. 그렇게 하면 되겠구나.

기왕 일이 이렇게 됐으니 이 아이를 터주로 삼으면 되겠다. 그러려면 지금부터 닦아놓을 밑 작업이 태산처럼 많았다. 이 젊은이가 깨어나기 전까지 바삐 움직여야 할 터.

"은혜 갚은 여우가 꾀를 낸 것이야. 그렇지?"

아직 온기를 잃지 않은 구미호는 노인의 물음에도 묵묵부답이었다.

재경은 멍하니 뭔가를 감상하고 있었다. 그건 자신의 삶이었다. 짧게 압축시킨 탓에 몇몇 강렬한 순간들만 선명했다. 가장 최초의 기억 속에서 재경은 같은 초등학교에 다녔던 도연과 나란히 침대에 누워 야광 별 스티커를 보고 있었다.

"나 친구 집에서 자는 거 처음이야."

"우리 집에서 잤으니까 넌 이제 내 진짜 친구야."

"진짜 친구?"

"응!"

재경은 '진짜 친구'라는 말의 어감이 좋았다. 도연에게 아주 중요한 사람이 된 것 같았다. 도연과 앞으로도 계속 진짜 친구로 남고 싶었다. 또다시 같은 침대에 누워 둘만 아는 얘기를 할 수 있다면 얼마나 좋을까.

다음 기억은 고등학교 3학년, 학교에서였다. 재경은 편지를 손에 들고 있었다. 쉬는 시간이었다. 도연은 잠시 자리를 비운 것 같았다. 책상 서랍에 나뭇잎 모양으로 예쁘게 접은 편지를 밀어 넣었다.

'그땐 무슨 편지를 그렇게 많이 보냈나 몰라.'

반이 갈라져 오래 붙어 있을 수 없었던 학창 시절. 오만 가지 편지지 접는 법을 배워가며 도연과 쉬는 시간마다 편지를 주고받았다. 가족들에게 하지 못한 무수한 이야기가 수십 장의 편지지에 스며들었다.

슬레이트 치는 소리와 함께 다음 기억으로 순식간에 넘어갔다. 재경은 고시원 침대에 누워 있었다. 고시원에 살던 시절은 재경의 암흑기였다. 불을 끄면 밤, 불을 켜면 낮이었던 손바닥만 한 작은 감옥. 한 몸 뉘면 꽉 차는 낡은 침대에서 재경은 시체처럼 누워 있었다.

'아, 저 때 기억나.'

대학 생활을 완전히 망치고 패잔병처럼 짐을 쌌던 어느 여름밤이었다. 날이 밝으면 집으로 돌아가야 했다. 싸놓은 짐 때문에 침대 말고는 발 디딜 곳이 없었다. 깜깜한 방 안은 숨 막히게 답답하고 더웠다.

'아, 죽고 싶다.'

실망할 부모님을 떠올리니 차라리 죽는 게 나을 것 같았다. 슬픈 마음이 들었다. 입시를 다시 치를 용기도, 하고 싶은 일도 없었다. 설상가상으로 잠도 오지 않았고, 며칠을 굶었는지도 모르겠다. 누운 채로 숨죽여 울었다.

공허한 기분을 견디지 못하고 핸드폰을 만지작거렸다. 우연히 실시간 뉴스 배너에 시선이 갔다. 학생 때부터 좋아했던 연예인의 이름이 보였다. '극단적 선택'이라는 문구가 이름 뒤에 걸려 있었다. 심한 충격이 머리를 때렸다. 잠시 아무것도 할 수 없었다.

그때 도연에게서 전화가 걸려 왔다. 방음이 안 돼 전화는 나가서 받아야 했다. 허둥지둥 짐 가방을 밟고 방을 나서 엘리베이터가 있는 층계참으로 들어섰다.

"여보세요?"

"재경아, 나야. 도연이. 잘 지냈어?"

"아, 응. 너는?"

"난 당연히 잘 지냈지."

거의 반년 만에 듣는 목소리였다. 서로 멀리 떨어진 지역의 대학에 입학한 탓에 재경은 도연에게서 조금 거리감을 느꼈다. SNS에서 보았던 도연은 재경과 달리 친구도 잘 사귀고 대학 생활을 충분히 즐기고 있는 것 같았다.

"왜 전화한 거야?"

"갑자기 네 목소리 듣고 싶어서. 자는 거 깨운 건 아니지?"

"아니야. 사실 나도 잠이 안 와서."

"다행이다. 있잖아, 너 요즘 유행하는 우유빵 먹어봤어?"

그러더니 도연은 갑자기 시시콜콜한 일상 얘기를 이어갔다. 그
땐 얘가 왜 이러나 싶었지만, 재경은 이제 이해할 수 있었다. 도연
은 자신이 봤던 뉴스를 똑같이 보고 걱정되어 전화했던 것이다.

"우리 고등학교 때 편지 엄청나게 주고받았었잖아."

"아, 맞아, 맞아. 그거 진짜 추억이다."

"어제 집 청소를 하다가 그때 사 모았던 편지지 세트를 한가득
발견했어. 그래서 말인데, 우리 펜팔 하지 않을래? 있는 편지지 다
쓰고 싶어."

"펜팔? 좋지. 나도 마침 편지지가 많이 남았어."

"그러면 우리 둘 다 가지고 있는 편지지 다 쓸 때까지 편지하자.
내일까지 문자로 집 주소 보내줘. 알겠지?"

"응, 그래."

"헉, 벌써 3시가 넘었네! 이만 끊을게. 잘 자, 재경아."

"너도."

"또 전화할게."

"응."

전화를 끊고 나서 재경은 한동안 층계참을 서성거렸다. 얼얼한

충격이 약간 가라앉아 있었다. 방에 들어가서는 결국 밤을 지새우며 부고 소식을 전하는 뉴스 기사를 뒤적거렸다. 그렇지만 죽은 사람을 따라가야겠다는 그런 끔찍한 생각은 들지 않았다.

'편지지를 다 쓸 때까진 살아 있어야겠구나.'

그 연예인의 죽음은 재경의 인생에서 처음 겪는, 소중한 사람의 죽음이었다. 어렸을 때 돌아가신 친인척이 있기야 했지만, 그땐 충격을 받기엔 너무 어렸고 마음을 쏟은 관계도 아니었다.

재경이 그 연예인의 죽음에서 배운 것은 '망자는 서서히 잊힌다'라는 사실이었다. 아무리 대단하고 칭송받는 사람이어도 죽는 순간부터 점차 희미해졌다. 무수히 퍼부어지던 대중의 관심도 시간이 지날수록 줄어들었다. 재경조차도 어느샌가 그를 거의 생각하지 않게 되었다.

도연에게 받은 열네 번째 편지의 답장에서 재경은 이렇게 적었다.

"죽은 사람은 이렇게 잊히는 거구나 싶어."

편지지를 다 쓸 때까지 살아 있어야겠다는 다짐은 유명무실해졌다. 막상 편지를 쓰기 시작하니 또 편지지를 사 모으게 되었다. 그러다 보니 그만 살아도 되는 날은 점점 미뤄졌고, 정신을 차려보니 어느새 대학교 졸업식이었다.

"자, 찍습니다. 김치."

"김치."

찰칵, 카메라 셔터 소리가 났다. 졸업식에서 도연과 함께 사진을 찍은 기억이 순식간에 지나갔다.

그러고 보면 편지를 주고받으면서 도연과 부쩍 친해졌다. 학창 시절 때보다 그때가 훨씬 '진짜 친구' 같았다. 친구라는 단어에 서로를 가장 먼저 떠올렸다. 어쩌면 가족보다 더 진실한 관계였을 것이다.

'대학이라는 산을 넘고 보니 취업이라는 더 큰 산을 넘어야 했지. 그렇지만 그땐 그래도 견딜 만했어. 도연이가 있었으니까.'

그렇게 생각한 순간, 도연과 함께했던 온갖 추억들이 중구난방으로 뒤섞여 빠르게 지나갔다. 누군가가 빨리 감기를 누른 것 같았다.

"안 돼. 더 보여줘! 이때가 가장 행복했단 말이야!"

아쉬운 마음에 재경이 크게 외쳤다. 그러자 어느 시점에서 기억이 멈춰 보통 속도로 흘러갔다. 도연과 둘이 제주도로 놀러 갔을 때였다. 재경은 쏴쏴 밀려오는 파도를 응시하면서 카페 테이블에 뺨을 붙이고 엎드려 있었다. 맞은편에 앉은 도연도 재경과 같은 자세였다.

"좋다."

"그러게."

따사로운 햇살이 몸을 노곤하게 데웠다. 이대로 녹아내릴 수도 있을 것 같았다. 한낮의 여유를 만끽했던 몇 없는 시간이었다. 재경이 웅얼거렸다.

"이대로 직장도 못 구하고 빈털터리로 거리를 전전하면 어쩌지."

"걱정 마, 진짜로 그렇게 되면 내가 너 데리고 살아줄게."

"진짜?"

"진짜."

"그럼 나도 네가 영영 일 때려치우고 싶다 하면 너 데리고 살아 줄게."

"진짜?"

"진짜."

거기까지 말하고 둘은 이유 없이 키득거렸다. 재경은 깨진 곳 하나 없이 완벽한 원형이 된 것 같았다. 사람을 더 사귄다거나, 부자가 된다거나, 인생에 무언가를 더하지 않아도 백 퍼센트로 꽉 찬 기분. 이대로도 충분한, 그런 기분이었다.

"나중에 우리 둘 다 안정되면 경치 좋은 곳에서 같이 살까? 방은 따로 쓰고 나머지는 공용으로 하면서." 재경이 말했다.

"좋지. 달마다 이렇게 여행도 오고 그러자. 사진 잔뜩 찍어서 매년 사진첩을 만드는 거야." 도연이 웃었다.

"난 너무 도시인 곳보다 적당히 산도 보이고 산책할 공원도 있는 곳이 더 좋더라. 빌딩 숲은 지긋지긋해. 자동차 경적도 그만 듣고 싶어."

"그래도 회사랑 가깝기는 해야지. 통근에 왕복 다섯 시간씩 걸리면 어떡해."

"그럼 도시랑 가까우면서 산도 보이고 공원도 있는 곳으로 가자."

"그런 곳이 어디 있어."

"어딘가에는 있을걸? 내가 찾아볼게."

하지만 재경의 바람은 이뤄지지 않았다. 얼마 지나지 않아 작은 스타트업의 계약직으로 묶였다. 눈썹 휘날리게 바쁜 시기였다. 부서를 넘나드는 일거리를 떠맡아야 했다. 점점이 찍혀 깜빡거리는 작은 기억들이 도로 속도를 높여 빠르게 지나쳐 갔다.

도연과의 연락은 자연스럽게 뜸해졌다. 주에 한 번 쓰던 편지도 달에 한 번으로 늦어지다가 결국 거의 쓰지 않게 되었다. 재경의 처지를 이해해 준 도연은 그사이 목화마을로 이사를 했다. 그곳에서 재경이 답장을 하든 말든 계속 편지를 써 부쳤다.

한두 장이었을 땐 괜찮았지만, 어느 순간 수북하게 쌓인 편지를 몰아 읽을 자신이 없었다. 재경은 착실히 번아웃을 향해 가고 있었다. 첫 회사다 보니 지나치게 열심히 해버린 탓이었다. 기억이 엉망진창으로 뒤엉켰다. 색도 칙칙해지고 소리도 먹먹해졌다.

어느 날, 오랜만에 도연에게서 연락이 왔다. 회사 대표가 슬쩍 재계약 얘기를 꺼냈던 연말이었다. 회식 중에 나가 전화를 받으려고 보니 이미 부재중 통화가 네 통 찍혀 있었다. 전부 도연이 건 전화였다.

"여보세요?"

"너 왜 이렇게 전화를 안 받아!"

"어, 어? 나 오늘 회식이라 시끄러워서 벨 소리를 못 들었나 봐."

"제발, 재경아. 너 잘 지내야 해. 알겠지? 너한테 무슨 일이라도 생기면 나 진짜 못 버틸 것 같아."

도연의 목소리가 떨렸다. 재경은 도연의 그런 격앙된 목소리를 처음 들어봐서 좀 놀랐다.

"너 무슨 일 있어?"

핸드폰 너머에서 도연이 숨을 헐떡였다. 울고 있는 것 같았다.

"무슨 일이야? 나한테 말해봐."

"미안, 내가 좀 이상했지."

변명조로 도연이 말했다. 재경은 더 캐묻고 싶었지만, 하필이면 그때 회사 대표가 부르는 소리가 들렸다.

"잠시만. 내가 이따 회식 끝나면 다시 전화할게."

"아니야, 재경아. 미안해. 방해할 생각은 아니었어. 그냥 너무 나쁜 꿈을 꿔서 나도 모르게. 너 괜찮은 거 알았으니까 이제 됐어."

"뭐가 돼. 너 진짜 무슨 일 있는 거지? 회식 끝나고 내가 꼭 전화 걸게."

"아니야. 정말 꿈을 잘못 꿔서 그런 거니까……."

"몰라, 몰라. 무슨 꿈 꿨는지 얘기라도 들어볼 테니까 전화 기다리고 있어. 그럼 끊는다?"

뒤에서 재촉하는 대표 때문에 급히 전화를 끊었다. 그래서 그때 도연이 마지막으로 무슨 말을 했는지 듣지 못했다. "알겠어"였나? 아니면 "괜찮아"였던가? 그때 잘 들어뒀어야 했는데. 뒤늦은 후회가 가슴을 묵직하게 쳤다.

그날 회식은 자정이 넘어서야 끝났다. 술에 진탕 취한 재경은 어떻게 집까지 들어갔는지도 가물가물했다. 나중에 어머니께 듣기로

42

집에 들어오자마자 골골거리며 침대로 기어 들어가 기절했단다.

다음 날까지 숙취에 시달렸다. 그러느라 도연에게 다시 전화하겠다고 한 약속은 머릿속에서 싹 지워져 버렸다. 미처 떠올리기도 전에 바쁜 하루가 또다시 재경을 휩쓸었다.

한창 재미있는 것들이 쏟아져 나오던 시기였다. 우연히 유튜브 알고리즘에 들어온 '드라마 몰아 보기'를 보면서 스트레스를 풀었다. 좋아하던 밴드가 공백기를 마치고 몇 년 만에 새 앨범 소식을 발표했다. 회사 동료를 따라 시작한 게임에 푹 빠져 늦잠을 자기도 했다.

'어째서 하루는 고작 스물네 시간밖에 안 될까? 세상에 재미있는 게 이렇게나 많은데!'

배부르게 그런 푸념이나 할 때였다. 아, 그 순간이 다가오고 있었다. 재경은 이 뒷일을 더 보기 싫었다. 그러나 과거를 감상하는 일에서 벗어날 수 없었다. 롤러코스터의 가장 높은 곳에서 아찔하게 떨어지기 직전에 느끼는 오싹한 부유감. 그런 게 느껴져 무의식적으로 손잡이를 꽉 붙들었다. 그리고 재경은 가장 돌아가고 싶지 않은 기억 속으로 길게 떨어져 내렸다.

"여보세요?"

"어, 재경이니?"

"네. 맞습니다. 누구세요?"

"나 도연이 엄마야."

"아, 네네! 안녕하셨어요?"

"도연이가 어제부터 계속 전화를 안 받아서 그러는데, 혹시 도연이한테 무슨 일 있니?"

"네? 잘 모르겠는데요. 잠시만요. 저도 전화 걸어볼게요."

"그래, 부탁해."

전화를 끊은 재경은 도연에게 전화를 걸었다. 통화 연결음이 길게 이어졌지만, 여전히 도연은 전화를 받지 않았다. 스멀스멀 불안감이 뒷덜미를 훑었다. 재경은 도연의 어머니에게 다시 전화를 걸었다.

"네 전화도 안 받는다고? 혹시 도연이 어디 사는지 아니?"

"예? 도연이 어디 사는지 모르세요?"

"언제 알려줬던 것 같은데, 아줌마가 까먹어서……."

민망해하는 음성이 들려왔다. 그러고 보면 도연의 가족들은 도연과 그리 가깝지 못했다. 도연은 자기 가족을 힘들어했다. 도연이 고민을 털어놓으면 가족들은 그들의 고민을 더 심각하게 토로했다. 도연의 일은 항상 뒤로 밀렸다. 도연은 항상 양보해야 했고, 더 강해져야 했다.

어느 순간부터 도연은 가족 대신 재경에게 고민을 털어놓았다. 재경도 도연이 가족에게서 점점 멀어지고 있다는 걸 어렴풋이 알고는 있었다. 하지만 사는 곳도 알리지 않았다니. 그 정도로 완전히 남남처럼 살고 있는 줄은 몰랐다. 그래도 도연의 어머니에게 무안을 주고 싶지는 않았다. 재경은 친절한 말씨를 꾸며냈다.

"잠시만요. 주소 불러드릴게요."

"고맙다, 재경아."

재경은 급히 도연이 가장 최근에 보냈던 편지를 꺼내 들었다. 한 달 전 편지였다. 그렇다면 도연은 거의 한 달 동안 아무런 편지도 보내지 않았다는 뜻이다. 어째서 이걸 심각하게 생각하지 않았을까?

편지 봉투에 적힌 주소를 도연의 어머니에게 알려주었다. 그분은 도연을 찾아가 볼 생각인 것 같았다. 같이 가자고 해야 할지 고민했다. 그렇지만 회사에서 마침 중요한 프로젝트를 진행 중이었다. 이 일만 잘 끝내면, 대표에게 정규직 전환 얘기를 좀 더 자신 있게 꺼낼 수 있을 것이다.

'이런 때에 쉬긴 좀 그렇지.'

그리고 그날 밤. 도연의 어머니에게서 연락이 왔다.

"재경아, 도연이가……."

어느 날, 도연이 죽었다. '극단적 선택'이란 걸 했다. 그게 과연 선택이긴 했을까? 의문이 들었다. 경찰 수사와 보험사 조사가 큰 이견 없이 종결되었다. 그렇지만 범죄에 연루되지 않고서는 걔가 그런 선택을 할 리 없었다. 아무리 자필로 쓰인 유서가 나왔다고 해도, '진짜 친구'인 자신에게 아무 말도 없이 그런 짓을 벌일 리 없었다.

재경은 장례식장으로 차를 몰았다. 친구 장례식에 가야 한다는 얘기에 중요한 프로젝트를 놔두고 어딜 가냐며 소리치는 대표의 면전에다가 퇴사하겠다는 말을 던지고 나온 참이었다.

"저 왔어요."

"재경아, 어떡하면 좋니."

울고 있는 도연의 가족들에게 차례로 인사하고 영정 앞에 섰다. 환하게 웃고 있는 도연의 영정 사진을 보고도 그다지 현실감이 들지 않았다. 다 가짜 같고, 거짓말 같았다. 도연은 아직 어딘가에 살아 있었다. 그런 확신이 들어서 눈물도 나오지 않았다. 다들 울고 있는 와중에 덤덤한 자신에게서 위화감이 들 정도였다.

재경은 장례식장에 거의 살다시피 했다. 도연의 가족을 도와 문상객을 응대하고 발인까지 함께했다. 그러는 동안 재경이 느낀 감정은 오로지 어안이 벙벙하다, 이 한 가지였다.

봉안당에 안치된 도연의 유골함을 멍하니 들여다보던 어느 날이었다. 재경은 지금이라도 카메라를 든 사람들이 도연과 함께 나타나 "지금까지 실험 카메라였습니다! 재미있게 보셨다면 구독, 좋아요, 알림 설정 부탁드려요!"라고 말할 것 같았다. 재경은 놀라지 않을 자신이 있었다. 다만 도연을 노려보며 "다시는 이딴 거 하지 마라"라고 으름장을 놓아주고 싶었다.

하지만 그런 일은 일어나지 않았다.

'내가 진짜 친구가 맞긴 했냐? 난 그냥 친구 자격도 없어. 애초에 그 개같은 회사에 버티고 있는 게 아니었는데. 뭐가 중요한지도 모르고, 너 이사한 곳에 한번 찾아가 보지도 않고 나는 왜 멍청하게……'

퇴직 절차를 밟았다. 회사를 나오면서 문득 궁금해졌다. 도연은 왜 죽었을까? 갑자기 밑도 끝도 없는 용기가 솟구쳤다. 집에 돌아가자마자 차마 열어보지 못한 편지들을 죄다 뜯어보았다. 그리고 앉은자리에서 밤이 새도록 최근 편지부터 오래된 편지 순으로 읽어내렸다.

'우리 집 근처에 양파수프를 잘하는 집이 있어. 건더기도 씹을 수 있고, 크림 맛도 부드러워. 아마 거기 벽돌 한 장은 내가 깔았을 거야. 그 정도로 자주 가는 곳이거든. 너랑도 가고 싶다. 너도 좋아할 거야.'

'전에 말한 산장 매점 있잖아. 거의 단골이 됐어. 거기 주인이랑 엄청나게 친해졌거든. 요즘 찡찡거릴 일이 좀 생겨서 그 사람한테 다 털어놓다 보니 그렇게 됐네. 그렇다고 질투하지는 마. 내 진짜 친구는 너니까. 가끔 보내는 편지에 매번 찡찡거릴 순 없잖아. 이해하지?'

'나 운동 부족인가? 체력이 떨어진 게 느껴져서 마을 가장 높은 곳까지 열심히 올라가 봤어. 거기서 즈믄산장이란 곳을 발견했는데, 즈믄이 무슨 뜻인 줄 알아? 숫자 천을 뜻하는 말이래. 여기 매점 2층에서 팥빙수 먹으며 보는 경치가 정말 멋져. 너도 같이 볼 수 있다면 좋을 텐데.'

도연은 편지에서 이사한 곳이 얼마나 좋은지, 그곳에서 어떻게 살고 있는지 적었다. 아무리 들여다보아도 편지에서 도연이 죽을 기미 같은 건 보이지 않았다. 시시콜콜한 일상 얘기로 가득 채워진 평범한 편지뿐이었다.

'내가 놓친 신호가 있었을까?'

재경은 편지를 몇 번이나 다시 읽었다. 점점 과거로 흘러가 급기야는 고등학생 때 주고받았던 편지까지 꺼내 들었다. 여명이 밝아오는 방 안에서 가장 오래된 편지를 들고 한 가지 사실을 깨달았다. 도연은 재경의 아주 많은 부분을 차지하고 있었다.

'도연이랑 같이 그것들이 다 사라져 버리면 어떡하지?'

재경이 그렸던 미래에는 도연이 있었다. 도연과 함께 살아가는 미래가 도연과 함께 사라졌다. 삶의 고난이 닥치면 이젠 홀로 견뎌야 했다. 고시원에 살았을 때 재경은 알았다. 어떤 고난은 혼자서 이겨낼 수 없다. 그렇다면 자신 역시 무너지는 건 시간문제였다.

이젠 거의 떠올리지도 않는 죽은 연예인의 이름을 검색했다. 그를 추모하는 글이 간간이 눈에 띄었다. 마치 그가 살아 있기라도 한 것처럼 대해주는 이들이 여전히 많은 것 같았다.

'도연이는 이만큼 해줄 사람이 없는데.'

재경은 주위에 널린 편지지들을 돌아보았다.

'그러면 도연이는 누가 기억해 주지?'

죽은 사람은 희미해진다. 이대로 도연도 희미해질 것이다.

'다 잊고 나면, 이대로 도연이는 사라지는 걸까?'

도연은 과거의 어느 시점에서 멈춰버렸다. 이 사실이 용납되지 않았다. 끊어진 필름을 다시 이어 붙이는 사람처럼, 덮인 책장 너머로 이야기를 써 내려가는 사람처럼, 뭐라도 하고 싶었다. 도연은 아직 살아 있어야 했다. 살아서 사람들과 얘기도 하고 세상에 좀 더 흔적을 남겨야 했다.

며칠 후, 도연의 어머니에게서 전화가 왔다.

"미안하다, 재경아. 또 너만 고생시키는 것 같네."

도연의 짐 정리를 부탁하는 전화였다.

"애들 아빠는 출장 갔고, 나도 계속 가게 비워놓기가 그래서. 도진이랑 도하는 수험이다 편입이다 해서 정신없고."

도연의 가족들은 벌써 일상으로 복귀할 준비를 다 마친 것 같았다. 하긴 아직도 상실감에서 벗어나지 못한 사람은 재경뿐이었다.

"아니에요. 제가 여유 있으니까 가는 거죠. 저 지금 도착했으니까, 가서 살펴보고 연락드릴게요."

재경은 전화를 끊고 차에서 내렸다. 집 근처에 공용주차장이 있다는데 찾지를 못해 먼 곳에다 주차를 해놓은 게 실수였다. 헉헉거리며 한참이나 계단을 오른 뒤에야 온봄주택에 도착할 수 있었다. 곧장 계단을 올라 302호로 향했다.

집 안에 들어서자 도연의 냄새가 났다. 금방이라도 도연이 저를 맞이하러 나올 것 같았다. 현관에 우두커니 서서 기다렸다. 센서등이 꺼지자, 주변이 한순간에 어두워졌다. 맞은편 창문에서 빛이 반짝였다. 도시의 야경이 은하수처럼 흐르고 있었다.

"잠이 오지 않을 때면 한참 동안 저 풍경을 들여다보게 돼."

도연의 목소리가 생생하게 들렸다. 재경이 어깨를 움찔하며 주위를 두리번거렸다.

"도연아?"

당연한 정적. 이곳엔 아무도 없었다. 방금 들은 도연의 말이 어딘가 익숙했다. 금방 깨달았다. 편지에 적힌 문구 중 하나였다. 도연의 입으로는 들어본 적 없는 말인데, 어떻게 그토록 생생할 수 있었을까.

"도연아, 너 여기 있어?"

"너도 같이 볼 수 있다면 좋을 텐데."

또다시 도연의 목소리가 들렸다. 이번에도 바로 곁에서 말한 것처럼 생생했다. 도연의 유령이 여기 남아 있는 걸까. 아니면 자신이 편지에서 읽은 문장을 그저 도연의 목소리로 상상하고 있을 뿐일까.

마음이 간질간질했다. 이상하게도 어떤 확신이 들었다. 여기서, 도연의 세간살이가 남아 있는 이곳에서 도연을 떠올리면 떠올릴수록 도연의 목소리와 모습이 더욱 선명해질 것 같았다.

'여기서 살아야겠어.'

여기서 도연이 여전히 살아 있는 것처럼 살아야겠다. 그리고 도연이 편지에 적은 것들을 전부 해봐야겠다. 그러다 도연이 되어야겠다. 그러면 걔는 이곳에서 여전히 살아 숨 쉬는 거니까.

그러다 보면 언젠가는 도연을 이해할 수 있을 것이다. 이 마을에서 그토록 좋아하는 것을 많이 만들었으면서, 여우 주인장의 손님으로 마음의 상처도 위로받았을 텐데, 도연은 왜 그렇게까지 죽고 싶었을까. 도대체 왜. 편지에도 적지 못한 숨겨진 마음이 무엇이었길래…….

"미안해."

재경은 울면서 눈을 떴다. 이곳은 침대 위. 온봄주택 302호. 도연과 재경이 함께 사는 집. 함께 살았어야 했던 집.

무언가 축축한 것이 눈가를 핥았다. 흠칫거리며 옆을 보니, 대걸레가 들썩거리고 있었다. 대걸레 사이로 분홍빛 혀가 나와 있고, 헥헥거리는 소리도 들렸다. 아, 대걸레가 아니라 다리가 셋밖에 없는 개였다.

그뿐만이 아니었다. 까만 털과 샛노란 눈을 가진 고양이가 저쪽 선반을 사뿐사뿐 걷고 있었다. 흰 털 토끼가 침대 주위를 깡충거리며 돌아다녔다. 머리에 금관을 쓴 원숭이가 허공에서 공중제비를 돌았다. 큰 볏을 단 수탉이 맨바닥을 쪼았다. 잠깐, 저건 곰인가?

'곰이 왜 우리 집에 있지?'

어슬렁거리는 곰까지 발견하고 나서야 아직 꿈에서 깨지 못한 건 아닐까 하는 의심이 들었다. 하지만 꿈이라기엔 정신이 너무 말짱했다. 꿈이 아니면 어떡하지? 그러면 더 큰 일이다. 곰은 죽은 척해도 소용없다는데. 저 솥뚜껑 같은 앞발에 살짝 스치기만 해도 갈비뼈 몇 대는 나갈 것이다.

얼어붙어 눈만 깜빡거리고 있는데 옆에서 뭔가가 어깨를 톡톡 쳤다. 화들짝 놀라 쳐다보자, 그곳엔 익숙한 얼굴이 있었다. 집주인 할머니였다. 침대 곁에 선 할머니가 지팡이 끝으로 재경의 어깨를 친 것이다.

"저, 음. 이거 꿈인가요?"

재경은 미소 띤 할머니에게 슬그머니 물었다. 입속에서 이물감이 느껴졌다. 혀 밑에 구슬이 있었다. 아무리 혀를 굴려 빼내려 해도, 심지어 손가락을 집어넣어 혀 밑을 헤집어도 구슬은 빠지지 않았다. 입속에 아무것도 들어 있지 않은 것처럼 손끝에 걸리는 게 없었다.

"보배 구슬을 제대로 다루려면 몇십 년은 더 있어야 해요, 젊은이."

"보배 구슬이요?"

구슬을 물고 있는데도, 신기하게 발음은 정확하게 나왔다.

"호정이한테서 보배 구슬을 받았죠?"

"제가요? 어, 음. 아마도……. 아니 그보다, 호정 씨 지금 어디 있어요? 이 구슬도 그렇고 저한테 이상한 짓을 했어요."

"호정이는 저승길을 떠났습니다. 미련 없이 갔으니 다시 돌아오지 않을 거예요."

할머니는 나붓나붓하게 말했다. 누군가의 부고를 알리는 것치고 산뜻한 어조였다. 재경은 어떻게 반응해야 좋을지 몰라 입만 벙긋했다. 흐흐 웃은 노인은 재경의 어깨를 느리게 쓰다듬었다.

"호정이한테 들었지요? 이 마을의 비밀을."

"그게 다…… 진짜예요? 꿈을 꾸고 있거나 환각 같은 걸 본 게 아니라?"

"그럼요. 이 마을은 마음에 상처를 입은 사람들을 끌어당기지요. 까마득한 옛날부터 그래왔어요. 이곳에서 가게를 운영하는 비범한 주인들은 상처 입은 사람을 손님으로 받아 그들이 가진 능력으로 보살펴 줍니다."

"상처가 다 나은 사람은 여길 떠나야 하고요."

"맞아요."

"하하, 하하하……. 말도 안 돼요. 정말 그런 마을이 있다면, 마음의 상처 때문에 죽는 사람은 없어야죠. 누가 방송국에 제보라도 하면 어떡해요. 세금이나 전입신고 같은 법적인 문제도 있잖아요."

재경은 마구 딴지를 걸고 싶었다. 그러면 환상에서 깨어날 수 있기라도 한 것처럼.

"현실적으로 말이 안 된다고요! 아무리 마음에 상처를 입었다고 해도 여기까지 살러 올 수 있는 사람이 얼마나 되겠어요. 외국인은요? 마음에 상처를 입은 외국인은요? 이쪽은 염라대왕, 바다 건너면 지저스. 뭐 이런 식이에요?"

'진짜'가 아니라면 재경은 필요 없었다. 기대가 크면 실망도 크다. 이번에 느낄 실망은 도저히 견뎌낼 수 없을 것 같았다.

"궁금한 게 많군요, 젊은이. 터주의 자세로 훌륭해요. 하지만 이 노인네는 대답해 주지 않으렵니다. 이미 젊은이는 답을 알고 있어요. 그렇죠?"

그 말이 맞았다. 재경은 질문을 하자마자 스스로 답을 구할 수 있었다.

아까부터 신경을 거스르는 것들이 있었다. 이를테면 재경은 동물의 울음과 몸짓에 어떤 뜻이 담겼는지 이해할 수 있었다. 이를테면 앉은 자리에서 마을의 이쪽 끝과 저쪽 끝을 전부 볼 수 있었다. 이를테면 마을에 사는 사람들의 이름과 생년월일을 눈 하나 깜짝하지 않고 외울 수 있었다.

"제가 왜 이런 걸 다 알고 있죠? 제가 어떻게 된 거예요?"

"보배 구슬에는 세상의 이치가 다 담겨 있어요. 이 노인네가 찾아온 이유도 그것 때문입니다. 젊은이는 이제 둘 중 하나를 선택해야 해요."

딱! 할머니는 지팡이로 바닥을 한 번 쳤다.

"하나는 보배 구슬을 나한테 돌려주는 겁니다."

설명하지 않아도 재경은 구슬을 돌려줘야 하는 이유를 알았다. 목화마을을 벗어나면 여기서 보낸 시간은 기억 속에서 점차 희미해지다가 자연스럽게 잊힌다. 그렇게 되면 영문도 모른 채 구슬을 물고 세상 이치를 헤아리는 사람으로 살게 될 것이다.

때로는 너무 많이 알고 있다는 것만으로 괴로운 삶을 살게 된다. 이대로 마을을 뛰쳐나가면 잘되어 봐야 용한 무속인 혹은 사이비 교주로 살 것이다. 그런 삶은 원하지 않았다. 아무에게도 이해받지 못하며 눈앞에서 벌어지는 수많은 비극을 번번이 외면할 수밖에 없는 삶이라니.

"그게 싫다면 내 뒤를 이어 이 마을의 터주가 되어주세요."

"터주요?"

"그래요. 이 마을 자체가 되는 것. 이해하기 힘들다면 마을 관리자가 되는 것으로 생각해도 좋아요."

"할머니의 후임이 되라는 말씀이세요?"

"이곳에 살러 오는 사람들을 잘 마중하고, 떠날 때 또 잘 배웅하면 됩니다. 가끔 마을 밖으로 이곳 사람들의 이야기를 풀어주는 일도 해야지요."

"제가 잘할 수 있을지 모르겠는데요……."

"그러면 보배 구슬을 돌려주겠어요?"

재경은 오래도록 망설였다.

"이게 없으면 제 친구를 다시 만날 수 없어요. 사람들의 염원을 받아 돌탑을 쌓으려면 이 구슬의 힘이 필요할 테니까."

할머니는 빙그레 웃을 뿐이었다. 인상을 쓴 재경이 한숨을 푹 내쉬었다.

"질문이 있어요."

"뭐죠?"

"착각이 아니라면, 이 마을에는 이미 저보다 기운이 센 사람들이 많은 것 같거든요. 그런데 할머니는 왜 그들이 아닌 저를 터주로 세우려는 건가요? 전 우연히 구슬을 받았을 뿐이지, 별 볼 일 없는 사람인걸요."

"보배 구슬로도 답을 구할 수 없었나요?"

"아무리 생각해도 그 이유는 모르겠어요. 세상의 이치를 다 알려준다는 구슬이 세상만사까지 다 알려주는 건 아닌가 봐요."

"그렇다면 그 질문에 대한 답은 의문으로 남겨두어요. 젊은이가 터주로 일하다 보면 차차 알게 될 테니."

재경은 입술을 잘근거렸다. 도연을 다시 만나고 싶었다. 그러자면 구슬이 필요했다. 그렇다고 이 마을의 터주가 되어 영원히 이곳에 묶이고 싶지는 않았다. 하지만 그러려면 구슬을 할머니에게 돌려줘야 했다.

'덜컥 관리자를 맡았다가 무슨 골치 아픈 일이라도 생기면 어쩌려고.'

학창 시절 반장 선거에도 나가본 적 없던 재경이었다. 이런 자리는 부담스러웠다. 이 마을에서 몇 세기를 먼저 살아온 사람들이 방금 이사해 온 인간 터주를 어떻게 보겠는가.

"고민이 되나 보군요, 젊은이."

"보배 구슬이 욕심나는 건 아니에요. 제 친구만 되살리고 나면 구슬 같은 건 바로 돌려드릴 수 있어요. 다만 한번 들어가면 영원히 퇴사할 수 없는 회사에 취직하는 거나 마찬가지잖아요. 그건 좀……."

"그렇다면 이건 어떤가요."

재경의 말이 끝나기도 전에 노인이 불쑥 끼어들었다. 능구렁이처럼 짓궂게 눈을 빛내는 것이, 이때만을 기다린 것 같았다.

"돌탑을 다 쌓을 때까지 임시로 터주가 되어요, 젊은이. 그리고 젊은이의 친구가 이승으로 돌아오는 날에 내게 구슬을 돌려주며 이 마을에서 가장 터주에 걸맞은 사람을 알려주세요. 그럼 이 늙은이가 그 사람을 터주로 삼겠습니다."

"말하자면 계약직이군요?"

'이게 본론이었구나!' 재경은 명쾌해졌다. 과연 거절할 수 없는 달콤한 제안이었다. 기회가 있을 때 잡고 싶었던 재경은 서둘러 답했다.

"그렇다면 좋아요. 해볼게요."

"좋아요, 좋아." 노인은 흐흐 웃었다. "그러면 당장 오늘부터 터줏대감으로 행세합시다. 첫날이니 가게 주인들에게 인사라도 다녀오세요."

"지금 당장요? 저기, 같이 가주시면 안 될까요?"

"부끄럽게도 이 늙은이는 기운이 쇠해 지금부터 거처에서 오랜 겨울잠을 자려고 합니다. 겨울에만 자는 게 아니니 사계잠이라고 해야 할까요. 터주 일은 대부분 보배 구슬이 알려주겠지만, 도움이 필요하면 내가 지내는 굴로 찾아와요."

"그렇구나. 네, 일단 알겠어요."

그러자 노인은 큼지막하게 입을 벌려 길게 하품했다.

"에구, 졸려라. 늙으면 잠이 많아져요. 이만 들어가 봐야겠습니다."

"아, 네, 네! 배웅해 드릴게요."

소기의 목적을 달성한 노인은 금방 갈 채비를 마쳤다. 터덜터덜 지팡이를 짚으며 가는 집주인을 따라 함께 온 동물들이 우르르 쫓아 나갔다. 좁은 현관문을 통과해 일렬로 계단을 내려가는 산짐승들의 행렬이 장관이었다. 재경은 그 무리에 섞여 골목까지 나갔다.

"재경."

"네?"

이름을 한 번 부른 노인은 재경의 두 손을 쓰다듬었다.

"이번엔 정말 잘 살아요. 제 모습대로."

"어? 어, 네!"

"목화마을을 잘 부탁합니다."

한순간에 노인은 사라졌다. 골목길 위에는 주먹만 한 두꺼비가 눈을 끔뻑이고 있었다. 그것은 가까이 다가온 곰의 머리 위로 풀쩍 뛰어올랐다. 두꺼비를 머리에 인 채 곰은 굼실굼실 살찐 엉덩이를 흔들며 한뉘산을 향해 갔다. 동물들이 멀어지는 너머로 새벽 여명 이 밝아왔다.

'이게 다 꿈인 건 아닐까?'

텅 빈 골목에 홀로 선 재경은 팔뚝을 꼬집어 보았다. 아프기도 아플뿐더러 혀 밑에는 여전히 매끄러운 구슬이 굴러다녔다. 이 넓 은 마을이 전부 내 몸처럼 느껴지는 묘한 감각도 여전했다.

"도연아."

재경은 보이지 않는 도연을 불렀다. 대답은 들리지 않았다. 그래 도 괜찮았다. 도연은 먼 미래에 살아 있었다. 그러니 지금 자신은 도연에게로 서서히 다가가고 있는 셈이었다.

"금방 다시 만나."

중얼거린 재경은 새벽녘의 빛을 받은 온봄주택을 올려다보았 다. 그리고 302호로 돌아갔다.

도연의 부모님은 자식을 추억할 몇 가지 물건만 가져가고 나머지는 재경이 쓰도록 편의를 봐주었다. 그들이 가져간 물건이 그들에겐 소중할지 몰라도 그것이 도연의 전부는 아니었다.

도연의 삶은, 도연은 여기에 있었다.

재경은 도연의 물건을 하나씩 꺼냈다. 그리고 그것들을 도연의 침실에 옮겨두었다. 세간살이가 줄어든 집 안은 텅 빈 것처럼 보였다.

구석에 처박아 두었던 옷 가방을 열어 후줄근한 파란색 추리닝을 꺼냈다. 당연하게도 거기서 도연의 냄새는 나지 않았다. 추리닝으로 갈아입은 재경은 낡은 슬리퍼를 꺼내 신고 슬렁슬렁 집을 나섰다.

"어서 오세요."

아랫길에 있는 미용실로 들어서자, 그곳의 주인이 반겨주었다. 곧 재경의 머리카락이 가윗날에 썩둑 하고 잘렸다. 거울 속에는 도연과 전혀 닮지 않은, 그냥 재경이 있었다.

"저기요. 송하 씨."

계산을 마치고 미용실을 나서기 전, 재경은 보배 구슬이 알려준 미용사의 이름을 불렀다.

"제가 오늘부터 이 마을의 터주가 되었어요. 잘 부탁합니다."

무작정 툭 뱉고 나니 쑥스러워진 재경은 짧게 잘린 뒷머리를 긁적였다. 미용사는 아무 말 없이 그저 수줍게 웃었다. 그리고 돈을 받지 않겠다는 듯 고개를 절레절레 흔들었다. 멋쩍게 카드를 집어넣은 재경은 가벼운 발걸음으로 가게를 나섰다. 이제야 본모습을 찾은 기분이었다.

미용실을 시작으로 재경은 온 마을을 돌아다녔다. 마을의 비밀을 공유하는 가게 주인들에게 "잘 부탁합니다"라는 인사를 건네기 위해서. 주인들은 가지각색의 반응으로 재경을 맞아주었다. 전부 좋은 사람들 같았다. 좀 특이하게, 그러니까 '비범하게' 보이긴 했지만.

'어쩌면 돌탑을 다 쌓는 데 얼마 안 걸릴지도 몰라.'

마을을 돌아다닐수록 그런 확신이 들었다. 마녀, 외계인, 고지능 AI부터 이무기, 흡혈귀, 인어까지……. 무슨 이야기에서나 나올 것 같은 존재들이 떡하니 가게를 차려놓고 정체를 숨긴 채 손님들을 기다리고 있었다. 터주가 되기 전까지는 전혀 짐작도 못 했던 사실이었다.

저절로 그들 중에 누가 다음 터주가 될 만한지 눈여겨보게 되었다. 오래 돌아다녔는데도 발이 전혀 아프지 않았다. 웬 별세계에 푹 담가졌다는 생각에 놀이공원이라도 온 것처럼 신이 났다. 도연을 다시 만나 해줄 이야깃거리가 잔뜩 생겼다.

'도연아, 조금만 기다려! 내가 금방 돌탑 쌓아 올게!'

재경의 발걸음이 빨라졌다. 생동하는 목화마을, 아무것도 모른 채 일상을 보내는 주민들 사이에서 재경은 크게 심호흡했다.

미래를 예측할 수 없다는 게 인생의 묘미 아니겠는가. 눈 깜짝할 사이 시간이 흘렀다. 마을의 터줏대감으로 재경이 정착한 지도 벌써 삼 년이 지났다. 온봄주택 옥상에서 헛웃음을 지은 재경은 담배

연기를 후 내뱉었다.

'염원이 그냥 모이는 게 아니었구나.'

청승을 떨던 재경은 지금까지 모은 염원의 개수를 떠올렸다. 셀 필요도 없었다. 1년 7개월 2주 4일 전에 모은 딱 하나가 전부였으니.

'진짜 큰일이다.'

이대로라면 이 마을에서 영영 눌러살게 될지도 모른다. 왜 호정이 천 년이 지나도록 돌탑 하나를 다 못 쌓았는지 이해가 되기 시작했다. 재경은 재떨이에 꽁초를 비벼 끄고 302호로 내려갔다. 집 안은 엉망이었다. 깔끔하게 치우고 사는 건 도연에게나 어울리는 일이었다.

재경은 슬리퍼를 대충 벗어 던지고 도연의 방 문을 열었다. 깔끔하게 정리된 그곳에서는 아직도 도연의 냄새가 풍겼다. 도연이 꾸렸던 삶에서 나는 냄새가. 한숨을 내쉰 재경은 입꼬리를 올리고 별수 없이 미소를 지었다.

"다녀올게."

재경이 말했다.

"다녀와."

도연이 웃었다.

2.

안젤라의
찻집

새로운 날이 밝았다.

"흐아아암."

길게 하품한 재경은 배를 벅벅 긁으며 화장실로 들어섰다. 자기 주장이 강한 머리카락은 산미치광이처럼 솟아 있었고, 부기가 빠지지 않은 눈두덩이는 햄버거처럼 두툼했다. 거울에 비친 날백수가 한심하게 저를 쳐다봤다.

"어휴."

첫 번째 한숨을 내쉰 재경은 볼일을 마치고 화장실을 나섰다. 설거지통에 가득 쌓인 설거짓거리 주변으로 초파리가 윙윙 날아다녔다. 두 번째 한숨이 나왔다. 벌써 밖은 한낮이었다. 최근 들어 아침이라고 불릴 만한 시간에 깨어난 적이 있었던가. 세 번째 한숨이 나왔다.

'오늘 뭐 하지.'

침대맡에 걸터앉은 재경은 허공을 바라봤다. 냉장고가 내는 미세한 소음만 들리는 적막한 집 안. 눈만 끔뻑거리다가 이내 큰 결정을 내렸다.

'씻자.'

잠시 후, 재경은 평소처럼 302호를 나섰다. 파란 추리닝 상하의 밑에 흰 러닝셔츠를 받쳐 입고서 슬리퍼를 질질 끌고 나오는 모습이 영락없는 백수였다. 옆집 301호 주민, 송태영이 계단참으로 막 올라오고 있었다.

"아, 안녕하세요."

"안녕하세요."

"출근하세요?"

재경이 무심하게 던진 물음에 태영은 고개를 가로저었다.

"가게 문 잠가놓고 잠깐 뭐 좀 가지러 왔어요."

"그렇구나. 좋은 하루 보내세요."

고개를 꾸벅인 재경은 털레털레 계단을 내려갔다. 문 주변에 전단이 덕지덕지 붙은 202호와 201호, 깔끔하게 정리된 102호와 101호 앞을 차례로 지나쳤다.

밖으로 나온 재경은 주린 배를 쓰다듬었다. 밥부터 먹고 생각할까. 시원 칼칼한 등뼈 해장국과 추억의 옛날 돈까스 정식을 후보에 두고 상점가를 어슬렁거렸다.

어떤 기운을 느낀 재경은 걷다 말고 고개를 돌렸다. 바로 옆, 쇼 윈도 너머에서 무시무시한 눈초리로 자신을 쳐다보는 창백한 사 람과 눈이 마주쳤다.

"어, 어우⋯⋯."

섬찟한 재경은 그제야 지금 코를 간질이는 게 오묘한 차향이라 는 사실을 알아챘다. 이곳은 '안젤라의 찻집'. 재경을 노려보고 있 는 저 사람은 찻집 주인, 최경란이었다.

'나 좀 봐.'

입 모양으로 그렇게 말한 경란은 눈짓으로 가게 뒤편을 가리켰 다. 가게 뒤편과 연결된 후미진 골목에서 보자는 의미였다. 추리닝 저지 주머니에 양손을 찔러 넣은 재경은 불길한 예감에 신음하며 찻집 뒤편으로 느릿느릿 발걸음을 옮겼다.

"무슨 일인데요."

"나 진짜 못 해 먹겠어!"

뒷문에서 나오자마자 경란은 재경을 붙잡고 우는소리를 했다.

먹물처럼 새카맣고 윤기가 흐르는 긴 생머리, 오래된 백자처럼 새하얀 피부, 탐스러운 장미처럼 새빨간 입술. 온통 까맣고 하얗고 빨간 경란은 세계 유일의 마녀이자 목화마을의 가게 주인 중 하나 였다. 그런 사람이 지금 열댓 살 먹은 어린애처럼 재경에게 매달려 징징거렸다.

"또 뭐예요. 말해보세요."

"전에 말한 개 있잖아."

"101호 김인하?"

"그래, 인하 말이야. 다른 애들한테 넘기고 싶어. 피피도 괜찮고, 담이! 그래, 담이가 차라리 잘 맞을 것 같아. 걔는 무작정 밝잖아. 재경이 네가 은근슬쩍 잘 말해서……."

안젤라의 찻집을 운영하는 최경란은 목화마을 가게 주인의 사명을 띠고 찻집을 찾은 손님에게 적절한 조언과 특별한 경험을 제공해야 했다. 경란은 최근 한 단골손님 때문에 골머리를 썩이고 있었다. 그 손님이란 온봄주택 101호에 사는 김인하로 무뚝뚝하고 과묵한 성격의 소유자였다. 인하는 요즘 매일 저녁 퇴근길에 경란의 찻집에 들르곤 했다.

"뭐가 문제길래 그래요?"

"말이 너무 없어!"

"그럴 수도 있죠. 이번 온봄주택 세입자들이 유독 말이 없어요."

"아니, 그냥 없는 게 아니라 너무! 그중에서도 너무 없다니까?"

경란은 두 손에 얼굴을 묻었다.

"재경아. 아무래도 나, 자영업이 체질에 안 맞나 봐. 내가 누굴 치유하겠어. 저런 손님 하나 제대로 다루지 못해서 이렇게 쩔쩔매는데. 스승님, 저 같은 게 마녀가 되겠다고 해서 죄송해요!"

"에이, 또 삽질하신다. 101호랑 대화는 해봤어요?"

"응. 퇴근 시간대에는 찻집에 인하밖에 없어서 몇 번 말을 걸어봤어. 근데 항상 진짜 고민은 얘기 안 하고 엉뚱한 주제로 말을 돌리더라."

울먹울먹하던 경란은 코를 훌쩍였다.

"이런 손님은 처음이야. 역시 담이한테 떠넘겨야겠어. 담이한테는 내가 말할 테니까, 인하한테는 재경이 네가 말해줘. 담이네 가라고 슬쩍, 응? 무슨 말인지 알지? 지금 인하 안에 있거든? 우연히 만난 것처럼 합석해서……."

"아, 싫어요. 잘 알지도 못하는 사람한테. 저 낯가리는 편이거든요?"

"그치만 나 혼자서 걜 내쫓을 순 없잖아. 내가 어떻게 그래."

"그냥 시간을 두고 어떻게 잘해봐요. 마녀잖아요."

"못 하겠어, 재경아. 이건 진짜 다른 사람이 맡는 게 나아. 인하를 보면 너도 알 거야. 걔 정말 힘들어해. 뭐 때문인지 모르겠는데, 보고 있으면 절벽 끝에 아슬아슬하게 서 있는 것 같아."

두 팔로 자기 몸을 감싼 경란이 눈을 내리깔았다.

"피가 무지막지하게 나는 상처에 나는 반창고 하나 붙여주는 격이야. 엄청 아플 텐데 내색도 안 하고. 그래서 계속 내버려둘 수가 없어. 불쌍하잖아. 아직 이렇게 어린데……."

턱을 문지르던 재경이 "흠" 하고 신음했다.

"그냥 계속 맡으시죠. 이렇게까지 마음 써주는 가게 주인도 흔하지 않잖아요? 게다가 101호도 여길 많이 의지하는 것 같고."

"그러니까. 우리 집이 마음에 드나 봐. 그렇지만 내가 정말 인하를 도와줄 수 있을까? 솔직히 자신 없어."

"삼 년 차 터줏대감으로서 말하자면, 용기를 가져요. 지금껏 잘

해왔잖아요. 또 너무 걱정하고 계십니다. 뭐, 굳이 한 가지 부족한 점을 꼽는다면."

"꼽는다면?"

허공을 바라보던 재경이 길게 침음했다. 안절부절못하던 경란이 참지 못하고 "으으!" 하고 재촉했다.

"지금쯤 명언 하나는 나올 타이밍이긴 하죠."

"명언? 그게 무슨 소리야?"

"문제의 본질을 꿰뚫는 촌철살인! 그 한마디를 듣고 무언가 깨달음을 얻는 손님! 흔한 클리셰죠. 지금 부족한 건 그 한마디라고 봐요."

못 미더운 듯 경란의 입꼬리가 삐뚜름해졌다. 부스스한 뒤통수 긁기로 화답한 재경이 어수룩하게 물었다.

"저 이제 밥 먹으러 가도 되죠?"

재경을 보내고 나서 경란은 조심스레 뒷문을 닫고 계산대로 돌아왔다. 구석진 자리에서 인하가 조용히 차를 홀짝이고 있었다. 남몰래 인하의 뒤통수를 흘긋한 경란이 재경의 조언을 곱씹어 봤다.

'명언, 명언이라.'

그래, 꼭 그 사람의 사연을 낱낱이 알아야 조언할 자격이 생기는 건 아니다. 말하지 않아도 심중을 꿰뚫어 보고 알맞은 조언을 건넬 수 있어야 훌륭한 마녀라고 할 수 있다. 오래전에 타계하신 안젤라 스승님께서도 경란의 말 못 할 고민을 척척 꿰뚫어 보시고 의미심장한 조언으로 도와주시지 않았던가.

'할 수 있어. 할 수 있어……'

빈 찻주전자와 찻잔이 놓인 나무 쟁반을 들고 김인하가 이쪽으로 걸어왔다. 마음속으로 여러 번 다짐한 경란은 차분하게 표정을 고쳤다.

"가려고?"

"예, 계산은……."

쟁반을 내려놓은 인하의 손목을 콱 붙들고 경란이 눈을 똑바로 들여다봤다. "인하야." 자기 이름을 부르는 음성에 인하가 쭈뼛거렸다.

"계속 도망치면 문제는 널 쫓을 뿐이야."

강단 있는 목소리에서 힘이 느껴졌다. 인하는 꿀꺽 침을 삼켰다.

"그러니까 직면해. 피하기만 해서는 끝이 없어."

그날은 평소와 별반 다르지 않은 날이었다,라고 김인하는 회상했다.

"어, 엄마. 무슨 일로 전화했어?"

"30분 후에 도착한다. 아직 밥 안 먹었지?"

"뭐? 갑자기 왜 온 거야?"

"인하야. 일단…… 만나서 얘기하자."

미세하게 떨리는 목소리에서 인하는 불안을 읽어냈다. 당장 몇 가지 시름이 떠올랐다. 꼭 나가 살아야겠냐는 이야기, 자신의 취업 문제, 동생의 대학교 학자금 문제 등등. 하지만 그날 어머니께 전해 들은 것은 한 번도 생각해 보지 못한 종류의 이야기였다.

집 근처 식당에서였다. 떨어뜨린 숟가락이 내는 소음, 어머니의 굳은 표정, 건너편 테이블 일행이 깔깔거리는 소리, 저절로 떨리던 손끝. 인하의 기억에는 이런 것들만 선명했다. 어머니가 했던 이야기는 물속에 잠겨 들은 것처럼 먹먹하기만 한데.

그날 인하는 자취방을 정리해 본가로 내려갔다.

"가족의 위기는 가족이 다 함께 힘을 모으면 극복할 수 있어."

울고 있는 어머니를 단단히 껴안고 인하가 말했다. 김인하는 어렸을 적부터 침착하고 인내심이 강하다는 칭찬을 자주 들었다. 그러니 이 '예상치 못한' 가족의 위기에도 제가 남들보다 잘 대처할 수 있을 거라 믿었다.

하지만 세상은 인하에게 썩 상냥하지 않았다. 본가에 내려오고 얼마 지나지 않아 최악의 하루가 찾아왔다. 그날 인하는 온봄주택 세입자 모집 전단을 발견했고, 그대로 본가를 뛰쳐나와 부모와 연락을 끊었다.

"건배!"

"박수빈의 취직과 화려한 미래를 위하여!"

"오지원의 빠른 대학원 졸업을 위하여!"

"김주하의 손목 건초염을 위하여!"

"아아, 건초염을 위하면 어떡해!"

"아, 그런가? 손목 건강을 위하여!"

"위하여!"

"건배!"

"건배!"

고등학교 동창들이 모인 술자리. 인하는 시끌벅적한 분위기에 녹아들고 싶었다. 하지만 테이블 아래로 핸드폰을 만지작거리는 손바닥이 땀으로 축축했다. 기분 전환하려고 나온 건데도 묵직한 흉통이 좀처럼 가시지 않았다.

"야, 김인하!"

"응?"

"어제인가? 너희 어머니께서 나한테 전화하셨어."

"어. 그래?"

"그래. 너더러 전화 좀 받으라더라. 살았는지 죽었는지 안부 인사는 하고 살아야지. 오죽하면 번호 차단한 거 아닌지 확인해 달라시던데."

맞은편에 앉은 고교 동창 지원이 웃으면서 말했다.

'엄마가 다른 얘기는 안 했겠지.'

갑자기 얼굴이 화끈거렸다. 술기운 때문일까? 조마조마한 심정이 되어 저도 모르게 지원을 지그시 쳐다봤다. 주위 친구들이 "뭐야, 무슨 일 있어?"라며 기웃거렸다.

"별일 없어."

"별일 없는 표정이 아닌데. 고민 있으면 털어놔. 친구가 그러라고 있는 거지."

"맞아, 맞아. 뭐, 엄마랑 싸웠어?"

"야, 싸울 수도 있지. 난 오늘도 싸우다 나왔어."

금붕어 뻐끔거리듯 입술이 몇 번 열렸다 닫혔다. 맞아. 엄마랑 싸웠어. 아주 심하게. 그래서 집을 나왔어. 왜 싸웠냐면. 줄줄이 이어지는 생각의 타래가 어느 순간 목구멍을 틀어막았다. 단 한 마디도 말로 나오지 못했다.

'임금님 귀는 당나귀 귀!'

또 이 환청이다. 귓가를 쨍하고 울리는 누군가의 고함에 인하는 움찔 미간을 찌푸렸다. 침묵을 지키고 있는 동안 주변 분위기가 싸늘해졌다. 오해가 쌓이기 전에 무슨 말이라도 꺼내야 했다.

"그게." 꿈쩍거리며 과묵하게 닫혀 있던 입술이 열렸다. "집을 나왔어."

"뭐? 너 본가 내려갔다고 하지 않았어?"

"응. 근데 엄마랑 싸운 뒤로 좀 불편해져서."

"엄마 말 잘 듣기로 유명하던 놈이 뭐 때문에?"

"그냥." 인하는 어떤 변명을 붙여야 할지 알 수 없어 얼버무렸다. "의견 차이로 좀."

눈치가 없지 않고서야 다들 알아챌 수 있었다. '의견 차이'는 밝힐 수 없는 복잡한 사연으로 만든 역겨운 요리에 치즈 따위를 덮어 그럴싸하게 꾸며놓은 것이었다. 지금 지글지글 구워지고 있는 철판 위 볶음밥처럼.

"와하! 김인하, 아직 청춘이네! 부모님이랑 싸우고 집 나가는 거 살면서 한 번쯤 해봐야 하는 거잖아."

"그래, 인마. 요즘엔 너무 숙이고 사는 것도 불효야. 줏대 있게 자기 길 찾아서 부모한테 손 안 벌리고 독립하는 게 오히려 효도라니까?"

눈치 빠른 친구들이 덜 민감한 주제로 대화를 이끌어갔다. 그들은 이내 주하가 키우는 강아지, 뽀또가 대통령이 되면 어떨 것 같냐는 시답잖은 이야깃거리에 골몰했다.

좋은 친구들이라고 인하는 생각했다. 다들 배려심도 깊고 유쾌하다. 그렇기에 더더욱 자신이 떠안은 가족 문제를 솔직히 털어놓을 수 없었다. 그것은 일종의 수치스러운 부분, 밝힐 수 없는 약점이었으니까.

인하는 괜히 팔뚝을 긁적거렸다. 자신은 지금 이 친구들과 함께 술자리를 즐길 자격이 없을지도 모른다. 즐겁게 웃고 떠들자고 모인 무리에 초를 치고 있으니까. 뭐가 문제인지 솔직히 털어놓을 용기도 없으면서.

"어이, 김 씨! 대리 불러줄 테니까 기다렸다 가!"

"아이, 괜찮아. 괜찮아. 술 다 깼어. 어디 멀리 가는 것도 아니고 엎어지면 코 닿을 데 가는 건데."

"단속이라도 뜨면 어쩌려고 그래. 하이 참, 이 양반이 진짜."

반대편 테이블에서 만취한 직장인들이 크게 떠드는 소리가 들렸다. 인하는 주먹을 꽉 쥐었다가 벌떡 일어났다. 욕지기가 치미는 걸 내리누르고 가짜 웃음을 서투르게 지으며 친구들에게 말했다.

"나 속이 좀 안 좋아서. 먼저 간다."

빨리 집에 가고 싶었다. 아무도 저를 찾지 못할 온봄주택 101호로.

급히 술자리를 빠져나온 인하는 목화마을의 밤거리를 걸었다. 대부분의 상점이 문을 닫아 거리는 어두웠다. 시린 밤공기에 기침이 났다. 언제까지 이렇게 숨기고 살 수 있을까? 아무렇지도 않은 척. 아무 문제도 없는 척.

실은 가슴을 짓누르는 비밀이 무게를 불리다 못해 언젠가 저를 짓뭉개 버릴 것처럼 묵직해졌는데.

"있잖아, 우리 아버지가 지금……."

혼잣말로도 말이 나오지 않았다. 주변에 있던 누군가가 혹시라도 엿들을까 봐. 인하는 떳떳하고 당당하게 살고 싶었던 자신의 바람이 완전히 망가졌음을 느꼈다. 그 순간, 또다시 환청이 고막을 때렸다.

'임금님 귀는 당나귀 귀!'

인하의 걸음이 조금씩 빨라졌다. 뭔가에 쫓기는 기분까지도 들었다. 정신없이 걸으며 숨을 헐떡거리던 인하는 희미한 불빛을 발견했다. 늦은 시간까지 영업 중인 상점의 조명. 그 따스함에 이끌려 멈춰 서자 고풍스러운 필체로 적힌 간판이 보였다.

〈안젤라의 찻집〉

서양식 저택처럼 꾸며진 외관이 꼭 동화 속 마녀의 집 같았다.

인하는 차를 자주 마시는 사람은 아니었다. 카페에서도 차라리 아메리카노를 시키는 타입이었다. 그런데 가게에서 나는 신비로운 향기를 맡자 신기하게도 절로 군침이 돌았다.

문을 열었다. 검은 경첩이 끼익하고 작게 소리를 냈다.

"어서 와."

다짜고짜 말을 놓은 찻집 주인은 계산대에 서서 인하를 우두커니 응시하고 있었다. 그 사람은 어딘가 인간 같지 않았다. 고전 명화에서 막 튀어나온 듯 고혹적인 매력이 풍기는, 이 찻집과 한 몸처럼 잘 어울리는 사람이었다.

가게 곳곳에서 정체를 알 수 없는 액체들이 보글보글 끓으며 희끄무레한 수증기를 뿜어냈다. 내부는 동굴에 들어온 것처럼 시원했다. 벽을 가득 채운 찬장과 책장에는 정체를 알 수 없는 잡화와 두꺼운 서적이 가득했다. 입구에서 서성거리는 인하에게 찻집 주인이 말했다.

"편한 곳에 앉아. 웰컴 티를 내줄게."

"저 결제는……."

한 손을 들어 말을 막은 찻집 주인이 단호하게 말했다.

"후불."

인하는 구석진 자리에 앉았다. 소파 쿠션에서 달콤한 과자 냄새가 풍겼다. 주인장의 어투도 그렇고, 인테리어도 그렇고. 정말 콘셉트에 충실한 가게구나. 이런 곳은 처음인지라 인하는 영 어색하기만 했다.

"자, 마셔."

소리 없이 다가온 주인이 찻잔 하나를 인하의 앞에 내려놓았다. 단풍 든 참나무잎 색 찻물에서 훈기가 느껴졌다.

"여기 처음이지? 이게 네 마음을 열어줄 거야."

도도하게 덧붙인 찻집 주인은 "주문할 마음이 들면 종을 울려"라고 한 뒤 어딘가로 사라졌다. 인하는 얼떨떨하게 찻잔을 들고 찻물을 쏟지 않게 조심하며 한 모금 들이켰다. 적당한 온도로 데워진 웰컴 티가 차가운 가슴을 녹였다. 긴장으로 뻣뻣해진 어깨가 저절로 느슨해졌다.

"하아."

뭐지? 조금 마음이 놓이는 것도 같다.

힘이 쭉 빠진 인하는 푹신한 쿠션에 완전히 파묻혀 몸을 기댔다. 일렁거리며 타고 있는 촛불, 곁에 놓인 메뉴판이 그제야 눈에 들어왔다. 휘갈겨 적어놓은 메뉴들이 하나같이 복잡했다. 무슨 수식처럼 보였다. 처음 보는 이름들을 한참 들여다보았지만, 10여 분이 다 지나도록 무엇을 시켜야 할지 정할 수 없었다.

"주문서."

갑자기 들려온 목소리 때문에 화들짝 놀라 옆을 보았다. 어느새 다가온 찻집 주인이 무표정한 얼굴로 무슨 전표 같은 것을 테이블에 놓고 펜과 함께 인하에게로 밀어주었다.

"못 고르겠으면 여기다 지금 느끼는 감정을 적어. 아니면 느끼고 싶은 감정을 적든가. 어울리는 차를 찾아줄게."

"아, 네······."

다시 10여 분을 고민한 끝에 인하는 작게 글씨를 끼적였다.

'느끼고 싶은 감정: 후련함'

테이블 위 작은 종을 울리자, 찻집 주인이 아무 말 없이 주문서만 가져갔다. 곧 얼음 컵에 담긴 냉침차가 나왔다. 언뜻 맹물처럼 보일 정도로 옅게 우린 녹차 같았다.

"얼음까지 깨물어 먹어."

자잘한 얼음 안에는 말린 꽃잎이 들어 있었다. 찻집 주인이 떠나자마자 인하는 찻물을 들이켰다. 감태 향이 나는 찻물에 섞여 얼음 하나가 흘러들어 왔다. 입안에서 얼음 조각을 굴리다가 우두둑 깨물었다. 어금니가 꽃잎을 짓이기자, 시원한 바람이 불었다.

그 순간 숨통이 트였다.

기분 탓이 아니었다. 숨이 제대로 쉬어졌다. 폐부 가득 산뜻한 공기가 차올랐다. 뙤약볕에 이글거리는 우리에서 막 탈출한 짐승이 처음 그늘진 숲속에 몸을 뉘었을 때의 해방감. 헉헉거리던 인하는 고개를 숙였다. 어느새 맺힌 눈물이 방울방울 테이블 위로 떨어졌다.

"흐윽, 흑, 으흐윽……."

인하는 이가 시릴 정도로 얼음을 씹었다. 가슴을 짓누르던 묵직한 비밀이 희미해졌다. 잠시라도, 아주 잠시라도 이런 순간이 절실했다. 차를 다 마시고 나면 사라질 순간이더라도.

그때부터였다. 퇴근길마다 안젤라의 찻집에 들러 주인이 우려 준 시그니처 티로 하루하루 마음을 달래는 것이 일과로 자리 잡은 것은.

"인하야."

평소처럼 차를 마시고 가려는데 찻집 주인이 인하를 불렀다. 그 사람과 눈을 맞췄을 때, 인하는 지금껏 비밀을 숨기려 했던 노력이 전부 소용없는 짓이었음을 깨달았다.

"계속 도망치면 문제는 널 쫓을 뿐이야."

찻집 주인의 무표정은 세상만사를 완벽하게 파악하고 있는 것처럼 보였다. 그렇기에 인하는 귓구멍에 세게 들어박히는 조언을 그저 흘러가는 말로 취급할 수가 없었다.

"그러니까 직면해. 피하기만 해서는 끝이 없어."

충격을 받은 채로 찻집 주인이 건넨 명함을 받았다. 명함에 적힌 이름 석 자, 최경란. 인하는 얼떨떨하게 가게를 나와 온봄주택으로 향했다.

혼자뿐인 101호. 의자에 앉았다가, 매트리스에 앉았다가, 집 안 곳곳을 연신 서성거렸다. 핸드폰을 만지작거리는 손이 산만하게 움직였다. 한참이 지나 신중히 화면을 밝힌 인하는 연락처 목록을 훑었다. 그러고 나서 심호흡 끝에 어머니의 번호를 차단 해제했다.

'그 사람 말이 맞아. 피하기만 해서는 끝이 없어. 아빠 일 때문에 괴로운 건 사실이야. 그래도 영원히 부모님을 안 보고 살 순 없으니까. 그러니까 지금이라도 엄마랑 화해해야 해……'

눈을 질끈 감고 떨리는 엄지로 통화 버튼을 눌렀다. 얼마 지나지 않아 "여보세요?" 하는 익숙한 목소리가 들렸다.

"엄마, 나야."

김인하는 문제를 직면하기로 했다.

"우리 아빠 보러 가자."

아버지를 만나고 돌아가는 차 안. 운전대는 인하가 잡고, 조수석엔 어머니가 타고 있었다.

"그래서 네가 만났다는 사람이 무당이라고?"

어머니는 들려준 내용과 전혀 다른 소리를 했다. 그래서 인하는 "그냥, 찻집 주인" 하고 정정해 주었다.

"찻집 주인이 그렇게 용한 소리를 해? 엄마 번호까지 차단해 놓은 자식이 웬일로 전화를 다 줄 만큼."

"거기 괜찮아. 디저트도 맛있고."

"그런 데가 있었으면 엄마를 제일 먼저 데려갔어야지."

하지만 그땐 우리가 싸웠잖아. 인하는 말을 삼켰다. 그리고 여전한 불편감을 최대한 내리눌렀다.

"아무튼 잘한 거야, 너. 부모 안 보고 사는 자식 중에 행복한 사람 없다. 너희 아빠도 오늘 너 보니까 얼마나 좋아했니. 앞으로도 자주자주 엄마랑 같이 오는 거야. 알겠지?"

"응, 알았어."

자동차 엔진음이 유난히 크게 들렸다. 적막을 깨고 어머니가 물었다.

"그래, 요즘 너 무슨 일 하면서 지내니?"

"싹싹연구소라고, 작은 청소 업체 다니고 있어."

"이름 좋네. 거기 벌이 괜찮다니?"

"그냥. 평범해."

또 말이 끊겼다. 이번엔 인하 쪽에서 먼저 물었다.

"왜, 돈 빌려줘?"

"아니! 얘는, 내가 또 너한테 무슨 소리를 들으려고."

어머니는 학을 뗐다.

"아직도 성하랑 택배하느라 힘든가 해서."

"택배 일 그만뒀어. 성하도 2학기부터는 복학해야지. 다음 달부터 국밥집 들어가기로 했으니까 괜찮을 거야."

"뭐?"

"뭐가 뭐야."

"내가 외할머니한테 손 벌리지 말라 했잖아. 그래서 택배 트럭 살 때도 도와준 건데 그렇게 쉽게 그만두면 어떻게 해."

인하의 외할머니는 TV에 여러 번 나올 정도로 유명한 국밥집을 운영하고 있었다. 어머니는 그곳의 직원으로 일할 생각인 듯했다. 그러나 인하는 어렸을 적부터 익히 보고 들었다. 외가가 어머니를 얼마나 어처구니없이 부려먹었는지. 또 얼마나 어머니를 대놓고 무시해 댔는지.

"얘. 외할머니가 내 엄마지, 네 엄마니? 내가 돈 잘 버는 내 엄마 집 들어가서 일도 돕고 돈도 벌겠다는 게 뭐가 어때서."

"몰라서 물어? 나 대학 다닐 때도 학자금 보태주겠다고 아빠랑 그 국밥집 들어갔다가 일 년도 못 버티고 나왔잖아. 돈은 일한 만큼도 못 받고, 무시란 무시는 다 당하고, 고생은 고생대로 실컷 하고."

"이번엔 달라. 너희 외할머니한테 내가 시급 제대로 쳐주지 않으면 다시는 안 볼 거라고 똑바로 얘기했어."

"뭐어? 잘도 그러겠다. 외할머니는 엄마 부려먹을 생각밖에 없어. 그냥 엄마가 매번 참고 묵묵히 일하니까 엄마가 만만한 거야. 알바 하나 줄이고 엄마 막 부려먹으면 되니까!"

"너 말 그렇게 함부로 할래? 그래도 이번에 너희 아빠 일 얼마나 많이 도와주셨는데. 난 진짜 그때만 떠올리면!"

"그러게, 아빠는 왜!"

심한 말을 내뱉으려던 인하는 간신히 입술을 깨물었다. 자식 된 도리로 해서는 안 될 것 같은 말이 자꾸 목구멍까지 치밀었다. 구시렁거리던 어머니가 조수석 창문을 내렸다. 세찬 바람이 조곤조곤한 말소리를 흩뜨렸다.

"그러면 엄마가 이 나이 먹고 어디서 일을 구해. 너희 아빠 일 때문에 돈은 없지, 성하는 학교 들어가야 하지, 택배 일은 너무 힘들고. 엄마 이번에 5키로나 빠졌어. 아무리 운동해도 안 빠지던 살이 택배하니까 빠지더라."

"나 있잖아. 내가 돈 빌려준다니까? 지금까지 모아놓은 거 빌려줄게."

"됐다. 네가 무슨 돈이 있다고."

"엄마!"

"운전에나 집중해."

부글부글 끓는 속은 도통 가라앉지를 않았다. 정말 이상했다. 다른 사람 일이었다면 이렇게까지 화가 나지 않았을 텐데. 어머니와 얘기하면 인하는 금방 화가 났다. 서로가 서로를 위하는 말을 하고 있는데도 그랬다. 그 많던 인내심과 평정심, 과묵함은 엄마 앞에서는 지켜지지 않았다.

다급하게 안젤라의 찻집에서 마셨던 차의 맛을 떠올렸다. 불안하게 뛰는 가슴을 진정시켜 주던 차. 운전대를 꽉 쥐고 인하는 끝없이 되뇌었다. 문제를 직면해야 한다. 문제를 직면해야 한다. 문제를······.

"애초에 아빠만 잘했어도."

임금님 귀는 당나귀 귀!

"아빠가 그러지만 않았어도!"

임금님 귀는 당나귀 귀!

최악의 하루가 돌아왔다. 자물쇠가 풀린 입에서 가슴에 묻어두었던 말들이 콸콸 쏟아져 나왔다. 허물어진 둑처럼 걷잡을 수 없이 터져 나오던 원망과 분노의 말들이 도무지 멈춰지지 않았다.

결국에는 인하도 엄마도 엉엉 울었다. 서로 소리치고 저주하며 가장 상처가 되는 과거의 일을 끄집어냈기 때문이었다. 가족이기에 더 잘 알고 있는 상대의 약점은 이럴 때 진가를 발휘했다.

목이 다 쉰 채 인하는 본가에 도착했다. 사고 없이 도착한 게 기적이었다. 어머니가 차에서 내렸고, 인하는 내리지 않았다.

"자고 가."

"집에 갈 거야."

"여기가 집이야."

"내 집에 갈 거야."

"너무 늦었다. 밤 운전 위험해. 일찍 깨워줄 테니까 한숨 자고 가."

어머니와 눈도 마주치지 않은 채 인하는 정면만 봤다. 말없이 차를 출발시킨 인하는 사이드미러에 보이는 어머니를 의식하지 않으려 했다. 운전대를 쥔 손이 얼얼했다. 아마 부모 가슴에 대못을 박은 직후라 그런 듯했다.

'다시는 여기 돌아오나 봐라.'

이를 악물고 고속도로를 달렸다. 중간중간 가드레일에 자동차를 들이받고 싶은 충동을 억눌러야 했다. 그만큼 격앙되어 있었다. 서로에게 했던 말들이 쉴 새 없이 머릿속에서 되풀이되고 있었으니까. 그만 생각하고 싶었는데도 그게 잘되지 않았다.

"자고 가려고 했다고. 자고 가려고 했는데, 도저히⋯⋯."

같은 공간에 더 있고 싶지 않았어. 목이 메어 속으로 중얼거렸다.

어머니와의 관계는 이제 돌이킬 수 없게 된 걸까. 아무도 없는 차 안에서 인하는 소리를 질렀다. 잠시 진정했다가도, 서러워서 또 울었다. 가장 힘든 시기에 힘이 되어야 할 '가족'이란 울타리가 사라졌다. 이제 완전히 혼자였다. 자신에게 가족이란 남보다 못한 사이가 되어버렸으니까.

목화마을에 도착했을 때는 거리에 불 켜진 곳 하나 없는 야심한 시각이었다. 새카만 건물들과 가로등이 유독 거대해 보였다. 그것들이 자신을 내려다보며 맹렬히 비난하는 것 같았다. 어떻게 엄마한테 그런 심한 소리를 할 수 있느냐고. 키워준 은혜도 모르는 이 불효막심한 자식!

'전부 다 해야 할 말이었어. 난 잘못하지 않았어. 떳떳하고 당당해.'

하지만 잘못되었다. 왜일까? 답을 찾지 못하고 집으로 도피했다. 가능하면 잠 속으로 도피하고 싶었다. 하지만 그럴 수 없었다. 여전히 화가 났고, 수치스러웠고, 후회스러웠다. 그리고 막막했다. 답답하고 갑갑했다.

핸드폰을 들었다. 친구들의 메신저를 들락날락했다.

'안 돼. 애네한테 이런 가정사는 말 못 해.'

침대맡에 걸터앉아 두 손에 얼굴을 묻었다. 한참을 흐느끼다가 바닥에 떨어진 명함을 발견했다. 안젤라의 찻집에서 받아 주머니에 쑤셔 넣었던 명함. 아까 핸드폰을 꺼낼 때 함께 딸려 나온 듯했다. 물에 빠진 사람 지푸라기 잡는 심정으로 명함의 전화번호를 확인했다.

"여보세요?"

몇 번의 통화 연결음 끝에 찻집 주인의 목소리가 들렸다.

늦은 밤, 경란의 핸드폰이 시끄럽게 울렸다. 모르는 번호였다. 이런 늦은 시간에 자신에게 전화할 사람은 없었다. 의아해하며 받아 들자, 전화기 너머로 힘겹게 울음을 삼키는 소리가 들렸다.

"여보세요?"

"저, 죄송합니다."

으윽 헐떡이며 사과하는 사람은 분명 김인하였다.

"지금……, 지금 영업 안 하시나요?"

놀란 경란은 잠시 아무 말도 하지 못했다. 좋지 않은 예감으로 몸이 얼어붙었다. 이쪽에서 아무 말이 없자 전화를 건 사람이 변명하듯 주절거렸다. 자기 딴에는 차분하려고 애쓰는, 형편없는 목소리였다.

"제가 지금 상황이 좀 안 좋은데요. 다른 게 아니라 정말 어디 말할 곳이 없어서요. 죄송합니다. 그냥, 그, 들어주시기만 해도 괜찮은데……."

애써 가볍게 말하려는 노력이 무색하게 목소리에서는 간절함이 묻어 나왔다. 경란은 크게 숨을 들이켠 뒤 대답했다.

"문은 열어놨어. 네가 들어오기만 하면 돼."

몇 분 후 전화가 끊겼다.

안젤라의 찻집에 불이 들어왔다. 거리에 켜진 유일한 빛이었다.

엉망인 얼굴로 쭈뼛쭈뼛 들어온 인하에게 경란은 웰컴 티를 내주지 않았다. 자리에 앉고 얼마 지나지 않아 냉담한 침묵 속에서 인하가 왈칵 눈물을 쏟았다. 세상이 무너진 것처럼 우는 손님을 경란은 무표정으로 지켜봤다.

"다 울었어?"

인하가 작게 고개를 끄덕였다.

"그러면 이제 어떻게 된 일인지 하나도 빠짐없이 말해."

경란의 지시에 인하는 면죄부를 얻은 것 같았다. 절대 말해서는 안 되는 수치스러운 비밀까지 털어놔도 괜찮다는 면죄부. 한동안 무엇부터 말해야 할지 고민하며 입술을 움찔거리던 인하는 어렵게 한마디를 토해냈다.

"아빠가 감옥에 갔어요."

아직도 인하에게는 얼얼한 충격으로 남아 있었다. "인하야, 놀라지 말고 들어." 평소와 별반 다르지 않았던 날. 식당에 마주 앉은 어머니가 말했다. "아빠가 감옥에 갔어. 음주 운전으로."

어느 날, 술에 취한 아버지가 몬 자동차에 사람이 치어 죽었다.

"그리고 엄마는……." 인하는 마저 말했다.

김인하의 어머니, 임수일 여사는 남편의 죄를 있는 그대로 받아들일 수 없었다. 남편을 무척이나 사랑했고, 재판 과정이 지나치게 힘겨웠던 탓이었다. 수일은 인하에게 몇 번이나 강조했다.

"너희 아빠가 무슨 잘못이 있니? 얼마 취하지도 않았는데, 상대 차선에서 중앙선을 침범한 걸 무슨 수로 피해!"

더불어 김인하의 아버지, 김정환은 면회 온 가족에게 말했다.

"인하야. 아빠가 감옥에 들어와 보니까 세상에 억울한 사람들이 얼마나 많은지 알겠더라."

　그러나 인하는 떠올렸다. 애주가인 아버지가 별 대수롭지 않게 음주 운전을 해왔던 기억. 걱정하는 제게 어머니가 "알아서 조절하지 않았겠느냐"라며, 핀잔을 주던 기억. 인하는 죄의식이 들었다. 가족이 경각심을 가질 만큼 자신이 큰 소리를 냈더라면.

　'적어도 사람이 죽지는 않았을 텐데.'

　죄의식은 점점 자라났다.

　"이게 다 우리가 힘이 없어서 그래. 너희 아빠 그렇게 만든 사람 집안에 검사 친척이 있다더라. 인하, 너도 공부를 더 해서 큰일을 해야 했는데. 힘 있는 사람이 되어야 지금처럼 당하고 살지 않을 텐데."

　재판 과정을 견디며 수일은 인하에게 이런 말로 괴로움을 토로했다. 상대 차량이 중앙선을 침범했다는 사실을 증언해 주기로 한 정환의 후배가 법정에 나오지 않으면서 유죄는 확정되었다. 얼굴을 붉히며 급히 떠나는 변호사를 수일은 허망하게 바라보았다.

　"이럴 수는 없잖아. 인하야, 세상이 우리한테 이럴 수는 없다. 항소해야겠어. 다른 변호사를 알아봐서……."

　"엄마. 이제 그만해."

　견딜 수 없을 만큼 죄의식이 불어났을 때, 인하는 폭발했다.

　"그런다고 아빠가 음주 운전인 게 달라져? 이거 아빠 잘못이야. 아빠가 그런 거라고."

　"너 어떻게 그런 식으로 말할 수 있어! 너희 아빠는 운이 없었을 뿐이야. 상대 쪽에서 들이받으려고 오는데 너희 아빠가 무슨 수로 피해!"

"아빠가 술만 안 마셨어도 사람이 죽지는 않을 수 있었어!"

임금님 귀는 당나귀 귀! 수일은 울음을 터뜨렸다.

"잘 모르면서 그렇게 말하지 마라. 너희 아빠랑 내가 얼마나 힘든지 아니? 너희 아빠 후배란 사람은 재판에 나오지도 않고, 변호사 선임비도 그래. 엄마 혼자 다 감당하기가 얼마나 힘들었는데. 인하 네가 어떻게, 어떻게 그런 말을 할 수 있어!"

수일의 분노는 인하에게 옮겨붙었다. 얼굴이 시뻘게진 인하는 곱게 말하는 능력을 잃었다. 솔직히 내뱉은 속내는 날카롭게 수일을 공격했다. 인하는 제가 생각한 아버지의 잘못을 낱낱이 짚어주었다.

"아빠가 술 마시고 사고 낼 뻔한 거 우리가 한두 번 봐줬어? 아빠는 항상 그랬어. 들키지만 않으면 잘못이 아니라고, 다들 그러고 산다면서 자기가 저지르는 불법에 관대했잖아."

"그게 뭐가 대수라고 그래. 술 마시고 운전한 걸로 다 감옥에 가야 한다면 대한민국 사람 절반은 감옥에 있을 거다."

"사고가 났잖아. 그리고 같은 차에 타고 있었다던 후배만 해도 그래. 아빠가 자꾸 미덥지 못한 사람들이랑 어울리는 것도 싫었어. 그 사람, 법적인 문제가 있어서 증인으로 출석 안 하는 거라며? 뭔가 켕기는 게 있으니까."

"지금 그 얘기가 왜 나오니? 그 후배란 사람이 의리 없는 거지,

그게 어떻게 너희 아빠 잘못이 돼. 인하, 너 그러면 안 된다. 너 아빠한테 그러면 안 돼."

"판사나 검사나 증거가 명백하니까 아빠가 유죄가 된 거야. 우리가 법을 잘 몰랐기도 했지만, 애초에 술에 취해서 운전하면 안 됐어. 우리가 그러지 말라고 아빠한테 제대로 말해줬어야 한다고!"

"너 자꾸 제대로 모르면서 그런 말 할래!"

고성이 오갔다. 인하는 자신이 옳다고 생각하는 것을 소신 있게 밀어붙였다. 떳떳하고 당당하게. 하지만 어머니의 옳음은 인하와 같지 않았다. 같을 수도 없었다. 이 다툼에서는 무엇이 사실인지 아닌지는 중요하지 않았다. 각자의 상황이 불러일으킨 감정이 너무 짙었으니까.

얘기하면 할수록 인하는 어머니와 끝없는 평행선을 달리는 듯한 기분이었다. 이렇게는 도저히 함께 살 수 없을 것 같았다. 아버지는 또다시 음주 운전을 저지르고, 어머니는 상대 차량 탓이나 하며 살 게 뻔히 보였다.

어쩌면 다시금 침묵을 지켜야 할지도 몰랐다. 평생 이 일로 어머니와 언쟁하며 살 수는 없으니까. 하고 싶은 이야기가 있어도 꾹 눌러 참고. 해야 할 말이 있어도 드러내지 않으며. 하지만 도저히 그렇게 할 자신이 없었다.

그대로 집을 뛰쳐나간 인하는 온봄주택 전단을 발견했다.

"문제를 직면하라고 하셨잖아요."

모든 사연을 털어놓은 인하는 눈물을 뚝뚝 흘렸다.

"직면했는데 왜 이렇게 된 걸까요? 엄마 아빠가 너무 미워요. 부끄러워요. 아빠가 낸 교통사고로 사람이 죽었어요. 아빠가 감옥에 갔다고요. 드라마에서나 봤지, 내 가족이 잘못을 저질러서 감옥에 갈 줄은 상상도 못 했어요. 어떻게 그럴 수 있어요. 친구들에게는 절대 말 못 해요. 내 아빠가 범죄자가 되었다고. 그래서 감옥에 갔다고. 전 이런 일이 제 인생에 일어날 거라고 정말 상상도 못 해서……."

문제를 직면하고자, 인하는 수일과 화해를 시도했다. 어떻게든 가정의 평화를 지키고 싶었으니까. 그리고 몇 번이고 다짐했다. 떠오르는 말이 있어도, 옳다고 생각되는 신념이 있어도 그걸 드러내지 말자. 어머니의 트라우마를 건드리지 말자. 다시 화목했던 가족으로 돌아가는 거야.

아버지를 면회하러 갔을 때는 성공했다. 문제가 사라진 것처럼 느껴졌다. 체기와 닮은 불편감이 가슴을 짓눌렀지만, 오랜만에 보는 부모님의 웃는 낯을 지키고 싶었다. 이걸로 된 거야. 머릿속에 자꾸 떠오르는 몇 가지 생각만 죽이면 돼. 말로 꺼내지만 않으면 모두 평화로워.

"하지만 말할 수밖에 없었어요. 우리가 뭘 잘못했는지 인정하고 반성해서 이런 일을 되풀이하고 싶지 않았어요. 전 정말이지 이 사회에서 떳떳하고 당당하게 살고 싶었어요. 그렇지만 제가 솔직하게 한 말들이 엄마에게 너무 큰 상처를 줬어요. 어쩌면 내가 틀린 걸까요? 하지만……."

머리를 감싸 쥔 인하는 고통스럽게 신음했다.

"가족이었던 사람이 더는 내 가족이 아니게 된 것 같아요. 의지도 위로도 안 되는, 속에 있는 말도 제대로 꺼낼 수 없는 그런 관계잖아요. 제가 뭔가 다르게 행동했더라면 지금 같은 일을 막을 수 있었을까요? 그냥 부모님이 무어라 하시든 내버려두는 게 맞았을까요? 이제 전 뭘 어떻게 해야 할지 모르겠어요. 혼란스러워요. 혼자서 어떻게 살아가야 할지도 막막하고. 저는, 저는 아무것도 모르겠어요."

쉬고 갈라진 목소리는 인하가 얼마나 무리해서 말하고 있는지를 알려줬다. 평생 할 말을 이 자리에서 눈물과 함께 다 쏟아내려는 것 같았다.

"이렇게 되고 나니까 자꾸 안 좋은 생각이 들어요. 아주, 아주 안 좋은 생각이요. 어째서 이렇게 된 거지? 어째서……."

아무것도 말하지 않던 인하가 절벽 끝에 서 있었다면, 지금의 인하는 절벽 끝에 매달려 있는 것처럼 보였다. 시체처럼 창백해진 경란이 벌떡 일어났다. 두 손에 얼굴을 묻고 있던 인하가 눈물범벅으로 고개를 들었다.

"자, 잠깐"이라고 더듬거린 경란은 인하를 내버려두고 급히 뒷문으로 향했다. 경란의 잇새에서 목이 졸리는 듯한 소리가 샜다. 뒷문을 열어젖힌 마녀는 황급히 골목으로 뛰어들었다.

"어."

골목에서 담배를 피우던 재경은 갑작스레 등장한 경란을 보고 얼어붙었다.

"아니, 여기만 계속 불이 켜져 있길래 무슨 일인가 해서……. 그리고 그, 101호 우는 소리가 너무 크게 들리는 거예요. 일부러 엿들으려던 건 아니고. 음, 그게, 꽁초는 치울 테니까, 예, 담배 냄새는 죄송하게 됐습니다."

서둘러 담배를 밟아 끈 재경이 어색하게 변명했다. 별안간 경란이 다가와 엉거주춤 선 재경의 옷자락을 붙들고 주저앉았다.

"나, 나 못 하겠어."

혼이 나간 목소리로 경란이 중얼거렸다. 충격을 받아 다리에 힘이 풀린 것 같았다. 상황을 짐작하고 있었던 재경이 경란의 상태를 살폈다.

"괜찮아요?"

"토할 것 같아."

이 어수룩한 마녀는 부담감을 견디지 못하고 손님을 버려둔 채 도망친 모양이었다. 재경은 우선 패닉 상태에 빠진 경란의 등을 두드려주었다.

"나 때문에, 내가 조언을 잘못해서 인하가 더 위험해졌어. 절벽에 서 있는 사람을 내 손으로 밀었다고. 나 같은 건 이 마을에 있을 자격이 없어. 난 인하에게 도움이 되지 못할 거야. 이런 무거운 감정은 한 번도 다뤄본 적 없단 말이야."

옷자락을 붙잡은 경란의 손이 바들바들 떨리고 있었다.

"지금이라도 다른 사람을 불러야겠어. 저런 사연을 가진 애한테 내가 뭘 해줄 수 있겠어. 재경아, 나, 나는……. 평범한 사람만 맡고 싶어."

평범한 사람. 그들이 가진 문제란, 일반적인 사람이라면 누구나 공감하는 것이다. 취직이 안 돼요, 연인이 배신했어요, 회사에서 잘렸어요, 내 꿈이 뭔지 모르겠어요. 이런 것들은 말 몇 마디와 약간의 마법으로 끝을 볼 수 있다. 인식의 전환과 깨달음만으로 충분히 해소될 수 있기에.

하지만 김인하처럼 뒤얽힌 가족사 때문에 위기에 내몰린 이들은 인식의 전환과 깨달음만으로 좋아지지 않았다. 잠깐 나아진대도 도로 가족에게 상처받아 더 깊은 고립 상태로 들어가는 사람들도 많았다. 인하는 특수하게, 아주 개인적인 방식으로 힘들어하고 있었는데, 경란은 그런 사람에게 뭘 해줘야 할지 하나도 알 수 없었다.

"경란 씨, 일단 진정."

재경은 경란의 팔뚝을 잡고 눈높이를 맞췄다. 시선이 마주 닿자 경란의 가쁜 호흡이 약간 잦아들었다.

"정말 101호에게 해줄 수 있는 일이 하나도 없겠어요?"

"없어. 없다고. 고작 하루의 위로가 내가 해줄 수 있는 전부야! 근본적인 해결책이 아니니까 인하는 또다시 다쳐서 오겠지. 그러다 어느 날 돌이킬 수 없는 일이 일어나면 어떡해!"

두 사람 다 말하지 않고서도 알았다. 도연과 호정의 일은 재경뿐만이 아니라 목화마을 전체의 상처로 남았다. 경란은 두려워하고 있었다. 뛰어난 능력을 지닌 호정도 도연의 죽음은 막지 못했다. 그 일로 호정 역시 세상을 저버렸다.

'그다음 차례가 인하가 되면 어떡하지?'

마녀는 주관적인 문제만 다룰 수 있다. 객관적인 문제를 다루는 데 마법을 써서는 안 된다. 그건 우주를 움직이는 일이다. 우주의 법칙은 과거와 미래에도 적용되므로 아주 약간만 바꾼다 해도 엄청난 대가가 따른다. 그렇기에 경란은 주관적인 문제, 한 사람만큼의 아주 작은 우주에만 손을 대기로 맹세하고 마녀가 되었다.

하지만 인하의 문제는 혼자 생각을 바꾼다고 해결될 게 아니었다. 애초부터 경란은 '평범한 사람'만 원했다. 평범하지 않은 상처를 가진 사람은 찻집의 손님으로 받고 싶지 않았다. 한 우주의 존망과 개인의 위기를 저울질하며 고뇌에 빠지고 싶지 않았으니까.

그리하여 울분에 찬 경란이 소리쳤다.

"내가 걔한테 해줄 수 있는 건 아무것도 없단 말이야!"

"정말로 해줄 수 있는 게 아무것도 없겠어요? 진심으로?"

재경이 차분하게 되물었다. 칭얼거리던 경란의 목소리가 딱 끊겼다. 여전히 재경은 경란을 깊숙이 들여다보고 있었다.

"제 생각에는요. 101호는 당신이 필요해요. 지금 그 사람 말을 들어줄 사람은 당신밖에 없거든요." 경란의 두 손을 꽉 잡은 재경이 말했다. "그리고 당신에게도 101호가 필요해요. 무려 경란 씨에게 마음을 열어준 사람이잖아요. 그런 사람을 이렇게 떠나보내도 괜찮겠어요? 아닐걸요."

경란은 아무 말도 할 수 없었다.

"마지막으로 물을게요. 최경란 씨. 정말 101호에게 해줄 수 있는 일이 단 하나도 없겠습니까?"

아랫입술을 깨문 경란은 숨을 골랐다. 눈을 감고서 재경의 손을 뿌리치고 주먹을 꽉 쥐었다. 몇 번의 심호흡 끝에 경란이 말했다.

"하나는…… 있어. 딱 하나."

어렵게 꺼낸 말에 재경이 바람 빠지는 웃음소리를 냈다.

"그거면 됐네요. 자, 일어납시다. 웃차."

재경은 경란을 일으켜 세웠다. 옷자락에 묻은 흙먼지도 툭툭 털어줬다. 그러고 나서 추리닝 저지 주머니에 손을 꽂아 넣고 어깨를 으쓱였다. 경란은 계속 땅바닥만 바라보고 있었다.

"경란 씨는 잘할 거예요." 발걸음을 옮기며 재경이 말했다. "조만간 후일담 들으러 올게요."

지나치며 경란의 어깨를 툭툭 두드린 재경은 골목을 빠져나왔다. "아차차." 되돌아온 재경이 바닥에 버린 꽁초까지 주워 가는 동안 경란은 꼼짝하지 않았다.

재경이 완전히 사라지고 나서야 슬며시 뒷문을 연 경란은 조용한 걸음걸이로 인하에게 다가갔다. 텅 빈 찻집에 홀로 앉아 있던 손님은 지금껏 두 손에 얼굴을 묻고 있었다.

"네게 해줄 수 있는 일을 찾아보고 왔어."

깊은숨을 내쉰 경란이 자기 앞에 빈 종이와 펜을 내려놓았다.

"우선 내게 전부 털어놔 줘서 고마워. 용기를 내준 대가로 나는 네게 특별한 차를 내주려고 해."

인하는 얼굴을 가리고 있던 손을 반쯤 내렸다. 벌겋게 부은 눈가가 짓물렀고, 힘없이 풀린 눈동자로 빈 종이를 천천히 쳐다봤다.

"무슨 차인지 궁금하지 않아?"

"무슨 차길래⋯⋯." 인하는 겨우 반응하는 것 같았다.

"네 정확한 감정을 진단해 차를 끓일 거야. 그러니 기왕 털어놓은 거 더 털어놓으렴. '이름을 붙일 수 없는' 네 감정을 누그러뜨리기 위해 세상에 단 하나뿐인 조합을 만들어내야 하니까."

경란이 무슨 말을 하는 건지 인하는 제대로 알아듣지 못했다. 그래서 "제가 뭘 하면 되나요"라고 쉰 목소리로 반문했다.

"네 감정의 비율을 알아보자. 지금 느끼는 감정 전체를 100이라고 했을 때 어떤 감정이 얼마큼의 비율로 들어 있는지 말해줘."

"슬픔 100이요."

긴 고민 없이 인하가 대답했다.

"그렇게 단순하지 않아. 천천히, 하나씩 느껴야 해."

경란은 인하에게 눈을 감으라고 시켰다. 순순히 눈을 감은 인하는 씨근거리며 내면을 들여다보았다. 당장 저를 괴롭히는 감정의 타래가 흉측하게 뒤엉켜 뭐가 뭔지 전혀 구분되지 않았다.

"지금 무엇이 보여?"

"어둠이요."

"그거 말고."

"아무것도 안 보여요."

"그거 말고."

"눈을 감았잖아요. 아무것도 안 보여요."

"그게 아니야. 감정의 결을 느껴봐. 그러면서 무슨 생각이 떠오른다면 그걸 솔직하게 털어놓으면 돼."

결. 감정의 결. 인하는 저도 모르게 어떤 장면을 떠올렸다.

"이건 감정이 아니긴 한데."

"괜찮아. 전부 말해."

"어두운 대나무 숲이 떠올라요. 세찬 바람이 저한테로 불어오고 있고요. 저는 대나무 숲 앞에 주저앉아서 목청이 터져라 외쳐요. '임금님 귀는 당나귀 귀!' 하고요."

파사삭, 댓잎이 서로 스치며 내는 시끄러운 소리가 아득히 들려왔다.

"어렸을 때, 엄마가 이 동화를 읽어줬어요. 엄마는 저한테 하고 싶은 말은 다 하면서 살라고 했어요. 가식 부리지 말고, 쫄지 말고, 옳다고 생각한 말은 줏대 있게 하면서 살라고. 떳떳하고 당당하게."

펜으로 무언가를 쓰는 소리가 들렸다. 경란이 종이에다가 글을 쓰고 있었다. 잠시 입을 다물고 있던 인하가 크게 숨을 들이켰다. 숙고를 마친 인하는 날숨과 함께 할 말을 뱉어냈다.

"자기 연민 한 방울."

"자기 연민 한 방울."

마치 주문을 받는 사람처럼 경란이 인하의 말을 반복했다.

"죄책감은 다섯 방울이요. 그리고, 음……. 슬픔은 두 방울밖에 안 되나 봐요. 억울함이 두 방울, 아니. 세 방울요. 분노도 두 방울은 돼요."

인하가 일러주는 감정의 양을 경란은 빠짐없이 주문서에 적었다. 줄줄 이어지는 목록을 전부 받아 적었더니 그 합이 백 방울도 넘었다.

잠시 기다리라 말한 경란은 바구니를 옆구리에 끼고 한참 찻집 안을 돌아다녔다. 책장에서 몇 권의 책을 빼내 살폈고, 주문서와 책을 번갈아 보며 찬장에서 한 가지씩 재료를 꺼내 바구니에 넣었다. 그러다 어느 순간 인하의 눈앞에서 사라졌다.

그러고 보면 직원도 없고 주인은 하나뿐인 이 찻집에서 차를 우리는 공간은 보이지 않았다. 보글보글 끓는 소리와 함께 혼자 남겨진 인하는 눈동자만 뒤룩뒤룩 굴렸다.

"자."

옆에서 갑자기 들려온 소리에 화들짝 놀란 인하는 벌렁거리는 가슴을 부여잡았다.

"어디서 나타난 거예요?"

"마셔."

경란은 완성된 차가 놓인 나무 쟁반을 내려놓았다. 재료를 이것 저것 꺼내길래 독한 냄새를 풍기는 탕약 같은 게 나올 줄 알았는데, 의외로 첫날에 마셨던 '후련함 차'처럼 맑은 초록빛이었다. 경란은 잔에 빨대를 꽂아주었다.

"대나무 빨대."

"예?"

"당나귀."

경란이 가리킨 찻잔은 당나귀 그림이 그려진 머그잔이었다.

"빨대로 한입에 쭉 들이켜. 안 뜨거워."

헛웃음을 흘리던 인하는 멀뚱멀뚱 나온 차를 바라보다 슬며시 빨대에 입술을 갖다 댔다. 코로 숨을 길게 뱉어낸 인하는 단숨에 찻물을 빨아들였다.

맛을 표현하기가 매우 힘들었다. 수십, 수백 가지의 맛이 한꺼번에 느껴졌다. 단맛, 신맛, 쓴맛, 다시 단맛, 감칠맛, 고소한 맛……. 단맛의 종류만 해도 초콜릿처럼 달았다가, 꿀처럼 달았다가, 꽃향기처럼 달았다가 했다. 찻물은 식도를 따라 미끄러져 들어가면서 몇 번이나 향과 온도가 바뀌었다.

그 이후 일어난 반응은 더욱 표현하기 힘들었다. 중구난방으로 삐져나온 책들을 하나씩 책장 깊숙이 밀어 넣는 것과 비슷했다. 맞은편에서 날아오는 물건을 일일이 짜맞춘 케이스로 받아내는 일과 비슷했다. 결리는 부분을 정확하게 짚어 두들기는 안마 의자에 앉는 것과도 비슷했다.

"어때?"

난생처음 경험하는 오묘한 조화를 느끼느라 인하는 아무 대답도 할 수 없었다. 널을 뛰던 감정이 신기할 정도로 진정되고 있었다. 파도치던 바다는 잔잔한 호수가 되었다. 은은한 숲 향을 끝으로 인하는 눈을 크게 떴다.

"어떻게 했어요?"

"설명해도 너는 몰라."

"당신, 정체가……."

"말해줄 것 같아?"

"아니요."

"아직 긴장 풀지 마. 너한테 해준 건 고작 응급 처치야. 지금 건 유통 기한이 있어. 한 사람만큼의 우주도 함부로 법칙을 바꾸면 탈이 나는 법이거든. 결국 넌 도로 고통스러워질 거야."

심각한 표정으로 경란이 이어 말했다.

"넌 네 현실, 네 기억에서 영원히 도망칠 수 없어. 새로운 배합의 감정이 널 덮치면 또다시 위험하게 돼. 그러니 다시 아프기 전에 움직여."

"움직여요?"

"그래. 움직여. 넌 어떻게 하고 싶지? 네 진짜 욕망은 뭐야? 네가 진짜로 하고 싶은 걸 정해서 내 차의 효력이 다하기 전에 해치워."

"저는……."

평정을 찾아서인지 인하는 공포심에 압도되지 않았다. 그래서 머릿속에 생각할 공간이 많았다. 자신은 어떻게 하고 싶은 걸까.

"엄마랑 화해하고 싶어요. 아니. 아니에요."

말하면서도 위화감이 느껴져 그대로 고개를 저었다. 눈을 깜빡거리며 인하는 여기저기에 시선을 뒀다. 답을 찾고 있었다. 자신이 정말로 원하는 것. 경란은 그런 인하를 가만히 응시하며 끝까지 기다려주었다.

"저는 엄마와 결별하고 싶어요. 엄마가 저와 다르다 해도 상관 없을 정도로요. 진심을 말하는 게 상처 주는 일이라 해도 그게 옳다고 생각한다면 엄마에게 말할 수 있을 정도로, 그러니까. 그거예요. 엄마에게서 감정적으로 독립하고 싶어요. 나는 나만의 삶을 찾고 싶어요."

말하던 중에 깨달은 제 진솔한 욕망이 인하는 놀라웠다. 벌린 입술에 손을 가져다 댄 인하는 잠시 말을 잇지 못했다. 경란은 고개를 끄덕였다.

"좋아. 알겠어. 네가 뭘 하고 싶은지."

"아니, 어. 정말요?"

"어머니를 여기로 모셔 와. 여기서 내가 내준 차를 나눠 마시며 하고 싶은 말을 해. 그러면 두 사람의 감정 연결이 끊어질 거야. 반드시 하나의 찻주전자에 든 찻물을 나눠 마셔야 해."

경란에게로 상체를 기울인 인하가 떨리는 목소리로 물었다.

"이, 이래도 괜찮을까요? 그래도 엄마인데……."

"뭐가 문제야? 너, 어머니를 많이 사랑하지?"

"네? 네……."

"사랑하는 사람과 너무 깊숙이 연결될 필요는 없어. 때로는 사랑하기 때문에 분리되어야 할 필요도 있으니까. 그래야 한쪽이 비틀거릴 때, 나머지 한쪽이 멀쩡히 서서 부축해 줄 수 있거든."

"아."

인하는 정신이 번쩍 드는 기분이었다. 달라붙어 똑같이 힘들어하기보다 좀 떨어져 있더라도 쓰러질 때 받아줄 수 있는 큰 나무가되는 것. 그 역시 후자가 더 깊은 사랑으로 느껴졌다.

"일주일이 지나기 전에 모셔 와야 해. 할 수 있겠어?"

인하는 고개를 끄덕였다.

절구에 넣은 재료를 갈며 경란은 스승님의 목소리를 떠올렸다.

"살다 보면 때로는 마법으로도 해결되지 않는 일을 마주친단다. 그러면 우리는 겁에 질리지. 지금이야말로 우주를 건드릴 때라는 생각이 들어. 그럴 땐 손을 움직이렴. 무엇이든 괜찮아. 끊임없이 손을 움직여 눈앞에 놓인 과제를 하나씩 해치우다 보면, 어느새 두렵지 않단다."

준비된 재료를 차망에 넣고 더운물을 부었다. 맑은 물에 진홍빛이 번져나갔다. 차를 우려내는 동안 경란은 자신의 사명을 떠올렸다.

목화마을 가게 주인은 치료하는 사람이 아닌 치유하는 사람. 결국 손님의 문제를 해결하는 방법은 손님이 가장 잘 알고 있다. 그러니 제일 중요한 주인의 역할은 손님이 해결책을 찾을 때까지 기다려주는 것이다. 아무도 기다려주지 않는 세상을 대신해서.

"왜 불렀니? 또 어떤 무안을 주려고."

인하의 어머니, 임수일이 차갑게 쏘아붙였다. 안젤라의 찻집, 항상 앉던 자리에 인하와 수일이 마주 보고 앉아 있었다.

"내가, 음……."

눈을 내리깐 인하가 주머니를 뒤적거렸다.

"엄마 앞에선 말이 많아져. 못 할 말도 막 하고."

인하는 편지 한 장을 꺼내 수일에게 내밀었다.

"말로 하면 하고 싶지 않은 말도 하게 돼서 편지를 썼어."

"여기까지 와서 이거 읽어보라고?"

인하는 고개를 주억거렸다. 탐탁잖은 기색으로 편지를 집어 든 수일이 손목 스냅으로 안경다리를 펼쳐 돋보기안경을 썼다. 그리고 눈매를 좁힌 채 천천히 편지를 읽어내렸다.

소리 없이 나타난 경란이 찻주전자와 잔 두 개를 내려놓았다. 편지에 집중하느라 수일은 인하와 경란이 서로 눈인사를 나누는 것을 보지 못했다. 인하는 어머니의 찻잔과 자기 찻잔에 차를 따랐다.

"마시면서 읽어."

초조하게 말한 인하는 제가 먼저 붉은빛이 도는 찻물을 들이켰다. 산미가 강한 홍차였다. 쿡쿡 찌르는 듯한 떫은맛이 돌기도 했다. 영 어머니 입맛이 아닌지라 수일이 계속 마실지 걱정스러웠다.

"흠? 흐음……."

편지에서 시선을 떼지 않으며 수일이 차를 홀짝였다. 잠시 의아한 빛이 얼굴에 나타났지만, 금세 찻잔을 비웠다. 인하가 다시 빈 잔을 채웠다. 따르는 족족 잔을 비우며 수일은 그리 길지 않은 편지를 내내 읽고 또 읽었다.

"허, 참."

수일이 코웃음 쳤다. 냉랭한 반응에 인하의 가슴이 덜컹거렸다.

"미안해, 엄마." 수일은 편지글을 또박또박한 말씨로 낭송했다. "엄마한테 화내고 싶지 않았어. 하지만 옳지 않은 걸 옳다고 말하고 싶지도 않아. 아빠는 잘못을 저질렀어. 우리는 과거의 잘못에서 배워야 해. 적어도 나는 그러고 싶은 인간이야. 엄마의 생각이 나와 다르고, 내가 엄마를 바꾸진 못하더라도, 엄마는 내가 그런 인간이라는 걸 인정해야 해."

낭송을 듣는 내내 인하는 손을 가만두지 못했다. 그런 인하를 힐끗하며 수일이 말했다. "여기가 제일 마음에 안 드는 부분이야." 그러고 나서 수일은 다 읽은 편지의 한 문단을 툭툭 가리켰다.

"여긴 제일 괜찮았던 부분. 이건 네가 읽어. 네 목소리로 듣고 싶어."

떨리는 손으로 편지를 받은 인하는 나지막한 목소리로 읽었다.

"엄마의 고생은 내가 알아. 그걸 부정하진 않아. 하지만 난 엄마와 달라. 엄마는 날 사랑하고 내가 행복하길 바라지? 나도 엄마를 사랑하고 엄마가 행복하길 바라. 우리가 함께 행복해지기 위해서는 제대로 분리되어야 해. 엄마는 엄마고, 나는 나야. 서로 사랑하지만, 서로 다른 존재야."

목이 멜 때마다 인하는 차를 들이켰다. 그러면 다시 읽을 용기가 났다. 수일도 맞은편에서 인하를 바라보며 차를 마셨다. 한 문단을 다 읽고 편지를 내려놓자 수일이 인하를 향해 빙긋 웃어 보였다.

"그래도 네가 날 사랑하긴 하는구나?"

"그렇지, 뭐……."

"난 하도 네가 화만 내고 사랑한다는 소리는 안 하길래 나 혼자만의 짝사랑인 줄."

"미안해."

"미안해? 뭐가 미안해. 뭐가. 어휴, 김인하. 미안하다는 말 좀 그만 달고 살아. 옳지 않은 걸 옳다고 말하고 싶지 않다며. 하고 싶은 대로 했는데 뭐가 미안해."

"그거 말고 전에 화내고 간 거. 나쁜 말로 상처 준 거 미안해……."

"그래, 그건 좀 미안해야지."

인하는 수일을 끌어안고 싶어졌지만, 행동으로 옮기지 않았다. 대신 굳은살이 박인 어머니의 손을 한번 쓰다듬었다.

"많이 힘들지."

"그 얘기를 이제 하니?"

코웃음 친 수일은 "나도 이제 나물 파는 아줌마 다 됐어"라고 한탄했다.

"네 말대로 우리 엄마는 딸자식 부려먹을 생각뿐인 것 같더라."

수일은 외가와 급여 협상에 실패했다고 한참 하소연했다. 그리고 운 좋게 동네 마트 나물 코너에 취직했다는 소식도 들려주었다. 현재는 새 동료들과 친해지는 중이란다.

"난 왜 이렇게 일을 잘하는지 모르겠어. 다들 나한테 너무 의지

한다니까. 좀 못해야 일이 줄어드는데, 주는 대로 척척 해내니까 다 나한테만 시켜."

"힘들겠다."

"일 못하는 척이라도 할까 봐. 어머, 그러고 보니 너 전에 다닌다고 했던 곳이 싹싹연구소였나? 거기 유튜브 채널 있더라?"

"봐, 봤어?"

"네 목소리 나오는 거 듣고 구독 눌렀어. 조회수 높던데."

"으응."

"너 일하는 거 보니까 엄청 재밌겠더라. 거기 계속 다녀. 돈도 꼬박꼬박 모으고. 가족이라도 함부로 돈 빌려주지 말고."

"알았어."

어느새 찻주전자가 텅 비었다. 언제 비었는지 알 수도 없었다. 말하는 중간중간 마시고 채우고를 반복하다 보니 어느 순간 남아 있는 게 없었다.

"여기 차 괜찮다. 처음엔 그저 그런 맛이라고 생각했는데, 자꾸 마시다 보니까 박하사탕처럼 화한 게 속이 뻥 뚫리는 것 같아. 오랜만에 너랑 이렇게 안 싸우고 속 얘기해서 더 그런가? 이 차, 이거 이름이 뭐니?"

"어, 모르겠어."

"민트가 들어갔나? 나중에 사장님한테 물어봐 봐. 집에서도 마시고 싶네. 너희 아빠가 속 썩일 때마다 한 모금씩 해야지."

"차 마음에 들어?"

"차는 맛있는데, 여기 두 번은 못 오겠다. 오는 데만 세 시간이 훌쩍 넘게 걸린 거 알아?"

"엄마, 여기 와서 나랑 같이 살래?"

"됐다, 애. 빈말이라도 싫어. 난 너희 아빠랑 가까운 데서 살 거야. 자주 면회 갈 사람이 있어야 너희 아빠도 안 외롭지."

"엄마는 아빠 안 미워?"

"밉지. 안 밉긴 뭐가 안 미워. 그래도 사랑하긴 해. 사랑하니까 이러고 살지. 괜히 첫사랑과 결혼했어. 연애나 실컷 해보고 제일 잘난 남자를 골라야 했는데. 왜 그땐 너희 아빠밖에 몰랐는지."

눈을 빛낸 수일이 인하를 빤히 바라봤다.

"그래도 너랑 만난 건 불행 중 다행이야. 이렇게 혼자서 씩씩하게 잘 사는 똑 부러진 자식이 어디 있겠어."

"엄마." 주저하던 인하가 작게 중얼거렸다. "사랑해."

"어유, 오글거려. 그런 말뿐인 말 말고 행동으로 보여봐. 너 혼자서라도 아빠 면회 자주 가고, 이렇게 편지도 써서 너희 아빠한테도 보내주고."

"엄마는 아빠를 너무 좋아하는 것 같아."

"질투해?"

"아니……."

편지를 손가방에 챙겨 넣은 수일이 먼저 자리에서 일어났다.

"기왕 온 김에 너 사는 곳 구경 좀 시켜줘. 밥 먹고 차 마시니까 좀 걷고 싶다. 안 그래도 거리에 꽃이 많이 폈던데."

인하가 결제하는 동안 수일은 찻집을 나섰다. 찬란한 햇빛을 받으며 수일은 크게 기지개를 켰다. 기분이 좋았다. 뭐든 새롭게 시작할 수 있을 것 같았다. 따라 나온 인하의 팔짱을 끼고 수일은 무작정 예뻐 보이는 곳으로 끌어당겼다. 어색하게 끌려가던 인하의 입가에 점점 미소가 번졌다.

"엄마 언제 가?"

"왜? 빨리 갔으면 좋겠어?"

"응."

"기껏 와줬더니 제 할 말만 하고 가란다. 내가 억울해서 살 수가 없네."

"우리는 멀리 떨어져 있어야 더 사랑하는 것 같아."

"어쭈, 독립하더니 체질에 맞다 이거지?"

"난 아주 커다란 나무가 되고 싶거든."

"얘가 영문 모를 소리를 하네? 그래, 네 사주에 나무가 많긴 하더라."

깔깔 웃으며 멀어지는 수일과 인하의 뒷모습을 바라보며 경란은 가슴을 쓸어내렸다. 두 사람의 감정을 이어주던 끈이 깔끔하게 잘려 바람결에 너울거렸다. 얽히고 꼬인 끈이 잘렸으니 이제 큰 고비는 넘겼다. 위험한 순간이 지나갔다는 생각에 스르르 주저앉은 경란이 두 손에 얼굴을 묻었다.

"다행이야……."

한 달 후, 김인하는 혼자 아버지 김정환을 보러 갔다.

"진짜? 감방에서는 운동하면 안 돼?"

"어. 그래서 요즘 운동장만 내내 돌고 있다. 술, 담배도 여기선 못 하니까 어쩐지 건강해지는 기분이야."

"잘됐네. 엄마한테 들어보니까 안에서 책도 많이 읽는다던데."

"그렇지. 밖에선 책 볼 시간도 없었는데, 여기선 할 게 없으니까 별별 책을 다 읽게 되더라."

"기왕 들어간 거 반성 많이 하면서 책도 읽고 건강도 챙기고 그러세요."

"그래, 그래야지."

정환은 소탈하게 웃었다. 해쓱해진 낯빛이 눈에 들어와 인하는 가슴이 아렸다. 그런 기색을 알아챈 정환이 머쓱하게 "미안하다, 인하야"라고 말했다.

"미안해할 사람은 내가 아니라 피해자와 피해자 가족."

"알았어, 그래. 그분들께는 죄송하지. 너한테는 미안하고."

"여기서 술 못 마시게 된 거 이참에 아주 끊어버리겠다는 마음으로 살아. 감방 나와도 절대 술 못 마시게 할 거니까."

"그래, 저번 편지에서도 네 그 강한 의지 잘 전해지더라. 아주 후 덜덜이었어."

"농담 아니고 진심이야, 나. 아빠 술 끊을 때까지 무슨 짓이든 할 거니까 그렇게 알고 있어."

"네네, 알겠습니다요. 독립하더니 말이 많아졌다니까, 거

111

참……."

면회 시간이 다 끝나가고 있었다. 슬슬 이야기를 마무리해야 했다.

"아빠, 나 가볼게."

"그래. 운전 조심하고."

"뭐 필요한 건 없어? 영치금이나, 읽고 싶은 책 같은 거."

"네 편지에 답장으로 보냈으니까 그거 읽고 또 와."

"응, 또 올게."

"사랑한다, 인하야."

"나도. 사랑해."

교도소를 나온 인하는 따스한 봄바람을 맞으며 기분 좋게 걸었다. 세 시간이 훌쩍 넘게 걸리는 시간을 운전해 가며 콧노래를 불렀다. 보고 싶은 사람이 있었다. 가는 내내 그 사람 생각만 났다. 목화마을에 도착해 가벼운 발걸음으로 걸었다. 나무문에 달린 경첩이 삐걱거렸다.

"사장님."

"이젠 힘든 것도 없을 텐데 왜 꼬박꼬박 출석 도장을 찍어."

"그냥, 사장님 보고 싶어서요."

"너 원래 이런 성격이었던가?"

"그러게요. 그때 마신 차가 잘못됐나 보죠."

"기운을 떨어뜨리는 차를 끓여야겠어."

저벅저벅 찻집으로 들어간 인하는 창가 자리에 털썩 앉았다. 날이 좋아 바깥을 구경할 맛 났다. 곧 고소한 향이 풍기는 웰컴 티가 도착했다. 찻잔이 두 개였다. 경란이 맞은편에 앉아서 인하를 따라 창밖을 바라봤다.

"요즘엔 어때?"

"좋아지는 중이죠."

입꼬리를 올린 인하가 나른한 맛이 나는 웰컴 티를 홀짝였다.

"여전히 감당하기 힘들 때도 있지만, 뭐라도 하면서 살아야겠으니까요. 많이 괜찮아졌어요. 이젠 환청도 안 들려요. 앞으로 더 괜찮아지겠죠. 그러다 다시 힘들어지면 여기 든든한 대나무 숲으로 오면 되고요."

경란에게로 고개를 돌린 인하가 "사장님 덕분이에요. 감사합니다"라고 말했다. 돌연 경란이 울먹울먹했다. 왈칵 눈물을 터뜨린 경란은 손등으로 눈물을 닦아내며 어쩔 줄 몰라 했다. 예상치 못한 반응에 나른한 기분이 싹 날아간 인하가 입을 벌렸다.

"우, 우세요? 정말로?"

항상 세상의 진리를 통달한 것처럼 도도하고 무덤덤한 사람이 울음을 터뜨리자, 인하는 진심으로 당황스러웠다.

"아니, 저 때문에 우는 거 아니죠?"

"아니야. 그냥. 네가 괜찮아졌다고 하니까……."

경란은 하염없이 울기 시작했다. 찻집 주인을 달래느라 애쓰던 인하는 이상하게도 웃음이 나왔다. 경란의 인간적인 면모를 하나 알게 된 것 같았다. 쇼윈도 너머로 둘을 힐끗한 재경은 씩 웃었다.

찻집을 지나쳐 가려는데 갑자기 불어온 바람에 벚꽃잎이 우수수 떨어졌다. 봄이 끝나가고 있었다.

'오늘은 등뼈 해장국이 좋겠네.'

머리에 붙은 꽃잎을 떨어내며 재경은 털레털레 계단을 내려갔다.

3.

취중책방

「목화마을 취중책방 요즘 푹 빠진 곳. 주에 한 번은 가는 듯?」

「칵테일 바를 겸하는 독립 서점. 서정적인 분위기가 좋다.」

「"레이지 먼데이" 시그니처 칵테일인데 진짜 맛있다. 꼭 먹어볼 것.」

「북 페어링 칵테일 바. 1인 1책 필수! 바텐더분한테 요청하면 책에 어울리는 칵테일을 페어링 해줌.」

재경은 쭉 이어지던 SNS 글을 눈앞에서 치웠다. 테이블 위에는 푸른 하늘을 닮은 빛깔의 '레이지 먼데이' 한 잔이 놓여 있었다. 멋 들어지게 꾸미고 온 사람들 사이에서 파란 추리닝 차림의 재경은 유독 튀었다.

이곳은 취중책방. 최근 입소문을 타 쉴 새 없이 손님이 몰려드는 목화마을의 독립 서점 겸 칵테일 바였다.

"사장님, 많이 기다려야 하나요?"

서점 구역을 서성이던 손님 일행이 이미 만석인 가게 안을 돌아보며 물었다. 취중책방의 주인, 하정현은 "페어링을 기다리시는 분이 많아서 30분 이상 걸릴 것 같아요"라고 답하고 급히 다른 테이블로 갔다.

칵테일 잔을 단숨에 비운 재경은 추리닝 지퍼를 목 끝까지 채우고, 손가락으로 몇 번 머리카락을 빗어 넘겼다. 그리고 정현에게로 가 주문서를 빼앗았다. 재경이 대신 주문받기 시작하자, 우는소리로 정현이 말했다.

"고마워요."

바 테이블로 뛰어간 정현은 급히 칵테일을 만들었다. 자정이 되어서야 마지막 손님까지 고개를 꾸벅이고 책방을 나섰다. 갈색 앞치마에 젖은 손을 닦던 정현이 민망하게 웃었다.

"하하, 오늘도 도움 많이 받았네요……."

"제가 받는 도움에 비하면 별것도 아닌데요, 뭘. 그나저나 요즘 SNS가 발달하긴 했나 봐요. 목화마을에 바깥손님이 이렇게 많이 찾아오다니."

"그러게요. 저도 혼자서 이렇게 많은 손님을 상대해 본 건 처음이에요."

고개를 절레절레 젓던 정현은 무언가 생각난 것처럼 비품실로 갔다. 정현은 그곳에서 전단 묶음을 가져왔다.

갈색 앞치마를 두른 평범한 인상의 바텐더 겸 책방 주인. 재경이 알기로, 비범한 사람들로 가득한 목화마을 가게 주인 중에서도 이 취중책방의 주인장이 가장 비범했다. 그런 사람이 보여준 전단에 는 이런 글이 적혀 있었다.

"아르바이트생을 모집합니다?"

"예. 내일 아침부터 주택가 돌면서 하나씩 붙여놓으려고요."

"한 장 주세요. 온봄주택에도 붙여놓게."

"그래 주시면 고맙죠."

취중책방의 영업이 끝나고 전단 한 장을 챙겨 든 재경은 가로등 켜진 언덕길을 올랐다. 곧 세 갈래 길이 나왔다. 여기서 왼쪽으로 가 면 온봄주택이었다. 지나가는 길 난간 너머로 도시 야경이 보였다.

"밤 되니까 그나마 덜 덥네."

강바람을 맞으며 도착한 주택 1층. 재경은 주민 게시판에 스테 이플러로 전단을 붙였다. '취중책방에서 아르바이트생을 모집합 니다.' 두 발짝 물러난 재경은 턱을 쓸면서 전단이 삐뚤게 붙지는 않았는지 유심히 들여다보았다.

"어! 안녕하세요!"

막 건물로 들어오던 102호 주민이 활기차게 인사를 건넸다. 이 를 보이며 씩 웃은 102호는 재경의 눈인사에 고개를 꾸벅이고 집 안으로 들어갔다. 닫히는 현관문을 바라보며 재경이 중얼거렸다.

"열 길 물속은 알아도 한 길 사람 속은 모른다고."

마냥 해맑아 보이는 저 사람도 실은 위태로울 정도로 괴로운 상처를 감추고 있을 것이다. 아아, 됐다. 이런 고뇌가 다 무슨 소용인 가. "무슨 일 있으세요? 제가 도와드릴게요"라는 말로 마음의 상처 가 다 나을 수 있었다면 재경은 매일매일 가게 주인들 일에 참견하 러 다녔을 것이다.

"누구든 좋으니까 염원 좀 두고 가라."

재경은 못마땅하게 중얼거리고 한숨을 내쉬었다. 그때 위층에 서 누군가가 걸어 내려왔다. 201호 주민, 지유민이었다. 편의점에 뭔가 사러 가는 모양이었다. 그대로 재경을 스쳐 건물을 나서려던 유민은 못 보던 전단을 발견하고 발걸음을 멈춰 섰다.

"취중책방?"

눈을 게슴츠레 뜬 유민은 게시판 앞에 서서 알바 모집 공고를 유 심히 들여다보았다. 그 순간 무언가 감이 온 재경은 슬그머니 위층 으로 자리를 피했다. 혼자가 되고도 유민은 한동안 전단을 꼼꼼히 살펴보는 것 같았다.

"슬슬 알바생 이야기 나올 때 됐지."

302호 문을 연 재경이 나직이 중얼거렸다.

며칠 후.

이젠 한 몸처럼 익숙해진 혀 밑의 보배 구슬을 굴리며 재경은 책 방으로 들어섰다. 오늘도 일찍부터 손님들로 바글거렸다.

"일당백이네."

아르바이트생 지유민은 이쪽저쪽 뛰어다니며 손님들을 안내하고 주문을 받고 있었다. 얼마 전까지 정현 혼자 분투하던 곳이었다. 유민이 잘해준 덕분에 정현은 본업인 바텐더 역할에만 집중할 수 있었다.

'왜 취업 준비에 시달렸던 거지?'

재경이 알기로 201호 지유민은 번번이 취직에 실패했다가 이 마을에 흘러들어 온 주민이었다. 그런데 지금 보이는 201호의 접객 능력은 왜 취업에 시달렸나 의아할 정도로 발군이었다. 저런 사람이라면 어디서든 밥 굶고 살진 않겠다는 확신이 들 만큼.

바 테이블의 안쪽으로 들어간 재경은 셰이커를 흔들고 있던 정현과 눈인사를 했다. 그리고 익숙하게 설거지를 도우며 건너편에서 바삐 일하는 유민을 구경했다. 중간중간 주문서를 전달하러 온 유민이 정현에게 말을 걸었다.

"사장님, 유안진 작가 신작 봤어요? 어제 들어온 것 같던데."

"어떻게 알았어요? 얼마 전에 다 읽었습니다. 페어링 할 칵테일 목록 미리 생각해 뒀는데, 이따 시음해 보고 갈래요?"

"진짜요? 저야 너무 좋죠!"

신이 난 유민은 막 들어온 손님에게 자리를 안내하러 떠났다. 밀물처럼 왔다가 썰물처럼 나가기를 반복하며 유민은 틈틈이 대화를 이어갔다. 대개 책 이야기였고, 간혹 칵테일 이야기였다.

"어떻게 하셨어요?"

재경이 식기를 닦으며 대수롭지 않게 물었다.

"뭘요?"

"201호요."

"유민 씨요?"

"예."

"유민 씨가 왜요?"

"밝아졌잖아요."

"여기 일이 마음에 드나 봅니다."

"사장님만의 특별한 비법이 있다면?"

"음……. 친절과 경청, 약간의 계략?"

"계략?"

"매 순간 기회를 노리고 있다는 뜻이죠."

"무슨 말인지 모르겠는데요."

정현은 웃기만 했다.

"사장님, 저 전화 좀 받고 와도 될까요?"

잠시 한산해진 틈을 타 유민이 다가왔다. 정현은 흔쾌히 "그래요"라고 말했다. 얼마 지나지 않아 유민은 전화를 끊고 돌아왔다. 잔뜩 긴장해 딱딱하게 굳은 어깨를 움츠리고 있었다.

"사장님, 다음 주 수요일에 친구가 저희 집에서 자고 가겠다는데요."

머뭇거리던 유민이 조심스레 말을 꺼냈다.

"잘됐군요. 여기도 놀러 오라고 하세요."

"그게요. 혹시 여기서 친구 생일 파티를 해도 될까요? 그날이 생일이라……. 안 되면 바로 포기할 테니 편하게 거절해 주세요!"

"안 될 게 뭐가 있겠어요. 하하, 아예 거창하게 생일 축하 파티를 해주는 건 어때요? 어차피 휴무일이기도 하고, 저도 나와서 도와줄게요."

"그렇게까진 안 해주셔도 되는데! 괜히 민폐 끼치는 거 아니에요?"

"유민 씨 친구라는데 이 정도는 해줘야죠. 전에 말했던 그 친구죠? 중학생 때부터 서로밖에 없었다던."

"네."

어딘가 찜찜한 표정으로 유민이 고개를 끄덕였다. 가만히 대화를 엿듣고 있던 재경은 잠깐 도연 생각이 나 손을 멈췄다.

"멋지게 준비해서 두고두고 그 친구에게 생색내세요."

"진짜 진짜 감사해요, 사장님. 이 은혜 어떻게 갚죠. 제가 여기 뼈를 묻을 각오로 일할게요."

"그럴 필요 없어요. 유민 씨가 열심히 일해주는 게 고마워서 허락하는 거니까. 전에도 말했지만, 힘들면 얘기해요. 알바생 몇 분 더 모실게요."

"사장님은 정말 천사세요. 진짜로요."

그렇게 말하는 유민은 어딘가 이상해 보였다. 전화를 받고 온 다음부터 계속 긴장 상태였다. 과하게 고마워하고 있었고, 유난스럽게 흥분한 기색이었다. 기쁨보다는 불안에 가까운 반응이었다.

재경이 알아챈 걸 정현이 모를 리 없었다. 영업 마감 시간이 지난 뒤, 재경은 오늘도 책방 주인과 단둘이 남았다. 달그락거리며 마른 식기를 정리하는 소리가 한참 동안 들렸다. 정현이 막 앞치마를 벗으려던 참이었다.

"목화마을에서 가장 비범한 가게 주인이, 으흠." 재경은 헛기침했다. "201호를 보고 내린 진단이 궁금한데요."

달그락달그락. 재경은 정현을 쳐다보지 않고 물었다. 대수롭지 않은 척 계속 신경 쓰는 그 모습에 정현의 입꼬리가 슬며시 올라갔다.

"재경 씨, 사실 유민 씨는 말이죠."

그다음 주 수요일.

"아아! 너 왜 이렇게 살쪘어!"

지유민의 절친, 차현주가 헉하고 숨을 들이켰다. 일본에서 귀국하자마자 곧장 목화마을로 택시를 타고 온 현주는 연신 유민을 위아래로 훑어보았다. 걱정 반, 놀림 반으로 하는 말에 인상을 구기는 대신 유민은 장난스럽게 웃었다.

"이씨, 오랜만에 봤는데 살 얘기야?"

"아니, 너무 쪘으니까 그렇지."

"네가 말 안 해도 알거든요."

"큰일이다. 뱃살이 왜 이렇게 나왔어. 이렇게 찌면 건강 상해. 아직 애인도 없으면서 어떡하냐, 너."

"알아서 잘하고 있으니까 그만 걱정하셔."

유민은 현주가 내미는 짐을 받아 들며 슬쩍 눈치를 주었다. 그러나 웃으면서 얘기해서일까. 현주는 짐을 풀고 집을 구경하는 내내

124

부쩍 살이 오른 유민의 체형을 끊임없이 지적했다.

'어휴, 저 입을 틀어막을 수도 없고.'

자포자기의 심정으로 한 귀로 흘려듣던 유민은 마음이 더 상하기 전에 현주를 끌고 집 근처 삼겹살집으로 갔다. 현주의 입에 뭔가를 쑤셔 넣으면 싫은 소리를 덜 할 것 같았다.

"너 요즘 뭐 해? 전에 무슨 공무원 준비한다고 하지 않았어?"

"그게 언제 적 일인데. 지금은 그냥, 뭘 해야 할지 몰라서 알바 하면서 쉬고 있어."

"알바? 아직도? 우리가 그럴 나이는 지나지 않았나?"

현주는 호들갑을 떨었다. 속이 답답해진 유민은 물만 벌컥벌컥 들이켰다.

"하긴 한국에서 취직하기 힘들지. 너도 정 안 되겠다 싶으면 일본으로 건너와. 여긴 일할 사람이 없어서 너 같은 사람도 좋은 직장 구할 수 있어."

"에이, 내가 인제 와서 무슨 일본."

"너 정도면 여기선 고급 인재라니까? 워홀이라도 와. 넌 맨날 안된다고만 하지, 뭐든 시작해 봐야 아는 거잖아. 내가 도와준다니까."

"갑자기 뭔가 도전하긴 좀 그래. 지금 하고 있는 알바도 마음에 들고. 가능하면 거기서 오래 일하면서 천천히 생각해 보고 싶어."

"너도 참 너다. 백날천날 알바만 할 수도 없을 텐데. 막말로 사장이 너 자른다고 하면 어쩌려고. 벌 수 있을 때 많이 벌어놔야지."

때마침 된장찌개가 도착했다. 참으로 적절한 타이밍이 아닐 수 없었다. 폭발하기 직전 유민은 빠르게 쌈 하나를 싸서 현주의 입에 쑤셔 넣었다. 입에 뭔가가 들어가고 나서야 현주는 말을 멈췄다. 유민은 점점 진이 빠졌다.

"아니, 2년 반 사귀었으면 진지하게 결혼 얘기 꺼낼 때도 되지 않았냐?"

식사를 마친 현주는 자기 얘기를 시작했다. 일본에서 만난 애인과 결혼하고 싶다는 이야기였다. 적당히 맞장구만 쳐주면 되었기에 유민은 차라리 이런 얘기가 반가웠다.

"나랑 같이 한국 가서 우리 부모님도 만나고 그러자니까 무슨 산악자전거 동호회 모임이 있다면서 못 가겠다는 거야."

"미쳤네. 뭐 그런 사람이 다 있냐?"

"내가 진짜 얼굴만 아니었으면 헤어졌다. 야, 내 애인 볼래?"

갑자기 핸드폰 사진첩을 연 현주는 애인과 찍은 사진들을 보여주기 시작했다. 이제부터는 애인의 외모를 자랑하는 패턴이었다. 유민은 현주의 말에 무조건 맞장구를 쳤다. 십년지기 비위 맞추는 데는 도가 튼 유민이었다.

삼겹살집을 나선 둘은 취중책방으로 향했다. 문을 열고 들어서자, 불을 켜지 않아 어두운 가운데 'Happy Birthday'라고 적힌 글자를 따라 줄 조명이 반짝반짝 빛을 냈다. 현주가 "뭐야?" 하고 새된 비명을 질렀다. 그 순간 불이 환하게 켜지며 유민이 주머니에 숨겨뒀던 작은 폭죽을 터뜨렸다.

"꺅!"

놀라 주저앉은 현주는 벌벌 떨었다.

"생일 축하한다, 현주야!"

불 켜진 책방에 이니셜 풍선과 각종 파티 장식이 가득한 것을 보고 나서야 현주는 일어났다. 유민은 얼떨떨해하는 친구를 부축해 가장 멋지게 꾸며진 가운데 자리로 안내했다.

"이거 다 네가 준비한 거야?"

"응!"

"뭐야, 지유민! 감동이잖아!"

현주는 유민을 와락 끌어안았다. 조금 불편해하는 기색으로 유민이 현주를 떨어뜨렸다.

"여기가 내가 알바 하는 곳. 저분은 사장님."

"안녕하세요."

바에서 정현이 살갑게 손을 흔들고 있었다.

"유민 씨의 하나뿐인 소중한 친구라고 들었는데, 이렇게 만나 뵙게 되어 영광입니다. 현주 씨라고 하셨죠? 생일 축하해요."

"감사합니다. 저희 유민이 잘 부탁드려요. 얘가 일머리가 없어서 매번 회사에서 잘리고 그랬거든요. 여기서는 오래오래 일하게 해주세요."

"야, 넌 뭘 또 그런 얘기를 해."

"하하, 유민 씨가 저희 책방 베테랑인걸요. 오히려 제가 오래 일해달라고 부탁해야 하는 처지죠. 아 참, 생일이니까 칵테일 한 잔은 무료입니다. 서점 구역에서 읽고 싶은 책을 사서 가져오시면, 어울리는 칵테일을 페어링 해드릴게요."

"와, 신기하다. 무슨 책 있는지 구경 먼저 해도 돼요?"

"얼마든지요."

현주는 유민의 손을 덥석 잡고 서점으로 끌어당겼다. 책방 분위기에 감탄하는 친구를 보고 유민은 어깨가 으쓱해져 의기양양하게 말했다.

"갖고 싶은 책 있어? 생일 선물로 사줄게."

"없는 살림에 이런 생일 파티 준비해 준 것만으로 고마운데? 음, 그러지 말고 서로에게 선물하고 싶은 책을 사서 교환하자. 전에 예능 프로에서 친구끼리 책 교환하던데, 재밌어 보이더라."

"좋지. 무슨 책이 좋으려나."

두 사람은 각자 키오스크에서 계산을 마치고 바텐더인 정현에게만 은밀히 책 제목을 보였다. 그리고 자리로 돌아가 만들어질 칵테일을 기다렸다. 서로의 취향이 다르다는 사실은 익히 알았다. 그렇지만 막상 교환할 때가 오자 상대가 과연 어떤 책을 골랐을지 가슴이 두근두근해졌다.

현주가 고른 책에 어울리는 칵테일이 먼저 나왔다. 유민이 좋아하는 블루 큐라소 베이스의 취중책방 시그니처 칵테일, 레이지 먼데이였다. 유민은 현주가 고른 책이 뭔지 단번에 알아챘다. 『당신이 잊어버린 마을』, 많이들 사 가는 만큼 칵테일 페어링 요청을 자주 받는 책이었다.

"와, 이거 유명한 책이네."

유민은 우선 기쁜 척을 했다. 『당신이 잊어버린 마을』은 몇 년째 베스트셀러 순위를 기록하는 유명한 책이었다. 해외로도 수출되었다나. 하지만 유민은 그 책을 한 번도 읽어보지 않았다. 좋아하는 장르가 전혀 아니었기 때문이었다.

'감성 힐링 휴머니즘 소설? 앤 내 취향을 아직도 모르나?'

속으로만 생각을 삼키며 유민은 현주에게 이 책을 고른 이유를 물었다.

"음, 우선 표지가 예뻐서 끌렸고." 현주는 빳빳한 새 책 표면을 만지작거렸다. "네가 한창 힘들 때니까, 이런 힐링 소설 읽으면서 위로받으라고."

"아하."

끝까지 실망하는 티를 내지 않기 위해 노력하던 그때, 정현이 현주를 위한 칵테일을 가져왔다. 유민이 고른 『보름』과 페어링 된 칵테일, 블랙 마티니였다. 평소 도수 높은 드라이한 술을 즐겨 마시던 현주의 입맛에 딱 어울리는 칵테일이었다.

"내가 널 위해 고른 책은 유안진 작가님의 신작, 『보름』이야."

얼른 현주에게서 받은 책을 가방에 집어넣은 유민은 자기가 고른 책을 꺼내 칵테일 옆으로 밀어주었다. 유안진 작가는 유민이 정말 좋아하는 미스터리 스릴러 작가였다.

"어느 날, 보름 후의 미래에서 눈을 뜬 주인공이 하루씩 과거로 돌아가면서 벌어지는 미스터리를 다루는 내용인데, 기승전결도

129

완벽하고 서술 트릭도 소름 돋을 정도야. 이 작가님 문체가 진짜 좋거든. 책 많이 안 읽는 사람도 술술 읽혀서 신기하다는 후기가 많아."

"으음."

현주는 탐탁지 않은 표정으로 거무튀튀한 책 표지와 블랙 마티니를 번갈아 보았다.

"이거 무서운 거 아니야? 나 무서운 거 잘 못 보는데."

"괜찮아. 작가님이 참혹한 장면이라도 특유의 건조한 문체로 정물화 보듯 묘사하는 데 도가 트신 분이거든. 별로 안 무서울걸? 특히 이 책은 미스터리 스릴러 중에서도 순한 맛이고."

"근데 난 미스터리 스릴러는 책보단 영화로 보는 게 더 좋아서."

"그래? 난 영화는 잘 안 보는데. 한 편만 봐도 진이 다 빠져서."

"너 그럼 그거 안 봤어? 지난달에 개봉한 거 있잖아. 곽지아랑 허태식 나오는, 그, 그…… 식물원에 갇힌 학생들이 괴물로 변한 식물들하고 싸우는 액션 스릴러 영화!"

"「근원의 뿌리」? 난 원작만 읽었는데."

"영화로도 꼭 봐봐. 곽지아 액션 연기가 진짜 대박이거든."

"아하……."

두 사람의 대화를 먼발치서 지켜보던 정현은 숨을 깊게 내쉬었다. 유민은 현주가 세상에 단 하나뿐인 절친이라고 했다. 그러나 둘은 그다지 친해 보이지 않았다. 서로 취향과 관심사가 너무 달랐다. 그 때문일까. 번번이 대화가 어긋나고 있었다.

'내가 준 책을 싫어하는 게 잘못은 아니지. 그래, 현주는 항상 이랬잖아. 새삼 섭섭해하는 것도 유치하고.'

그렇게 생각한 유민의 어깨는 긴장으로 잔뜩 굳어 있었다. 해소되지 못한 앙금이 내면에 착실히 쌓여갔다. 슬금슬금 치솟은 짜증이 신경 줄을 툭툭 건드렸다. 자괴감을 느끼면서도 유민은 현주에게 아무렇지 않은 척했다.

"네 말 들어보니까 나도 보긴 봐야겠네."

"그래, 거기 조연으로 최성운 나오잖아. 어, 맞다. 최성운 최근에 드라마 찍지 않았나?"

"「위기의 커플」 말하는 거지?"

"그래, 그거! 예고편 봤는데 재밌겠더라. 꼭 봐야겠던데."

"근데 그거 표절 의혹 있지 않았나?"

"뭐?"

말을 뱉고 나서야 유민은 아차 했다. '표절 의혹' 같은 말은 현주에게 좋지 않았다. 눈매를 찌푸리며 어색한 웃음을 지은 현주가 "그거 사실 아닌 걸로 밝혀졌잖아"라고 날카롭게 대꾸했다. 저건 거짓말이었다. 자기가 고른 것이 욕먹는 게 싫어 저도 모르게 우기고 보는 습관 때문이었다.

"그랬던가……. 표절당한 작가가 항의 글 썼던 걸로 기억하는데. 나도 그거 읽어봤는데 솔직히 똑같이 쓴 부분 많더라고."

"네가 잘못 알고 있는 거겠지. 법적인 문제는 전혀 없는 걸로 밝혀졌다고 뉴스 기사가 몇 번이나 올라왔는데."

"그런 기사가 올라왔었다고?"

"그래, 네가 잘 몰랐던 거야."

입가로 채 숨기지 못한 한숨이 잔잔하게 밀려 나왔다. 유민은 슬쩍 시선을 내려 테이블 아래로 「위기의 커플」을 검색해 보았다. 표절 논란에 불이 붙었다는 기사만 잔뜩 나올 뿐, 현주가 말한 기사는 아무리 스크롤을 내려도 보이지 않았다. 역시나. 현주는 근거 없이 우기고 있었다.

몸집을 잔뜩 키운 울분이 슬쩍 튀어나와서였을까. 숨어 있던 정의감이 불끈한 결과일까. 유민은 저도 모르게 "아닌 것 같은데"라고 중얼거렸다. 자신이 무심코 뱉은 말에 흠칫 놀라 고개를 들었을 때는 이미 늦어 있었다.

현주는 얼굴을 찡그렸다. 유민은 급히 핸드폰을 집어넣었다.

"아는 사람한테서 문자가 왔네……."

"나 먼저 갈래."

"어?"

되지도 않는 변명을 끊고 현주가 자리에서 벌떡 일어났다. 당황한 유민도 따라 일어났다. 출렁이던 칵테일이 잔 밖으로 쏟아졌다.

"미안해! 난 그냥 내가 알고 있는 거랑 달라서 좀 찾아본다는 게."

"됐어. 그냥 속이 안 좋아서 먼저 가겠다고 하는 거야."

"내가 눈치가 없었지. 다음부터는 안 그럴게!"

"그런 거 아니라고. 그냥 먼저 집에 가 있겠다는데 뭐가 문제야."

"잠깐만. 나 케이크도 따로 준비했는데⋯⋯."

현주는 유민을 노려봤다. 눈시울이 붉어져 있었다.

"너나 먹어."

날카롭게 쏘아붙인 현주는 그대로 뒤를 돌아 책방을 나가버렸다. 유민은 현주를 잡지 못했다. 아니, 잡고 싶지 않았다. 실은 현주가 눈앞에서 사라지자마자 그때부터 마음이 놓였다.

전신에 잔뜩 힘을 주고 있다가 맥이 탁 풀린 기분이었다. 열심히 준비한 생일 파티가 어이없이 망했으니 속상하지 않은 건 아니었다. 그렇지만 그것보다도 드디어 차현주라는 재앙에서 벗어났다는 해방감이 먼저 들었다.

"괜찮아요?" 정현이 조심스레 다가와 물었다.

"아, 걱정하지 마세요. 항상 저래요. 갑자기 삐지고. 저러다 좀 있으면 또 괜찮아져요. 저러는 게 한두 번이 아니거든요."

의자에 털썩 주저앉은 유민은 사지를 늘어뜨리고 헛웃음을 지었다. 입맛이 썼다. 상심까진 아니었지만, 좋으냐 나쁘냐로 따지면 나쁜 기분이었다. 먹다 남은 칵테일을 과감하게 치워버린 정현은 주류 창고로 갔다. 그곳에서 크렘 드 카시스 리큐어와 제로 사이다, 얼음이 담긴 잔 두 개를 들고 왔다.

"안주는 뭐가 좋겠어요?"

같이 술이나 마시자는 뜻을 알아채고 유민이 힘없이 웃었다.

"케이크요."

정현이 리큐어와 사이다를 적당히 배합하는 동안, 유민은 업소용

냉장고에서 현주를 위해 준비했던 주문 제작 케이크를 꺼내 왔다.

"유민 씨 주정 있던가?"

"저요? 취하면 자요."

"세상이 다 유민 씨 안방인 것처럼?"

"네." 유민이 키득거렸다.

포크로 케이크를 퍼먹으며 책방 사장과 알바생은 술잔을 기울였다. 유민은 본래 현주와 하고 싶었던 책 이야기를 정현에게 마저 했다. 멋대로 가버린 십년지기보다 만난 지 일 년도 안 된 사장님이 더 대화가 잘 통했다.

'사장님만도 못한 절친이라니. 한심하다, 한심해.'

어느새 얼큰하게 취한 유민은 테이블 위로 엎드렸다.

"와, 저 졸리기 시작했어요."

"많이 마시긴 했죠. 유민 씨, 술 센 편도 아니니까."

흐흐 웃던 유민은 취기가 불러일으킨 울적함에 이내 웃음을 거두었다.

"하아, 사장님. 있죠. 제 인생은 도대체 왜 이렇게 안 풀릴까요?"

"하하, 안 풀리는 것 같아요?"

"네. 여기 취직하면서 좀 나아지나 싶었는데, 오늘 현주 만나고 보니까 완전 도루묵이에요. 저만 한 찌질이도 없는 듯요."

"유민 씨 잘하고 있는데요, 뭘."

"아니에요. 나이 이만큼 먹고도 제대로 일 구할 생각은 없고, 곁에 남은 친구라고는 차현주 하나뿐이고. 살은 뒤룩뒤룩 찌고, 앞으로 점점 못생겨질 일만 남았는데 애인은 없어. 그렇다고 성격이 좋은 것도 아니야. 아까 보셨죠? 저 속 좁기는 좀생이가 따로 없어요. 친구 생일에 시비 걸다 싸우기나 하고. 솔직히 누가 보면 쟨 왜 사나 싶을 거예요."

현주와 있을 때 유민은 스스로가 최악처럼 느껴졌다. 잘 살고 있는 현주에 비해 자신은 아무것도 이룬 게 없어 보였다. 옛날부터 그랬다. 지유민은 인생이라는 레이스에서 항상 차현주에게 뒤처지고 있었다.

가장 최악인 점은 바로 이거였다. 현주의 지적에 울컥하면서도 막상 제대로 반박할 말이 없다는 점. 상처란 상처는 다 받으면서 결국 아무것도 바뀌지 않는 자기 자신. 현주라는 재앙이 휩쓸고 간 자리에는 언제나 흉측한 자격지심과 지독한 무기력감이 남았다.

'재앙이라는 표현도 이기적인 거지. 하지만 정말 재앙 같아. 허리케인처럼 내 속을 마구 헤집다가 가버리는걸.'

애써 무시하던 조급함이 고개를 쳐들었다. 명치가 쿡쿡 쑤셨다. 당장 아르바이트 따윈 그만두고 지금이라도 공무원 시험을 다시 준비해야 하지 않을까? 그런 생각이 들었다. 동시에 유민은 자신이 결심한 일들이 모두 어떤 결말에 이를지도 알았다. 취업 준비도, 다이어트도, 연애도 결국 전부 실패로 끝날 것이다.

'예전부터 항상 그래왔으니까. 현주가 그 증인이지. 앞으로도 걘 평생 날 한심하게 볼 거야. 왜냐면 한심한 게 정말 맞거든.'

잠자코 있던 정현이 슬그머니 유민의 귓가로 몸을 기울였다. 그리고 아주 가까이에 있는 상대만 들을 수 있는 작은 목소리로 소곤거렸다.

"있죠, 유민 씨. 실은 저한테 특별한 능력이 있는데요."

"무슨 능력이요?" 유민이 웅얼거렸다.

"저는 유민 씨를 꿈과 현실의 틈으로 보내드릴 수 있어요."

"꿈과 현실의 틈? 그게 뭔데요?"

"말 그대로 꿈을 꿀락 말락 하는 상태에서 머무는 거예요. 깨어 있는 정신으로 꿈을 꾸듯 깊고 생생하게 상상하는 거죠."

"그거 꼭 최면 같네요. 그렇게 하면 뭐가 좋아져요?"

"그곳에서는 유민 씨의 나쁜 기억을 좋은 기억으로 바꿀 수 있어요."

"하하……. 제 나쁜 기억은 갑자기 왜요?"

"유민 씨가 자신감을 찾았으면 해서요. 예를 들어, 거미를 무서워하는 사람이 있다고 합시다. 너무 무서워해서 거미가 나타나기만 해도 몸이 굳어버리는 사람이죠. 그런 사람을 꿈과 현실의 틈으로 보내는 거예요. 아주 귀엽고 털이 보송보송한, 전혀 무섭지 않은 친절한 거미 친구와 즐겁게 노는 기억을 심어주기 위해서. 그러면 그 사람은 깨어나서도 거미가 덜 무서워진답니다."

유민은 복숭앗빛 털을 가진 깜찍한 거미를 떠올리고 작게 키득거렸다.

"유민 씨의 자신감에 상처를 입힌 나쁜 기억을 좋은 기억으로 바꿀 수 있다면, 지금보다 훨씬 기분이 나아질 거예요."

"에이, 저 혼자 기억이 바뀌는 거면 그냥 정신 승리하는 바보가 되는 거잖아요. 어차피 현실에서 달라지는 건 아무것도 없을 텐데."

"그래도 본래의 나쁜 기억보다 바뀐 기억을 더 생생하게 떠올릴 수 있다면, 살아가면서 큰 힘이 되지 않겠어요? 꿈과 현실을 뒤바꿀 기회입니다. 나쁜 기억은 한여름 밤의 꿈이 되고, 좋은 기억만 실제로 겪은 것처럼 남겨요. 나쁜 기억이 지금의 유민 씨를 더는 괴롭히지 못하도록."

"아, 진짜. 사장님, 그렇게 꼬시면 저 거절 못 하는데⋯⋯."

점점 졸음에 취한 유민은 무겁게 내려앉는 눈꺼풀을 씀뻑씀뻑했다.

"근데요. 만약에 그렇게 하는 게 정말 가능하다면, 나쁜 기억을 여러 개 바꿀 수도 있어요? 제가 바꾸고 싶은 기억이 무진장 많긴 해요. 자려고 누우면, 흑역사라고 하죠. 과거에 했던 멍청한 짓들이 자꾸 떠올라서 심장이 쿵쾅거리고 주위가 빙글빙글 돌거든요."

"혹시 불면증이 있나요?"

"어떻게 아셨어요? 네, 저 불면증 있어요⋯⋯. 덕분에 학교 다닐 때도 직장 다닐 때도 맨날 지각하고. 여기 일도 오후 출근 아니었으면 못 했을걸요? 와⋯⋯. 말하고 나니까 저 스스로가 더 한심하게 느껴지네요."

"한심하다뇨. 유민 씨는 인재예요. 여기서 일한 걸 떠올려 봐요."

"사장님은 진짜 천사세요. 진심이에요."

"유민 씨 수호천사인가?"

"으엑, 방금 농담은 좀."

눈을 감은 채 쿡쿡대던 유민은 취기 어린 숨을 푹 내쉬었다.

"으음, 나쁜 기억을 다 바꾸면 더는 과거에 얽매이지 않고 현재를 살아갈 수 있을까요? 지금 이 순간에 충실하면서 행복하게⋯⋯."

"그럼요, 유민 씨. 물론이죠."

"하아아, 밑져야 본전이니까. 꿈과 현실의 틈. 그까짓 거 한번 가볼게요."

"좋아요. 그렇다면, 유민 씨."

환풍기 돌아가는 소리만 남은 건조한 적막 속에서 바텐더의 부드러운 음성이 귓가를 간질였다. 눈꺼풀 속 새까만 암흑에 휩싸인 유민은 들려오는 목소리에 저절로 귀를 기울이게 되었다.

"지금부터 몸에서 천천히 힘이 빠져나갑니다."

조금씩 근육이 이완되고 팔다리가 늘어지는 게 느껴졌다. 환풍기 돌아가는 소리가 더욱 멀어지다가 곧 아무것도 들리지 않게 되었다.

"가장 편안하게 느끼는 장소를 떠올리세요."

유민은 가상의 도서관을 떠올렸다. 온 사방에 책이 꽂혀 있고, 바닥이 거대한 볼 풀(ball pool)로 된 조용하고 아기자기한 도서관.

"점점 주위가 선명해집니다. 공간의 형태, 공기의 냄새, 피부에 닿는 온도에 집중하세요."

점점 주위가 밝아졌다. 동영상 화질이 올라가듯 주위의 풍경이 점차 뚜렷해졌다. 곧 유민은 볼 풀 한가운데에 눈을 동그랗게 뜨고 누워 있는 자기 자신을 발견했다.

"꿈과 현실의 틈에 오신 것을 환영해요."

도서관 어딘가에서 정현의 목소리가 울려 퍼졌다.

"와, 이렇게 생생한 상상은 처음이에요."

종이 냄새, 포근한 공기, 은은한 햇살. 직접 눈으로 본 것처럼 풍경이 선연했다. 동시에 유민은 취중책방 테이블에 늘어진 자기 몸뚱어리도 느낄 수 있었다. 꿈을 꾸는 것도, 그렇다고 완전히 깨어 있는 것도 아닌, 하나도 무섭지 않은 가위에 눌린 기분.

말 그대로 꿈과 현실의 틈에 들어온 것이다.

"유민 씨, 지금 있는 곳을 설명해 주시겠어요?"

"도서관이에요. 어린이 도서관? 어른용 책들이 없는 건 아닌데 풍경이 귀엽네요. 와, 여기 바닥이 볼 풀이에요. 신기하다. 제가 이런 유치한 취향이었다니. 몰랐어요."

"하하, 벌써 감탄하기엔 일러요. 우선 그곳에서 유민 씨의 과거로 들어가는 길을 찾아야 하는데, 혹시 짚이는 게 있나요?"

"으음……."

유민은 눈동자만 움직여 주위를 살폈다.

"저기, 저 하늘색 책장에 제 인생을 담은 책들이 꽂혀 있어요. 그 책을 펼치면 과거로 들어갈 수 있을 것 같아요."

"좋습니다. 지금부터 유민 씨는 말랑말랑한 공들을 헤치고 하늘색 책장으로 다가갑니다. 그곳에서 바꾸고 싶은 기억 중 가장 오래된 기억이 적힌 책을 꺼내 들어요."

유민은 정현의 목소리가 시키는 대로 했다. 꺼내 든 책은 단단하고 보들보들한 질감의 갈색 커버로 되어 있었다.

"용감하게 책을 펼치세요. 그러면 바꾸고 싶은 기억 속에서 눈을 뜰 겁니다."

책을 펼치자, 책장의 틈이 순식간에 벌어져 유민을 집어삼켰다.

"으으……."

"자, 유민 씨는 지금 어디에 있죠?"

"음악실이에요. 중학교 하복을 입고 있어요. 하얀 반소매 하복."

"무엇을 하고 있나요?"

"등 뒤에서 이상한 느낌이 나는데, 저는 모른 척하고 있어요. 애들이 키득거려요. 뒤에 앉은 친구가 네임펜으로 제 교복에 낙서하고 있어요."

"괴롭힘을 당하고 있나요?"

"네. 양승희. 절 괴롭히던 애 이름이 양승희인데요. 걔네 패거리가 절 따돌렸어요. 저는 꾹 참고 있다가 음악 시간이 끝나고 몰래 담임 선생님한테 가요. 그리고 교복을 보여주면서 일러요. 양승희가 이랬다고요."

"계속 말해보세요."

"엇, 주변이 어두워졌어요. 여긴 학교 문서실이네요. 선생님이 양승희랑 저를 그곳에 불러요. 양승희가 혼나다가 마지못해 저한

140

테 사과해요. 저는 아무 말도 못 해요. 교복값 물어달라는 말을 해야 했는데…….”

“그래도 잘했어요, 유민 씨. 올바르게 대처하셨군요.”

“현실은 시궁창이에요. 저러고 나서 반 애들이 전부 절 따돌렸거든요. 급식 줄 서는데 전 항상 혼자예요. 체육 시간에 짝지을 때도요. 그런데 어느 날부터 현주가 저랑 같이 다녀줬어요. 그때 우리 반 반장이 현주였는데 담임이 절 챙기라고 했나 봐요.”

“그렇군요. 자, 유민 씨. 우선 여기서 기억을 잠시 멈출게요.”

먼지 날리는 초여름의 학교 운동장에서 아이들의 움직임이 멈췄다. 유민은 옆을 돌아보았다. 곁에 앳된 얼굴의 열네 살 현주가 뚱하게 서 있었다.

“어떤 식으로 기억을 바꾸고 싶나요?”

“왕따 같은 거 전혀 모르는 인싸가 되고 싶어요.”

마음 깊은 곳에 묻어두었던 오랜 소망이 있는 그대로 튀어나왔다. 그런데도 부끄럽거나 수치스러운 기분은 들지 않았다.

“양승희가 절 괴롭히기 시작했던 때가 제가 어떤 선배를 좋아한다고 말한 다음부터였거든요. 왜인지는 모르겠는데 걔는 아마도 그것 때문에 절 싫어하게 됐나 봐요.”

유민은 침을 꿀꺽 삼켰다.

“좋아하는 애가 누군지 밝히면 다들 비웃고 놀리는 게 아니라 응원해 주는 인싸의 삶을 살고 싶어요. 그러다가 풋사랑도 해보고요. 아, 생일에 다른 애들처럼 교실에서 축하도 받아보면 좋겠어요.”

"이제부터 유민 씨가 원하는 대로 기억이 바뀌기 시작합니다."

시간이 거꾸로 흐르기 시작했다. 사람들은 뒤로 걸었고, 시곗바늘은 반대로 돌아갔다. 순식간에 주위의 풍경이 처음의 음악실로 바뀌었다.

"유민 씨의 곁에는 항상 친구들이 많이 있었습니다. 누구든 당신과 친해지고 싶어 했죠. 다정하고 사랑스러운 친구들은 당신을 무척이나 아꼈고, 무슨 일이든 당신과 함께하려고 했어요."

음악실에서, 교실에서, 급식실에서, 운동장에서. 장면이 하나씩 바뀌었다. 그때마다 반 친구들이 유민의 주변으로 와글와글 몰려들었다. 그들은 친근하고 호의적인 표정을 띠고 있었다. 유민과 함께 있어 즐거운지 활짝 웃기도 했다. 그들 중에는 당연하다는 듯 양승희와 차현주도 껴 있었다.

"어느 날 방과 후에 좋아하던 선배가 유민 씨를 불렀습니다. 그리고 당신을 좋아한다고 고백했어요. 쑥스러워하는 선배가 떠난 뒤에, 숨어서 보고 있던 친구들이 튀어나와 당신을 응원해 주었죠."

유민은 심장이 뛰었다. 이름도 기억나지 않고, 모습도 흐릿한 첫사랑이 남기고 간 고백의 말이 머릿속을 맴돌았다. 친구들이 "이야!"라고 소리치며 튀어나와 어깨동무했다. 유민은 "놀리지 마!"라고 하면서 웃었다.

"그날의 생일을 기억하나요? 교실에 들어섰을 때, 깜짝파티를 준비한 친구들이 폭죽을 터뜨리고 박수하며 유민 씨를 축하해 줬죠. 그 선배가 들고 있던 삼단 케이크와 당신의 자리에 한가득 쌓여 있던 선물들……."

우레 같은 환호와 함께 사람들이 유민의 주위를 둘러쌌다. "생일 축하해!" "태어나줘서 고마워!" 여기저기서 들려오는 축하의 말들로 정신이 하나도 없었다. 케이크를 들고 미소 짓는 첫사랑. 즐겁게 키득거리는 친구들. 산더미처럼 쌓인 선물 상자와 색색깔로 반짝거리는 포장지들.

바뀐 기억은 정현의 말대로 방금 겪은 일처럼 생생했다. 너무 진짜 같은 나머지 유민은 가슴이 벅차올라 멋없게 엉엉 울었다.

"유민 씨는 괴롭힘 같은 건 전혀 모르는 인싸였어요. 그러니 이제 책 밖으로 나오세요."

순식간에 유민은 가상의 도서관으로 돌아왔다. 손에는 펼친 책이 들려 있었다. 바뀐 기억의 여운이 강렬하게 남아 있었다. 본래의 기억은 바뀐 기억에 밀려 단순한 정보 값으로 느껴졌다. 유민은 전율했다.

"와아……."

"어때요. 기억을 바꾸길 잘했죠?"

"사장님. 저 계속 기억을 바꿔나가도 될까요? 이다음 기억은 좀 사소한데요. 제 나름대로 상처였던 기억이라서요."

조급한 마음에 말이 우르르 쏟아져 나왔다.

"하하, 진정해요, 유민 씨. 우선 바꾸고 싶은 기억이 적힌 페이지부터 펼쳐봅시다."

"네!"

크게 대답한 유민은 망설임 없이 책장을 넘겼다. 불시에 벌어진 책장의 틈이 또다시 한입에 유민의 몸을 집어삼켰다.

"자, 지금은 어디에 있나요?"

"복도. 3학년 교실이 있는 복도예요. 현주가 불러서 복도로 나왔어요. 현주가 저한테 뭔가를 건네줘요."

"무엇이죠?"

"교환 일기예요. 제가 쓰자고 했거든요. 현주는 이제 안 쓰고 싶으니까 이건 저보고 가지래요. 저는 '왜?' 하고 이유를 물어요. 현주는 다른 친구랑 교환 일기를 쓰기로 했대요."

"저런, 서운했겠군요."

"네. 나중에 보니까, 현주는 글 잘 쓰기로 유명한 친구랑 교환 일기를 쓰고 있더라고요. 제가 준비한 것보다 더 비싸고 좋은 다이어리를 사서요. 스티커도 잔뜩 붙여놓았던데, 참⋯⋯."

"질투가 났나요?"

"그건 아니에요. 그냥 많이 서운했어요. 제가 볼품없게 느껴졌거든요. 아무도 저랑은 이런 걸 하고 싶지 않겠구나. 그런 생각이 들었어요."

유민은 먼발치에서 현주를 보고 있었다. 어린 나이에 유명한 소설 사이트에 글을 올려 돈도 벌었다는 친구와 교환 일기를 주고받는 현주. 자신보다 그 친구와 있을 때 더 즐거워 보이는 현주.

"이번 기억은 어떻게 바꾸고 싶나요?"

"현주가 먼저 저한테 교환 일기를 쓰자고 했으면 좋겠어요. 다른 친구랑 교환했던 다이어리보다 더 좋은 일기장을 들고 와서요."

유민은 주먹을 꽉 쥐었다.

"저랑 교환 일기를 쓰고 싶어서 안절부절못하는 거예요. 저는 공부해야 한다고 거절하는데, 현주가 하도 사정사정해서 어쩔 수 없이 같이 써요. 그러다 제가 먼저 그만두자고 하는 거예요."

"복수군요."

"어차피 저만 아는 기억이잖아요. 이대로 바꿔주실 수 있죠?"

"그럼요. 유민 씨가 원하는 대로 얼마든지 바꿔도 됩니다. 꿈과 현실의 틈이니까요."

정현이 말을 마치자, 이번에도 시간이 거꾸로 돌아갔다. 어느새 유민은 학교 복도에서 현주를 마주하고 있었다.

"그날, 기억하시나요? 당신의 친구는 당신에게 교환 일기를 내밀었습니다. 그 다이어리는 참 정성스럽게 꾸며져 있었죠. 친구는 제발 자신과 이 교환 일기를 같이 써달라고 빌었어요."

유민의 눈앞에서 현주는 우물쭈물하며 금박을 입히고 스티커 장식을 주렁주렁 단 다이어리를 건네고 있었다. 유민은 한 번도 본 적 없던 현주의 조마조마한 표정에 미안함이 들면서도 통쾌하고 고소했다.

"당신은 바쁘다고 거절했죠. 하지만 그 친구는 물러나지 않았어요. 어쩔 수 없이 이번만 친구의 부탁을 들어주기로 했습니다."

정성스럽고 화려한 다이어리. 유민은 마지못해 다이어리를 가져가 대강 아무 말이나 적어 넘겨주었다. 반면 현주는 매번 열심히 자기 일기를 적는 것 같았다. 유민이 더는 교환 일기를 쓰고 싶지 않다고 말할 때까지.

"음, 좀 심했나?"

바뀐 기억은 이번에도 생생했다. 교환 일기를 그만 쓰자고 말했을 때 현주의 표정이 얼마나 충격에 젖어 있던지. 매몰차게 대한 것에 죄책감이 들 정도였다. 실은 현실에서 한 번도 일어난 적 없는 일인데. 기억을 조금 손본 것만으로 이런 마음이 들다니. 자기 자신이 바보 같았다. 하지만.

"사장님, 저 바로 다음 기억으로 갈게요."

두 번째 기억 바꾸기가 끝나기 무섭게 유민은 바로 다음 페이지를 펼쳤다. 제멋대로 책장을 넘긴 것에 정현은 별말을 덧붙이지 않았다. 그저 이전에 했던 것처럼 "자, 지금은 어디에 있나요?"라고 물었을 뿐.

"무대 위예요. 학예회인가 봐요. 저랑 현주가 노래를 부르고 있어요. 어두워서 관객들 표정이 잘 안 보여요. 떨려서 가슴이 터질 것 같아요. 그래도 끝까지 도망치지 않고 무대를 마쳤어요."

"사람들 반응은 어떤가요?"

"잘 모르겠어요. 너무 긴장해서 아무 소리도 안 들려요. 학예회가 끝나고 엄마가 절 태우러 왔어요. 제가 나오는 무대를 봤나 봐요. 엄마가 화를 내요. 저렇게 못하는데 선생님은 애를 말리지도

146

않고 뭐 하냐고……."

"서운하셨겠군요."

"네……. 저는 울면서 엄마한테 오늘 현주랑 같이 놀기로 했다고 말해요. 엄마는 안 된다고, 앞으로 현주랑 놀지 말라고 그래요. 제가 망신을 당한 게 현주 때문이라면서."

"현주 때문이요?"

"현주가 같이 하자고 해서 오른 무대거든요. 현주는 노래를 작게 불렀어요. 그래서 제 목소리에 묻혀 거의 안 들렸나 봐요. 다음 날에 애들이 제가 부른 노래를 웃기게 따라 부르면서 하루 종일 저를 놀렸어요."

"이번 기억은……."

"이번엔 학예회 무대를 대성공으로 바꿀 거예요."

정현의 말을 끊고 유민이 끼어들었다.

"제 노래가 끝나면 사람들이 전부 일어나서 기립박수를 보내요. 유명 연예 기획사에서는 저를 캐스팅하고 싶다고 찾아오죠. 저는 공부해야 한다고 거절하고, 학교 애들은 전부 저를 다시 봐요. 현주는 제 덕분에 무대가 성공했다고 고마워하죠."

정현에게선 아무 대꾸도 들려오지 않았다. 그런데도 바뀐 기억이 저절로 재생되었다. 학예회 무대에서 유민이 노래를 마치자마자 수많은 관객이 일시에 일어나 크게 환호하고 박수했다. 감동받아 눈물을 흘리는 사람도 있었다. 무대를 내려오는 유민에게 어머니가 달려와 꽃다발을 안겨주었다.

147

바뀐 기억 속에서 유민은 행복했다. 유명 아이돌그룹 소속사에서 찾아와 유민을 캐스팅하겠다고 명함을 내밀었다. 유민은 당당하게 학업에 열중하고 싶다는 말로 거절했다. 유민을 설득하기 위해 찾아온 예쁘고 잘생긴 아이돌들이 아쉬움의 탄성을 흘렸다.

현주는 자신과 함께 무대에 서주고, 저를 계속 친구로 삼아준 유민에게 몇 번이나 고마움을 전했다. 하지만 유민이 없는 곳에선 부러움과 동경이 섞인 한숨을 연신 내뱉었다. 그리고 유민처럼 되지 못한 본인을 부끄럽게 여겼다.

"다음 기억으로 갈래요."

도서관으로 돌아온 유민은 이젠 당연하다는 듯 다음 페이지를 펼쳤다. 정현의 목소리가 들리지 않는 건 이제 유민에게 별로 중요하지 않았다.

"대학교 기숙사예요. 현주는 고등학교를 졸업하자마자 일본으로 유학을 갔어요. 그랬던 걔가 오랜만에 한국으로 놀러 온다며 저보고 여행 가이드를 하라는 거예요."

현주와는 다른 고등학교를 거쳐 국내 대학을 다니면서 유민의 사회성은 급격히 좋아졌다. 자기 자신에게 어울리는 스타일을 찾았고, 꾸미기도 잘 꾸미고 다녔다. 갑자기 아이돌에 빠지면서 같은 아이돌을 좋아하는 친구들도 사귀었다. 어느 때보다 자신감이 치솟을 때였다. 현주에게서 연락이 왔다.

"이거다. 내 달라진 모습을 보여줄 기회야. 그런 생각에 여행 계획을 알차게 짰어요. 현주는 아무 데나 좋고, 아무거나 먹어도 된

148

다고 그랬거든요. 그런데 막상 여행 당일에 보니까 얘 분위기가 최악 중의 최악인 거예요."

어디를 가도 현주의 반응은 무덤덤했다. 유민이 세운 계획에 어쩔 수 없이 끌려다닌다는 듯이.

"좋다, 싫다. 이런 얘기를 해야 하는데, 카페에 가서도 한마디도 안 하고 자꾸 핸드폰만 보고 있어요. 저는 정말 어떻게든 대화를 끌어내 보려고 별짓을 다 했어요."

노래방에 가서도 현주는 무슨 말인지도 모를 외국 노래만 불렀다. 유민은 현주와 같이 부르려고 최신 가요 위주로 예약했는데. 심지어 현주는 유민이 부를 때 아무런 호응도 안 해줬다. 모르는 노래라도 열심히 탬버린을 치고 호응해 주었던 유민과 달리.

"저녁 먹고 술집에 갔을 땐 저도 너무 지치고 서러운 마음이 들었어요."

잔잔한 팝송이 흐르던 칵테일 바. 맞은편에 앉은 현주는 여전히 시큰둥한 표정을 짓고 있었다. 유민까지 입을 다물어버리자, 대화는 더 이어지지 않았다. 숨 막히는 침묵이 가슴을 조여왔다.

"오랜만에 나 만났는데, 넌 뭐 할 말 없어?"

유민은 슬쩍 현주에게 눈치를 주었다.

"할 말? 별로."

"나만 말하니까 좀 그렇네."

"그래?"

유민은 어색하게 웃고 자기 앞에 놓인 칵테일 잔을 만지작거렸다. 그리고 몇 분이 흘렀다. 그 몇 분 동안의 침묵이 유민은 몇 시간 처럼 느껴졌다.

"작년 가을에 일본에서 말이야."

현주가 작게 입을 열었다.

"내가 길을 걷고 있었는데 옆에 무슨 차 한 대가 서더니 모르는 남자가 내리는 거야."

'무슨 얘기를 하려는 거지?'

갑자기 시작한 현주의 이야기는 어딘가 좀 찝찝했다.

"내가 사는 곳이 좀 외지거든. 조금만 가면 산이고, 논밭이고 그래."

"응."

"그 남자가 갑자기 내 몸을 낚아채더니 차 뒷좌석에 태웠어. 그러더니 운전석으로 가서 차를 막 몰더라."

"응?"

"그러고 몇 분 가니까 산이 나온 거야. 그 남자가 내리라고 해서 내리긴 했는데, 이러다간 무슨 일 생길 것 같아서 차분히 돌려보내 달라고 부탁했어. 그 남자가 고민하다가 다시 나를 차에 태우더라고."

"어……."

"그리고 집 근처에 내려줬어. 끝이야."

현주는 표정 변화 없이 이야기를 마쳤다. 맞은편에서 유민은 잔뜩 당황하고 있었다. 현주의 말이 진짜처럼 느껴지지 않았다. 가끔

자기가 겪은 상황을 과장하고는 했으니까. 잘 모르는 일을 우기는 것처럼 말이다.

"무슨 그런 얘기를 하니⋯⋯."

그래서 유민은 이렇게 말했다. 이번엔 현주가 놀란 눈으로 유민을 바라봤다. 그런 말을 들을지 전혀 예상하지 못했던 것처럼.

"오랜만에 만나서 하는 얘기가 그런 어두운 이야기밖에 없으니까 좀 불편하네. 만나서 좋은 얘기만 해도 모자란 시간이잖아."

"뭐라고?"

"내가 열심히 찾은 식당에 데려가도 맛있다는 말 한번을 안 했으면서."

그러자 현주가 불안하게 웃었다. 그리고 손가방을 챙겨 자리에서 일어났다. 유민은 억지웃음을 띠고 현주를 올려다봤다. 딱딱하게 굳은 어깨가 통증으로 욱신거렸다.

"나 갈래."

"응?"

"간다고."

유민이 미처 붙잡기도 전에 현주는 쌩하고 칵테일 바를 빠져나갔다. 뒤늦게 결제를 마치고 나온 유민은 번화한 거리에서 현주를 찾았다. 그러나 이미 시간이 꽤 흘러 현주의 모습은 보이지 않았다. 돌아가는 지하철 안에서 유민은 한 땀 한 땀 메시지를 썼다.

'오늘 정말 즐거웠어. 다음에 또 만나서 놀자. 조심히 들어가.'

하트, 하트, 이모티콘. 방금 보낸 메시지는 금방 '읽음' 표시로 바

꿰었다. 그러나 답문은 오지 않았다.

며칠 후 현주의 프로필 사진이 바뀐 걸 알아본 유민이 '옆은 애인?'이라고 메시지를 보낼 것이다. 그렇게 아무 일 없었던 것처럼 다시 대화가 시작될 것이다. 그때까지 메신저는 저 '읽음' 표시에서 멈춰 있을 것이다.

"이번 기억은 제가 현주와 같이 일본으로 유학 간 걸로 바꿀래요."

유민은 기억의 말미에서 목소리를 높였다. 그러나 시간은 되돌아가지 않았다. 여전히 덜컹거리는 지하철 안. 유민은 메시지 옆 '읽음' 표시만 들여다보고 있었다.

"현주랑 같이 지내면서, 현주를 납치했다던 괴한을 제가 두들겨 패주려고요. 그리고 저랑 현주는 같은 아이돌을 좋아하게 되는 거죠. 함께 한국에 놀러 가서는 가는 곳마다 무엇이 좋았는지 얘기하고, 여행 계획 세우느라 고생 많았다고 현주가 저를 칭찬해 주면서……."

목소리는 점점 잦아들다가 갑자기 멎어버렸다. 지하철은 하염없이 달렸다. 멈춰 설 기미는 보이지 않았다. 유민은 하얀빛이 깜빡거리는 어두운 창밖을 멍하니 응시했다.

"어떡하지."

유민은 중얼거렸다.

"기억을 어떻게 바꿔야 할지 모르겠어."

어떤 식으로 기억을 바꾸든 마음에 차지 않을 것 같았다. 지금까지 바꿔온 기억들을 되새겨 봐도 그랬다. 오히려 생각하면 할수록 한 가지 사실만 명백해졌다. 유민의 나쁜 기억에는 언제나 현주가 있었다.

"우린 왜 친구가 된 거지? 지금 생각해 보니까 이해가 안 돼."

지유민과 차현주는 서로 맞지 않는 사람이었다. 상황에 휩쓸려 억지로 친구를 하고 있었을 뿐. 지금까지 바꿔온 기억 속 현주는 본래의 현주와 완전히 달랐다. 두 현주 사이의 간극에서 풍기는 거부감이 너무도 역했다.

"내가 친구를 하고 싶었던 사람은 현주가 아니었나 봐."

현주는 제게 무수한 상처를 준 사람이다. 그리고 저 역시 현주에게 무수한 상처를 줬을 것이다. 그중에는 제 잘못도 있었고, 현주의 잘못도 있었다. 잘잘못을 따지려거든 얼마든지 할 수 있었다. 누가 더 나빴고, 누가 더 쓰레기고, 누가 더 못됐고. 이런 것을 입에 올리는 건 쉬웠다.

"그런데 이제 와 그게 무슨 소용이지?"

유민은 현주와 함께하는 미래가 더는 그려지지 않았다. 이런 사이를 계속 친구라고 불러도 되는 걸까. 그때 제가 바꿔야 할 단 한 가지가 떠올랐다. 유민은 고개를 들었고, 보이지도 들리지도 않는 정현에게 자신이 원하는 것을 분명한 소리로 말했다.

"사장님, 저 현주와 잘 헤어지고 싶어요."

"유민 씨, 일어나세요."

"으응……."

유민은 서서히 잠에서 깨어났다. 정현이 유민은 살살 흔들어 잠에서 깨우고 있었다. 언제인지도 모르게 깜빡 잠이 들었던 모양이었다.

"잘 잤어요?"

"으……. 지금 몇 시예요?"

"10시가 좀 넘었어요."

"어우, 집에 가야겠는데."

"혼자 갈 수 있겠어요?"

"술은 다 깨서 괜찮아요. 너무 늦게 들어가면 현주가 또 엄청 뭐라고 그럴 테니까. 와, 그렇게 생각하니 집에 진짜 가기 싫네요."

그렇게 말하면서도 유민의 몸은 저절로 귀가할 채비를 마쳤다. 정현은 술을 마시기 전과 똑같이 단정한 모습으로 일어났다. 유민이 책방을 나서려는데, 따라 나온 정현이 "근데 아까 잠꼬대는 무슨 뜻이에요?"라고 물었다.

"잠꼬대요?"

"예. 유민 씨가 자다가 잠꼬대로 '잘 헤어지고 싶다'라고 하던데."

"아, 그거요? 꿈과 현실의 틈에서……."

"꿈과 현실의 틈?"

"음?"

"흠?"

"잠깐, 뭔지 모르세요? 사장님이 절 거기로 보내주셨잖아요."

"제가 유민 씨를 꿈과 현실의 틈으로 보내드렸다고요?"

눈을 동그랗게 뜬 정현이 영문을 모르겠다는 표정으로 되물었다. 말문이 막혔다. 불현듯 '내가 자다가 꿈을 꾼 건가?' 하는 생각이 들었다. 얼굴이 새빨개진 유민은 고개를 가로저었다.

"아무것도 아니에요. 제가 사장님이 나오는 꿈을 꿨나 봐요. 꿈속에서 진짜 별소리를 다 했네요. 부끄러우니까 그 잠꼬대는 잊어주세요."

"무슨 꿈인지 궁금한데요. 다음에 얘기해 주시겠어요?"

"기회 되면요. 저 이제 진짜 가볼게요. 이러다 여기서 눌러살겠어요."

"하하, 그래요. 근데요, 유민 씨."

정현이 부드럽게 미소했다.

"잘 헤어지고 싶다는 말. 그냥 지나쳐 버리지는 말아요. 어쩌면 유민 씨 인생에서 되게 중요한 일일 수도 있잖아요."

그러니까 잠꼬대로 흘러나온 게 아니겠냐며 정현은 너스레를 떨었다. 멋쩍게 웃던 유민은 어색하게 "그런가요?"라고 말하고 책방을 나섰다.

세 갈래 길로 이어지는 언덕. 오르막을 열심히 오르던 유민은 생각했다.

'은혜도 모르지, 아주. 내 인생에 남은 친구라곤 차현주뿐이면서.'

꿈과 현실의 틈에서 바꾼 기억들이 머릿속에서 자꾸 되풀이되었다. 꿈속에서 결국 자신은 현주와 헤어지고 싶어 했다. 말도 안 된다. 어떻게 자기가 현주한테 절교하자고 한단 말인가. 그럼 자신은 친구가 한 사람도 없게 된다. 나이를 이만큼 먹고 현주만 한 친구를 새로 사귈 수도 없는데.

온갖 상념이 머릿속을 어지럽혔다. 첫째, 먼저 절교를 입에 올리는 비겁자가 되고 싶지는 않았다. 둘째, 현주와 함께하며 좋았던 기억들이 없지는 않잖아? 셋째, 그래도 역시…….

'저 현주와 잘 헤어지고 싶어요.'

유민은 입술을 깨물었다. 더운 강바람이 후텁지근하게 불어왔다.

문가에 선 정현은 유민이 길을 떠나는 모습을 지켜보았다. 건물에 가려 더는 모습이 보이지 않게 되자, 그제야 발걸음을 옮겼다. 파티 장식을 치우고 좌석을 정돈하고 있는데 문가에서 "똑똑" 하는 소리가 들렸다.

"재경 씨."

문밖에 재경이 목뒤를 문지르며 서 있었다. 정현은 조용히 문을 열어 재경을 안에 들였다. 가게로 들어온 재경은 자연스럽게 'Happy Birthday'라고 적힌 줄 조명부터 걷었다.

"비품실에 놓으면 되죠?"

"고마워요."

재경이 거들자 순식간에 일이 끝났다. 파티의 흔적이 전혀 보이지 않는 평소의 취중책방으로 돌아왔다. 재경과 정현은 유민과 현주가 앉았던 가운데 자리에 앉아 한숨을 돌렸다.

"201호 있잖아요." 재경이 입을 열었다. "마을을 떠날 수 있겠죠?"

조심스러운 물음에 눈을 내리깐 정현이 답을 망설였다.

"염원, 두고 갈까요?"

재경이 좀 더 직접적으로 묻자, 쓴웃음을 지은 정현은 "전에 제가 했던 말 기억하나요?"라고 말했다.

"201호가 과거에 얽매여 있다는 말이요?"

"네. 그리고 유민 씨의 친구분이 유민 씨를 자꾸만 과거에 매어 놓는다고 그랬었죠, 제가."

유민은 현주의 말에 크게 연연했다. 현주의 관심과 인정을 가장 달게 느꼈다. 제 뜻을 펼쳐보려다가도 번번이 현주의 말에 발목이 잡혔다. 그래서 자아가 산산조각 날 때까지 공무원 같은 어울리지 않는 분야의 일자리에 매달렸다. 그것이 현주가 인정해 주는 일이었기 때문에.

그렇게 유민은 온갖 실패와 실망에 떠밀려 목화마을의 주민이 되었다.

"저는 유민 씨를 끊임없이 격려했습니다. 응원했어요. 좋아하는 일, 잘하는 일을 찾으면 자신감이 생길 테고, 그러면 친구분이 하는 말에도 흔들리지 않을 테니까요. 그런데 아니었어요. 유민 씨와 그분 사이는 제가 예상했던 것 이상으로 복잡하고 끈끈하더군요."

정현은 오늘 유민과 현주 사이에 있었던 일을 설명했다.

"재경 씨라면 이럴 때 어떻게 하겠나요?"

"둘 사이를 좋게 할 계기를 찾는다거나······."

유민이 말한 것처럼 잘 헤어져야 한다. 그러나 재경은 잘 헤어져야 한다는 말을 입 밖으로 꺼낼 수 없었다. 덜컥 두려웠다. 잘 헤어져야 좋을 관계라니. 도움이 되고 안 되고를 기준으로 관계를 재단하는 게 맞는 걸까. 하지 않으려 해도 도연 생각이 너무 많이 났다.

"우정을 어떻게든 이어가는 게 잘 헤어지는 일보다 정답처럼 보이는 세상이죠."

"그런 게····· 친구잖아요. 서로서로 참고, 참아주고 그러는 게 친구잖아요. 아닌가요?"

정현은 재경의 손등을 두어 차례 토닥였다.

"그래요. 그래서 제게도 이 문제가 어려워요. 이대로 두면 유민 씨는 또다시 친구분 말에 휘둘려 스스로 괴로울 일을 택할 텐데, 그렇다고 저희 멋대로 두 사람을 갈라놓는 게 옳은 일일지 모르겠어요."

"저라면, 저는. 저는 우정을 어떻게든 이어나갈래요."

"그래요. 재경 씨의 선택을 존중합니다."

그때 정현의 핸드폰 벨 소리가 울렸다. 유민이 건 전화였다.

"여보세요."

"사장님, 현주가 사라졌어요. 전화기도 꺼져 있고요! 걔가 놔둔 짐은 여기 그대로 있는데. 어떡하죠?"

수화기 너머로 유민의 애타는 음성이 들려왔다. 숨찬 목소리를 들으니 이미 주택가를 몇 바퀴 돌고 있었던 모양이다. 안절부절못하던 유민은 "거기로 현주가 오진 않았죠?"라고 물었다.

"여기로 다시 오진 않았어요."

"진짜, 이 밤에 어디 간 거야……."

유민은 울먹거렸다.

"괜찮아요, 유민 씨. 저도 나가서 찾아볼 테니 너무 걱정하지 말아요. 분명 어디 들어가 계실 거예요. 이 근처에 24시 카페도 있으니까."

"죄송해요. 제가, 오늘 너무 폐만 끼치고."

"괘념치 말아요. 우선 유민 씨는 집 주변을 다시 한번 살펴주세요. 어쩌면 엇갈렸을 수도 있으니까. 알겠죠?"

훌쩍거리던 유민은 조그맣게 "네"라고 대답했다. 곧 전화가 끊어졌다.

"사람 찾아야 한답니까?"

통화를 엿들었는지 재경이 그렇게 물었다. 목화마을에서 사람 찾기란 터주에게는 쉬운 일이었다. 하지만 정현은 "잠깐" 하고 재경을 멈춰 세웠다. 핸드폰을 내려놓은 책방 주인은 턱을 괸 채 테이블을 두드렸다.

"이거 어쩌면 일이 잘 풀릴지도 모르겠어요. 재경 씨, 사라진 사람은 제가 찾을 테니 그동안 부탁 하나만 들어줄래요?"

"저야 정현 씨가 시키는 일은 뭐든 하고 싶긴 합니다만."

"그 말은 네, 라는 뜻이죠?"

"네."

원하는 답을 얻어낸 정현은 테이블을 짚고 천천히 일어났다.

같은 시각, 하염없이 주택가를 헤매던 유민은 새삼스레 목화마을의 골목이 현주에게 얼마나 으슥하고 무시무시하게 보일지를 깨달았다.

'안 그래도 차현주, 걔는 겁도 많은데.'

중학교 수련회 담력 시험. 큰 소리를 내며 튀어나온 반 친구들 앞에서 주저앉아 벌벌 떨던 현주의 모습이 떠올랐다. 일본에서 납치당할 뻔했다는 얘기를 들은 뒤로 현주는 그때보다 더 겁이 많아진 것 같았다.

'폭죽 소리에도 정신을 못 차렸지.'

어쩌면 자신에게 말해준 납치 경험이 과장이나 허풍이 아닐지도 몰랐다. 그래도 달라질 건 없었다. 그날 일을 입에 올리는 건 현주와 유민 사이의 금기였다. 긁어 부스럼 만들 바에는 지금까지처럼 침묵을 지키는 편이 나았다. 벌써 몇 년이 지난 일인데. 입 밖으로 내지만 않으면 없던 일이다.

"현주야! 차현주!"

근방을 몇 번이나 돌았지만, 현주는 코빼기도 보이지 않았다. 애가 탔다. 좀 더 먼 곳까지 가보려는데 누군가가 모퉁이를 돌아 나왔다. 파란 추리닝을 입은 사람. 유민도 아는 사람이었다.

"엇, 어."

"안녕하세요."

종종 책방 일을 도우러 오는 사장님의 백수 친구. 유민이 알기로 그 사람은 온봄주택의 집주인이기도 했다. 딱 그 정도의 인간이었다. 어색하고, 잘 알지 못하는.

"정현 씨한테 들었어요. 친구분 찾고 있다고. 제가 저 건너편까지 다 돌아보고 올라오는 길이거든요. 안 보이는 걸 보면 아예 윗길이나 상점가 주변으로 간 것 같은데, 어쩔까요?"

"아! 아……. 그러면 일단, 어, 상점가로 갈까요?"

"상점가는 정현 씨가 찾아보고 있으니까, 우리는 윗길로 한번 가보죠? 보통 세 갈래 길에서 헷갈려서 대각선으로 올라가다가 윗길까지 가잖아요."

"아, 그러고 보니 저도 처음 이사 왔을 때 거기서 헤맸어요!"

왜 그 생각을 못 했을까. 유민은 서둘러 계단을 오르기 시작했다. 파란 추리닝이 뒤따라오는지 터벅터벅하는 발소리가 났다. 숨이 가빠질 때쯤 윗길에 도착했다. 왼편에 한뉘산, 오른편에 식당가가 보였다. 시간이 시간인지라 식당가의 불은 전부 꺼져 있었다.

"현주야! 차현주, 너 여기 있어?"

어둑어둑한 길을 걸으며 유민은 재차 현주의 이름을 불렀다. 반대편 길이 나올 때까지 걸었지만, 여전히 현주는 보이지 않았다. 도중에 유민은 걸음을 멈췄다. 위화감이 들어 산 쪽을 돌아보았다. 우거진 풀숲이 있었다.

"여기 원래 표지판이 있지 않았던가요?"

유민은 고개를 갸웃했다. 숲길 입구에 세워진 표지판에 분명 무슨 산장이라고 적혀 있었는데. 길도 표지판도 보이지 않고, 높다랗게 자란 나무와 제멋대로 뻗친 잡초들뿐이었다.

"아뇨. 여긴 처음부터 이랬어요."

"그래요? 뭔가 좀, 음……."

작게 중얼거린 유민은 가슴이 답답해졌다.

"무섭네요."

유민은 거의 들리지 않게 혼잣말했다. 그때 핸드폰 진동이 느껴졌다. 정현의 전화였다.

"여보세요."

"저예요, 유민 씨. 근처에 문 열린 곳은 다 돌아봤는데 현주 씨는 보이지 않았어요. 거긴 어때요?"

"윗길까지 올라와서 살펴봤는데도 없어요. 정말 무슨 일 생긴 건 아니겠죠? 그렇게 보내는 게 아니었는데……."

"우선 세 갈래 길로 내려올래요? 만나서 어떻게 할지 정해봐요. 어쩌면 파출소에 가야 할 수도 있으니까."

"네. 아, 여기 사장님 친구분도 계시는데요."

"재경 씨요?"

입 모양으로 이름을 묻는 유민에게 파란 추리닝은 고개를 끄덕였다.

"네, 그분이요. 도중에 마주쳤어요."

"그쪽도 못 찾았구나. 알겠어요. 이따 세 갈래 길에서 만나요."

"네, 사장님."

전화를 끊고 나서야 정현에게 죄송하다는 말을 한 번 더 해야 했다는 생각이 들었다. 가슴이 묵직해졌다. 현주는 도대체 어디에 있는 걸까. 눈가를 문지른 유민은 재경에게 통화 내용을 전했다.

"하아……."

재경은 깊은 한숨을 내쉬었다. 유민의 낯빛이 어두워졌다.

"죄송해요. 저희 때문에 두 분 다 이게 무슨 고생이래요."

"괜찮아요. 도와드리고 싶어서 도와드리는 거니까."

"그래도요."

막다른 데까지 몰렸기 때문일까. 울컥 유민의 감정이 터져 나왔다. 눈물을 뚝뚝 흘리며 유민은 목소리를 떨었다.

"제가 친구랑 싸우고 혼자 보내지만 않았어도 이렇게 될 일은 없었는데. 저는 왜 항상 감정을 이기지 못하고 멍청한 소리를 해서 상황을 나쁘게 만드는 걸까요?"

"친구가 혼자 간 게 왜 자기 탓이에요. 친구 탓이지."

"제가 걔 속을 긁었거든요. 오늘 생일인데. 좋은 일만 있어야 하는데."

"왜 속을 긁었는데요. 이유는 있었을 거 아니에요."

"그냥……. 그냥 뭔가 자꾸 신경에 거슬려서."

"친구가 싫은 소리 했어요?"

"네, 근데 다 저 걱정해서 하는 말이긴 하거든요."

"그래도 싫은 건 싫은 거지. 듣기 싫다고 말은 해봤어요?"

"아, 아니요. 그러면 싸움 날까 봐."

"그런 걸로 날 싸움이면 싸움 나야지. 싸우고 화해하면서 친해지는 거잖아요."

"그게요. 저한테는 쉬운 일이 아니라서요……."

유민은 말끝을 흐렸다. 어쩐지 말을 하면 할수록 구차한 변명만 더하게 되는 기분이었다. 그런 스스로가 점점 더 한심해졌다.

"죄송해요. 제가 답답하시죠."

"네? 아닙니다. 그런 게 아니라."

제 뒷머리를 흐뜨리던 재경은 숨을 깊게 내쉬고 털어내듯 말했다.

"그냥 좀, 뭐든 잘하는 사람이 이런 부분에 서툰 게 신기하다?"

방금 들은 말이 이해될 때까지는 시간이 좀 걸렸다. 유민은 한참이 지나서야 "네?" 하고 간신히 되물을 수 있었다. "아니"로 말문을 연 재경은 쑥스러운지 코를 자꾸만 씰룩거렸다.

"일할 때 사람 상대 잘하는 거 보니까 친구 관계도 다 괜찮을 줄 알았죠. 사장님과 그만큼 친해질 수 있는 사람이 흔한 것도 아니고."

"그건 사장님이 워낙 친절하셔서……."

"그쪽에서 얘기를 잘 받아주기도 하잖아요. 책 얘기도 재밌게 잘하던데요. 옆에서 듣는데 책 별로 안 읽는 나도 책 읽고 싶게 만들더라고."

"그걸 들으셨어요?"

"예. 그리고 뭐냐, 갑자기 가게에 사람이 몰리면 사건 사고가 안 일어날 수가 없잖아요. 전부 그쪽에서 커버 쳐줘서 아무 일 없는 것처럼 보이는 거 알아요. 애초에 알바생 하나가 그 많은 일을 불평 없이 해내는 게 말이 안 되고요. 솔직히 월급 두 배로 받아야 해요."

"아니에요. 저도 실수 많이 하고……."

"겸손이 심하네. 내가 그쪽이었으면 어디 가서 밥 굶고 살진 않겠다는 확신으로 살았을 텐데. 아무튼 사장님한테 월급 더 달라고 해요. 아예 직원으로 채용시켜 달라고 해도 되고. 그래도 될 만한 사람이잖아요."

"그게, 어……."

이런 칭찬을 들을 줄 몰랐던 유민은 머릿속이 하얗게 변했다. 그동안 정현에게는 좋은 소리를 많이 들었다. 정현은 좋은 사람이니까. 좋은 사람이라 선의를 담아 칭찬하는 것이다. 그걸 전부 다 곧이곧대로 믿을 만큼 유민은 순진하지 않았다.

하지만 이 사람은 사장님의 친구. 성격도 그리 좋아 보이지 않았다. 애써 상냥한 말을 건네기보다 소신껏 제 할 말만 할 것 같은 인상. 이 사람마저 같은 칭찬을 한다면, 그건 좀 믿어볼 만했다.

"감사, 합니다."

더듬더듬 말하고 나서 유민은 풀썩 고개를 숙였다. 세 갈래 길이 나올 때까지 둘은 말없이 계단을 내려갔다. 대화가 더 이어지지는 않았다. 재경은 정현이 부탁한 말을 마치고 후련해져 있었고, 유민은 심란함에 정신을 차릴 수 없었다.

현주 걱정만 해도 모자란 이때, 재경에게 들은 칭찬으로 가슴이 울렁거렸다. 어깨가 으쓱해지고 거창한 미래를 설계하고 싶은 그런 기분. 도전하고 싶은 것이 하나둘 생겨났다. 동시에 현주에게 방금 떠올린 것을 얘기하면 어떤 소리를 들을지 짐작되었다.

'또 헛바람이 들었다고 하겠지. 하고 싶은 건 취미로 하고 우선 직장부터 구하라면서. 부모님 보기 부끄럽지 않냐고.'

평소 같았다면 현주의 말을 수긍하고 서둘러 마음을 접었을 것이다. 현주는 저보다 어른스럽고, 자기 관리도 잘하고, 취직도 빨리 했고, 제가 설 자리도 일찍 잡았고, 곧 결혼도 하고, 주관도 뚜렷하고, 그 외에도 기타 등등 어렸을 적부터 저보다 백배는 나았으니까.

'그렇지만 이건 내 삶인데…….'

상반된 마음이 격렬하게 부딪쳤다. 그러느라 벌써 세 갈래 길이 보이는 데까지 내려왔다는 사실도 모르고 있었다. "어?" 하고 뒤따라오던 재경이 먼저 소리쳤다. 그제야 유민은 발견했다. 세 갈래 길, 가로등 아래에 누군가가 쪼그려 앉아 무릎 사이에 얼굴을 파묻고 있었다. 몰라볼 수 없었다. 계단을 두세 칸씩 뛰어 내려가며 큰 소리로 불렀다.

"현주야!"

흠칫거리며 고개를 든 현주는 유민을 발견하고 눈매를 찌푸렸다. 반쯤 입을 벌린 표정은 반가움보다 당황에 가까웠다. 현주는 벌떡 일어나서 오른쪽 골목으로 뛰어들었다. 저를 피해 도망치는 친구를 보고 유민의 발걸음이 서서히 느려지다 멈췄다.

"왜?"

유민은 이해되지 않았다. 도망치는 현주보다 이해가 안 되는 건 자신의 마음이었다. 아까부터 현주를 발견하고도 전혀 기쁜 마음이 들지 않았다. 오히려 짜증이 났다. 우리 둘이 싸운 게 사장님과 사장님 친구까지 동원해 밤늦도록 너를 찾아 헤맬 일이었는지 따져 묻고 싶었다.

'저 현주와 잘 헤어지고 싶어요.'

꿈과 현실의 틈에서 털어놓은 진심이 또다시 귓전에 아른거렸다.

그 순간 사라졌던 현주가 슬금슬금 뒷걸음질 치며 세 갈래 길로 돌아왔다. 현주의 앞을 정현이 가로막고 있었다. 조련사처럼 한 손을 뻗은 채였다. 눈을 굴리며 현주는 다른 곳으로 달아날 타이밍을 재고 있었다.

"차현주."

움찔한 현주가 뒤를 돌았을 때, 바로 앞까지 유민이 와 있었다.

"그만 도망치고 거기 서봐. 나 너한테 할 말 있어."

"무슨 말? 나는 들을 말 없어. 그냥 날 좀 혼자 두면 안 돼?"

"지금 너한테 꼭 해야 할 말이야."

"뭐, 미안하다는 말? 아니면 또 무슨 말 같지도 않은 변명이라도 갖다 붙이려고? 진짜 지긋지긋해, 지유민. 난 그냥 잠깐이라도 혼자 있을 시간이 필요한 거야. 알겠어?"

가까이서 보니 알 수 있었다. 현주의 눈가는 짓물러 있었다. 공들인 눈 화장도 눈물에 거의 번져나간 듯했다. 당장이라도 이 자리를 벗어나고 싶은 것처럼 현주는 제자리에서 발을 굴렀다.

"내 여행 다 망친 걸로도 모자랐니? 내가 무슨 죄인이라도 돼? 주변 사람들 다 불러서 날 이렇게 망신 줘야겠어? 너 진짜 최악이다. 이, 이 못돼먹은……"

"현주야, 우리!"

말허리를 끊으며 유민이 큰 소리로 외쳤다.

"헤어지자!"

우렁찬 외침에 현주의 말문이 턱 막혔다. 황당해하던 얼굴은 곧 경악으로 바뀌었다. 수치심마저 드는 듯했다. 누가 볼세라 주위를 획획 둘러보던 현주가 말을 더듬었다.

"뭔 소리야? 너 가끔 진짜 미친놈 같은 거 알아?"

"현주야, 난 네가 진짜 밥맛이라고 생각한다."

"뭐, 뭐? 밥맛?"

"그래, 밥맛. 처음 만났을 때부터 밥맛이었어. 중학교 1학년 때 반 왕따였던 내가 불쌍하고 귀찮다는 식으로 어울려 줬잖아. 담임 때문에 어쩔 수 없이 놀아준다며 싫은 티 팍팍 내고."

"아니, 야. 내가 언제?"

"너 솔직히 나 친구로 생각한 적 얼마 없잖아. 교환 일기 그만 쓰자고 한 건 기억나? 학예회 때는? 나 놀림받을 때 위로 한마디 해 줬어?"

"언제 적 얘길 꺼내는 거야! 나는 너 친구라고 생각했어. 진짜야!"

"유학 가서는 연락 한번 없더니 오랜만에 한국 온다고 나한테 여행 계획 짜놓으라 명령했던 건 기억나? 내가 네 하인이냐? 애써 여행 계획 세워서 극진히 모셨더니 고맙다, 고생했다 한마디 안 꺼내더라."

"그건 나도 할 말 많지. 너 그때!"

"그래, 그때! 아무 말 안 하고 입 꾹 닫고 있기에 말 좀 꺼내라고 하니까 갑자기 한다는 얘기가 납치당할 뻔했다는 얘기였지. 거기서 나는 나대로 기분 상해서 머저리처럼 쓰레기만도 못한 반응 보여서 너 상처 주고. 그, 그, 그러니까 너도 날 밥맛이라고 생각하는 게 당연하잖아!"

끝에 가서 유민은 말을 더듬었다. 한순간 쥐어짜 낸 용기는 금방 유통 기한이 지나버렸다. 현주 앞에서 이렇게 솔직히 다 털어놓다니. 사라진 용기만큼 현실감이 돌아오자, 슬슬 후일이 두려웠고 후회가 몰려왔다.

한숨을 크게 내쉰 현주가 고개를 숙였다. 얼굴에 그림자가 져 표정이 제대로 보이지 않았다. 하지만 알 수 있었다. 저건 보통 화난 게 아니었다. 분노, 아니 격노였다.

그러나 엎질러진 물을 되돌릴 순 없는 법. 기왕 이렇게 된 거 하고 싶은 말은 다 하고 죽어야겠으므로 유민은 고여 있던 속내를 마저 퍼 올렸다.

"우, 우, 우리 취향도 안 맞아서 뭘 하기만 해도 서로 불편하고!

169

억지로 맞추려다가 싸움만 났잖아! 그런데도 우리 계속 친구 하고 있는 게 맞아? 우리 그만 친구 하자. 제발, 내 인생에서 사라져 줘. 현주야, 부탁한다!"

묵은 감정에서 고약한 썩은 내가 나는 듯했다. 제 밑바닥까지 다 까발린 탓에 유민은 몹시 수치스러웠다. 정현이나 재경이 제 뒤통수를 내려쳐 기절이라도 시켜주면 참 좋겠단 생각이 들었다.

현주는 또 얼마나 발광할까. 머리채라도 잡는 거 아니야? 여기서 다투는 건 뭐 그렇다 칠 수 있었다. 정현과 재경도 있으니 설마 죽이진 않겠지. 하지만 이후가 문제였다. 분명 주변 사람들한테 "뭐 이런 애가 다 있어?"라고 구구절절 소문낼 텐데.

'그러라고 해! 이젠 나도 몰라. 다 집어치워. 죽을래!'

속으로는 사자후를 토했으면서 할 말을 마친 입술은 달달 떨리고 있었다. 더 생각나는 말이 없었다. 지금까지 쌓였던 앙금이 이게 전부는 아닐 텐데도 말이다. 현주는 여전히 말이 없었다. 유민은 무슨 말이라도 해보라고 빌고 싶었다. 그때.

"짜증 나, 지유민."

현주가 말했다. 목소리에서 전해지는 뉘앙스가 예상과는 달랐다. 흠칫 놀란 유민은 머리가 멍해졌다. 고개를 든 현주는 혼란스럽고 억울해 보였다.

"나도 너 싫어! 나도 너랑 진짜 안 맞아! 좋아해 보려고 해도 잘 안된단 말이야! 너 맨날 날 사기꾼 취급하면서 내 말 하나도 안 믿는 거 뻔히 보여. 알아? 그러면서 말로는 믿는다고 하지나 말든가."

유민의 고백이 촉매가 되어 사나운 반격이 일어났다. 마구 짜증을 내는 현주는 저 역시 참고 있던 속앓이를 하나씩 털어놓기 시작했다.

"담임이 시켜서 억지로 친해져야 했을 때, 솔직히 나 노력했다? 나도 그때 열네 살이었어. 어렸다고. 너 하나 소외되지 않게 하려고 난 원래 내 친구들보다 너랑 더 많은 시간을 보냈어. 덕분에 나도 중학교 친구라곤 너밖에 안 남았거든? 난 안 억울하겠니?"

악을 쓰는 현주를 보고 있으려니, 유민은 어느새 중학생 시절로 돌아간 기분이 들었다. 현주는 좀 전의 유민과 비슷한 표정을 짓고 있었다. 어리숙하고 풋내 나고, 동시에 진솔한.

"친구가 먼 타지에서 납치당할 뻔했다는데도 안 믿어주는 널, 내가 그래도 친구라고 참 오래도 맞춰줬다. 그때 네가 뭐라고 했는지 기억은 나? 난 그날 일 잊지도 못해. 오늘만 해도 네가 나한테 놀러 와놓고 또 아무 말 안 한다고 성질부릴까 봐 얼마나 말 많이 했는지 알아? 솔직히 너랑 할 얘기도 없는데, 억지로 쥐어짜 내느라!"

언성은 고점을 찍고 멈췄다. 현주는 잠시 씩씩거렸다.

"너한테 상처 될 말만 잔뜩 하고."

그렇게 내뱉은 현주는 "에이씨" 하며 눈을 질끈 감고 고개를 돌렸다.

"그래! 네 말대로 우리 둘 다 서로한테 밥맛이야. 너랑 나랑 만난 세월이 얼마인데. 얼굴만 봐도 무슨 생각 하는지 다 알잖아. 너 나

싫어하는 티 엄청 나. 그리고 나도, 너 싫어. 좋아해 보려고 노력하는 것도 관두고 싶어."

거기까지 말한 현주는 유민을 지그시 노려봤다. 기세에 눌린 유민은 입만 벙긋벙긋하다가 구겨진 종이처럼 눈을 질끈 감고 얼굴을 찡그렸다. 그러다 고개를 들어 하늘을 향해 숨을 탁 뱉었다. 힘 빠진 어깨가 축 늘어졌다.

"현주야."

"왜! 또 뭐!"

"우리가 좋았던 시절은 끝난 거겠지."

허탈한 물음에 현주는 콧방귀를 뀌었다. 유민은 진지하게 말했다.

"지금까지 내가 너한테 잘못했던 거, 상처 줬던 거. 미안해. 미안한데, 우리 이제 잘 헤어지는 순간이 필요할 것 같다. 억지 만남보다 좋게 헤어지는 게 서로를 위하는 길 같아."

철없던 기색이 걷히고 현주도 부쩍 어른이 되어 미간만 약간 찡그렸다. 이젠 오랜 관계 싸움에 지친 두 명의 어른만 남아 있었다.

"관계를 만들어나갈 때, 헤어질 걸 고민하고 만나지는 않잖아. 근데 이제 와 보니 잘 헤어질 방법도 생각해 놓고 만나야 했어."

"잘 헤어지는 게 어디 있냐? 끝은 항상 다 안 좋지. 지금 이 순간이 어떻게 좋아져. 나중에 떠올릴 때마다 기분 더러워질걸?"

현주가 투덜거렸다.

"그렇지만 여기까지 온 이상 우리는 헤어지는 게 최선이야. 그건 맞지?"

"그래. 헤어지는 일에도 시기가 필요하다면 바로 지금이겠지. 또 어영부영 화해해서 애매한 사이로 질질 끄는 것도 바보 같은 짓이고."

"그래서 내가 하고 싶은 말은."

유민은 미소 비슷한 것을 지었다.

"지금까지 고마웠고 앞으로 잘 살아."

입술을 깨문 현주의 눈가에 눈물이 고였다. 그러나 방울로 맺혀 떨어지지는 않았다. 파르르 숨을 떨던 현주는 마침내 "크흥" 하고 작게 웃었다.

"너도."

유민과 현주는 마을 어귀로 나갔다. 가장 어두운 새벽이 지나 얼핏 어스름이 밝아오고 있었다. 공용주차장에서 차를 끌고 온 재경이 도로변에 정차했다.

"공항까지 태워줄게요."

"택시 불러도 되는데……."

"야간 할증 붙고 그러면 더 짜증 나니까."

"하긴 그렇죠. 감사합니다. 정말로."

현주는 키득거리며 뒷좌석에 짐을 실었다. 트렁크로 간 유민이 나머지 짐을 싣는 사이, 뒷좌석에 오른 현주는 가방을 뒤적여 무언가를 꺼냈다. 트렁크 문이 텅 소리를 내며 닫혔다. 마지막 인사를 나누기 위해 유민이 왔을 때, 뒷좌석에서 차창을 내린 현주가 가방에서 꺼낸 것을 툭 던져주었다.

"그 책은 너나 읽어."

얼떨결에 받아 든 것은 유민이 현주에게 선물했던 책, 『보름』이었다. 눈매를 좁힌 유민은 현주를 뚱하게 바라보다 저 역시 품에서, 『당신이 잊어버린 마을』을 스윽 꺼내 들었다. 창 너머로 팔을 뻗어 현주의 품에 책을 안겨주고 나서 유민도 한마디로 응수했다.

"내가 할 말이거든."

그러더니 둘은 씩 웃었다. 현주가 말했다.

"내가 잘 헤어지는 게 어디 있냐고 그랬잖아."

"어."

"이 정도면 잘 헤어지는 건가 싶기도 하네."

"그래, 내가 맞고 네가 틀렸어."

"어휴, 진짜 끝까지 안 맞아."

학을 떼며 현주는 뒷좌석 차창을 올렸다. 서로가 안 보일 때까지 손을 흔드는 그런 '우정'에 가까운 행위는 두 사람 다 생략했다. 가로등 아래에서 하고 싶은 말은 실컷 했으니, 더 지체할 것도 없었다. 비로소 깔끔한 이별이었다.

현주를 태운 재경의 자동차는 말빛터널을 향해 서서히 멀어졌다. 유민은 더는 보이지 않게 될 때까지 그 자리에 서서 차 뒤꽁무니를 바라봤다. 덫에서 빠져나온 홀가분한 기분이 점점 차올랐다.

'결국 이 나이 먹고 친구 제로의 삶으로 돌아왔구나.'

그런데도 전혀 잘못된 것 같지 않았다.

'제로 웨이스트, 제로 음료수같이 좋은 제로도 많은데, 친구 제로가 뭐 그리 대수야. 친구 없어도 살 수 있어. 정 외로우면 미친 척 아무에게나 들이대지 뭐!'

온봄주택으로 돌아간 유민은 집에 들어가자마자 침대에 늘어졌다. 머리를 대자마자 잠들어 오후 늦게 잠이 깼다. 배가 고팠다. 있는 반찬으로 늦은 점심 식사를 마쳤다. 현주가 돌려주고 간 책이 식탁 모서리에 있었다.

낑낑대며 책장에 빈틈을 만들었다. 『보름』을 끼워 넣으려는데, 불현듯 이런 생각이 들었다.

'어? 그러고 보니 나 친구 있는데.'

그길로 외출복을 챙겨 입은 유민은 201호를 나섰다. 가벼운 발걸음으로 세 갈래 길을 지나 상점가로 이어지는 내리막을 걸었다. 취중책방으로 들어서자, 주류 창고에서 막 나오던 유민의 친구가 미소로 반겨주었다.

"어? 유민 씨, 일찍 나오셨네요?

"네, 사장님!"

"얼마 잠도 못 잤을 텐데, 괜찮아요? 친구분은 잘 배웅하고 왔어요?"

"물론이죠! 집에서 잠깐 눈 붙이고 왔어요. 잠 깨자마자 사장님이 너무 보고 싶었던 거 아세요? 어제 제가 사장님 앞에서 꿨던 꿈 있잖아요. 실은 거기서 사장님이 엄청 중요하게 나왔는데요."

"오, 역시 제가 나온 게 맞았군요. 어떤 식으로 나왔는지 궁금한데요."

"있죠. 사장님이 저를 꿈과 현실의 틈으로 보내주셨는데, 꿈과 현실의 틈이 뭐냐면⋯⋯."

바 테이블로 가서 앞치마를 받아 든 유민은 가게 오픈을 준비했다. 그러면서 한참을 정현과 같이 조잘거렸다. 대화는 물 흐르듯 막힘없이 편안하게 이어졌다. 한없이 즐거워진 유민은 크게 웃었다. 아! 하고 싶은 게 너무 많아진 날이었다.

"잠깐만요. 그래서 꿈과 현실의 틈은 어떻게 된 겁니까?"

후일담을 들으러 온 재경에게는 아직 의문이 남아 있었다. "글쎄요"라고 답한 정현은 태연하게 차를 홀짝였다. 곁에서 찻주전자를 들고 있던 경란이 한심하다는 듯 혀를 찼다.

"정말 몰라서 묻는 거야?"

"혹시 모르잖아요. 저도 보배 구슬로 터주가 되었는데 정현 씨에게도 무슨 숨겨진 능력이 있었던 게 아니겠냐고요."

"말이 되는 소리를 해, 재경아. 아니 그보다, 왜 우리 집에서 이런 얘길 나누는 거야? 다른 데 가도 되잖아. 나 바쁘단 말이야."

"101호 건 잘 해결되어서 요즘 느긋한 거 다 압니다. 저번에 경란 씨가 도망칠 뻔했을 때 잡아준 게 누구였죠? 제 도움 없었으면 큰일 날 뻔했잖아요."

찻주전자를 부서질 듯 내려놓은 경란은 "얼씨구"라고 말하고 사라졌다. 맞은편에서 숨죽여 웃던 정현은 찻물이 반쯤 남은 찻잔을 내려놓았다.

"전에 제가 매 순간 기회를 노린다고 말했었죠."

아직 온기가 남아 있는 찻잔을 정현은 두 손으로 감쌌다.

"유민 씨가 잠들려고 하기에, 전부터 생각만 했던 걸 실천으로 옮겨봤어요. 제가 한 건 일종의 암시인데요. 자각몽을 꾸도록 유도하는 기법도 좀 참고했어요. 음, 최면을 통한 전생 체험 알아요? 그것과 비슷해요. 요컨대 잠들려는 사람을 깊은 몰입 상태로 이끌어 솔직한 답변을 하도록 유도하는 거라면, 이해가 좀 될까요."

"와, 이거 봐! 최면 같은 사기 능력을 숨기고 있었네요."

삿대질하는 재경에게 멋쩍게 웃어 보인 정현은 찻잔을 만지작거렸다.

"엄밀히 말해 이건 최면은 아닙니다만……. 하하, 애초에 저도 이론으로만 알고 있던 거라서요. 라이선스도 없고요. 야매예요, 야매. 이번 건은 운이 좋았을 뿐입니다. 저랑 유민 씨가 워낙 쿵짝이 잘 맞기도 했고요."

"그치만 뽀록도 여러 번 터지면 능력이라잖아요. 친절과 경청, 약간의 계략이라니. 하긴, 그런 것만으로 어떻게 손님들을 상대하겠어요. 처음부터 잘 안 믿겼다고요."

"하지만 사실인걸요. 전 다른 가게 주인분들과 달리 그냥 보통의 인간이에요. 목화마을의 다른 손님들과 마찬가지로."

하정현이 목화마을에서 가장 비범한 가게 주인인 이유. 그것은 범상치 않은 가게 주인들 가운데 유일한 보통의 인간이기 때문이었다.

평범한 주민이었다가 마음의 상처가 나아 목화마을을 떠나야했을 때, 이곳에 남아 가게 주인이 되기를 고집한 사람. 마녀, 외계인, 고지능 AI부터 이무기, 흡혈귀, 인어까지. 특별한 존재들 사이에서 제 몫을 톡톡히 해내고 있는 이 보통의 인간에게 재경은 유독 호기심이 들었다.

"사실대로 말하세요. 여기 오래 살았더니 갑자기 초능력이 생긴 거 아닙니까. 미래에서 타임머신 타고 건너와서 뭔가 특별한 힘이 있었다든지요. 어느 날 구천을 떠돌던 귀신이 정현 씨로 둔갑하거나 그런 거 아니고요?"

"보배 구슬도 있으신 분이 무슨 그런 이야기를."

농담으로 받아들인 정현이 차를 한 모금 마시고 쿡쿡 웃었다.

"저한테 기억을 바꾸는 힘 같은 건 없어요. 전 경란 씨처럼 마녀도 아닌걸요. 친절, 경청, 약간의 계략이 제가 낼 수 있는 초능력의 마지노선이죠. 그래서 이번 일이 더욱 신기한 거 아니겠어요?"

찻잔을 내려놓은 정현은 부드러운 커피색 눈동자를 빛냈다.

"유민 씨는 잠결에 제 목소리를 듣고 원하는 꿈을 꿨을 뿐입니다. 그렇다면 결국 그분이 내린 "잘 헤어져야겠다"라는 결정이나, 친구분께 한 말들은 오롯이 스스로 한 것이에요. 저는 거기에 숟가락만 얹었죠. 정말 멋지지 않나요? 내가 나 자신을 구하는 이야기라니."

정현은 진심으로 감탄하고 있었다. 재경은 왠지 모르게 그런 정현이 조금 무서워졌다. 경란과 101호 사이에 약간의 도움을 준 뒤, 재경은 슬슬 마을 일에 조금씩 관여해 보고 싶었다. 손가락만 빨며 나오지도 않는 염원을 기다리고 있기가 답답해서였다.

'그렇지만 주인과 손님 사이에 함부로 끼어들었다간 괜히 문제가 생길 수도 있어. 그래서 그나마 비슷한 처지인 정현 씨에게 요령을 배워볼까 싶었는데.'

알면 알수록 더 모르겠다. 정현은 아무 능력이 없어도 타인의 상처를 보듬어 줄 수 있다고 했는데. 정작 재경은 보배 구슬을 갖고 있으면서도 사람의 마음을 위해 무엇을 해야 할지 도통 감을 잡지 못했다.

"하아."

재경은 추리닝 저지 주머니에 양손을 찌르고 소파에 푹 파묻혀 몸을 기댔다. 하릴없이 혀 밑의 구슬을 굴리며 재경은 눈을 감았다.

"너무 걱정하지 마세요, 재경 씨. 당신은 이미 답을 알고 있고, 충분히 잘하고 계시니까요. 전 재경 씨가 목화마을의 터주가 되어줘서 얼마나 기쁜지 모릅니다."

그렇게 말한 정현은 차향이 정말 좋다며 어딘가에 있을 경란에게도 감탄의 말을 전했다. 요란한 매미 소리가 쏴아아 하고 먼 곳에서부터 밀려왔다. 샛노란 뙤약볕에 창밖 풍경이 아른아른하는 한여름의 어느 날이었다.

4.

플레이센터

"어서 오세요, 플레이센터에!"

명랑한 목소리가 재경을 반겼다. 한눈에 3층짜리 내부가 다 보이는 복합 오락 공간, 플레이센터. 들어서자마자 고소한 팝콘 냄새가 코를 간질였다. "에헴" 하고 헛기침한 나담이 재경에게로 다가왔다. 직원 복장을 하고 있었지만, 담은 엄연한 플레이센터의 주인이었다.

3관짜리 소형 영화관 시설에, 코인 노래방과 무인 포토 부스, 안마 기계 체험 구역과 오락실 기계가 죽 늘어선 게임존까지. 조명이 밝게 비치는 티켓 부스는 팝콘을 파는 매점과 이어져 있었다.

"어때요, 재경. 완벽하지 않나요?"

"그러니까, 음. 영화관입니까?"

"영화관 그 이상이에요! 여긴 '복합 오락 공간' 플레이센터라고
요!"

"목화마을에 있기에는 좀 과한 것 같은데요."

"전혀요! 최근 제가 조사한 바에 따르면, SNS의 영향으로 목화
마을에 외부인 유입이 늘고 있어요. 앞으로 더욱 늘어날 관광객을
대비해서라도 이런 복합 오락 공간은 꼭 필요해요! 물론 내부인들
의 윤택한 문화생활을 위해서도 필요하죠."

"이거 참…… 의욕적이군요."

"그럼요, 재경. 이곳을 내 터전으로 삼은 만큼 머물는 동안에는
확실하게 지구인 여러분을 돌봐드리겠어요! 나와 내 ……의 능력
은 한계가 없거든요."

"뭐라고요? 쿼즈마 베콘, 노바?"

재경은 최대한 비슷한 발음을 흉내 냈다. 간지럼 타듯 웃은 담은
"오, 제발"이라며 고개를 저었다.

"지구인은 아무래도 발음하기 힘들죠. 괜찮아요. 내 우주선,
……는 오늘부터 플레이센터라는 새 이름으로 불릴 테니까요!"

온통 핑크빛으로 화려한 내부와 미래 지향적 디자인, 온갖 곳에
서 반짝거리는 네온사인과 게임존에서 뿅뿅거리는 전자음 때문에
재경은 정신이 다 산만했다.

인테리어 테마와 깔 맞춤이라도 했는지 핑크로 머리를 물들인
담은 영락없는 '요즘 애들'이었다. 그냥 요즘 애들도 아니었다. 괴
짜, 힙스터, 사차원! 무릇 건물주보다는 영화관 아르바이트생으로

보일 법했다.

"담 씨. 반드시 가게를 열지 않아도 괜찮아요. 좀 더 준비 기간을 두는 것도 나쁘지 않고요."

"아뇨! 더는 지체하지 않을래요. 나는 내 역할을 기꺼이 받아들이기로 했어요. 내가 손수 개조한 우주선은 상처 입은 지구인에게 즐거움을 줄 최적의 장소가 될 거예요. 어떤 손님이든 내게 맡겨요, 재경. 나와 내 우주선은 능력이 몹시 많답니다. 다른 가게 주인과 비교도 되지 않아요."

재경은 탐탁잖은 눈으로 담을 바라봤다. 나담. 십여 년 전에 지구에 불시착한 외계인. 일단 본인 주장으로는 그랬다. 하루아침에 이런 건물을 지어 올린 걸 보면 거짓말이 아닐지도 몰랐다. 정확한 정체를 알 수 없는 미확인 생명체지만, 어쨌든 지금은 목화마을 가게 주인일 뿐이다.

"우선 개업 초기니까 적당한 손님부터 받으시면서 사람 대하는 감각을 익혀보시죠. 지금은 말투도 그렇고 조금 어색하네요."

"개성! 이건 전부 개성이에요, 재경! 사람의 기억에 남는 방법은 개성뿐이랍니다. 재경의 그 파란 유니폼처럼요."

"이건 그냥 편해서 입는 건데요."

대학 축제 때 학과 행사용으로 샀던 옷이라는 말은 굳이 덧붙이지 않았다.

"아무튼 재경, 가장 다루기 어려운 손님을 내게 줘요! 난 누구든 괜찮아요. 이 마을에서 가장 유능한 사람이 있다면 바로 나일 거예요. 플레이센터의 기능은 정말 많아요! 누구보다 탁월하게 해낼게요."

"자부심이 대단하신 건 정말 좋은 일이지만요. 이게, 하아⋯⋯."

"걱정하지 마요. 재경은 나한테 골칫덩이를 전부 맡기기만 하면 돼요. 그러면 내가 전부 해결할게요. 그리고 재경은 내게서 염원을 한가득 받아 꿈을 이루면 돼요. 그러면 다음 터주 자리는? 바로 내가 맡을게요! 걱정 마요. 난 이 마을을 오래오래 지킬 수 있어요. 나는 아주 오래 산답니다."

재경은 두꺼운 벽을 눈앞에 둔 기분이었다. 화려한 분홍색 벽. 그라피티가 잔뜩 그려져 있고, 두께가 3미터 되어서 맨주먹으로는 절대 부술 수 없는 벽. 머리가 지끈거렸다.

"하하, 예. 기억하고 있을게요. 그런데요, 담 씨. 손님은 제가 짝 지어 드리는 게 아니거든요. 도저히 감당할 수 없을 때 제가 끼어들어서 손님을 다른 곳에 보내볼 순 있지만, 우선 첫 번째 만남은 우연히 이루어져요. 그런데 이곳은 좀⋯⋯."

재경은 말을 잘 포장해 보려 애썼다.

"뭐랄까. 너무 많은 사람이 한꺼번에 올 것 같은?"

"아하! 손님을 여러 명 받는 것을 우려하는 거죠, 재경?"

"아니, 꼭 그것뿐만이 아니라."

"괜찮아요! 내게는 다 작전이 있답니다. 그리고 마을의 규칙도 똑똑히 기억해요. 한 명의 주인에게 한 명의 손님을, 그 이상은 서로에게 충실할 수 없으므로 다른 이에게 기회를 넘긴다. 응! 그럼요. 아무리 많은 사람이 온다 해도 난 한 번에 한 사람에게만 집중하겠어요."

담은 가슴에 한 손을 올리고 맹세하듯 경건하게 읊조렸다. 재경은 그것만 문제가 아니라는 말이 목구멍까지 올라왔다. 그러나 벽에 대고 말해봤자 무엇이 달라지겠는가. 벽도 부딪치고 깨져봐야 느끼는 바가 있을 것이다. 높은 자의식에 지레 기가 눌린 재경은 담을 더 설득할 생각도 들지 않았다.

"일단 알겠습니다. 문제 생기면 최대한 빨리 알려주십쇼. 최대한 빨리."

"문제 생길 일은 절대 없을 거예요! 아마도!"

"하……."

재경은 꺼림칙한 기분을 지우지 못하고 플레이센터를 나섰다. 손을 크게 흔들며 담이 재경을 배웅했다. 그날부터 플레이센터는 본격적으로 영업을 시작했다. 이제껏 목화마을에 없었던 새로운 분위기의 가게가 문을 열자, 사람들은 호기심에 이끌려 그곳으로 몰려들었다.

결과적으로 플레이센터는 승승장구했다. 의외로 한 해가 지나는 동안 큰 사고 하나 없었다. 놀랍게도 담은 특유의 유쾌한 서비스 정신을 발휘해 여섯 명의 손님을 마을 밖으로 내보내는 데 성공했다. 염원을 남기고 간 사람은 없었지만, 어쨌거나 능력을 인정받을 만했다.

그러나 재경은 마음을 놓는 대신 한뉘산의 두꺼비 굴을 찾았다.

"할머니? 할머니 계세요?"

젖은 낙엽을 헤치고 기어 나온 두꺼비가 주름진 눈을 끔뻑거렸다.

"혹시 깊게 주무시고 계셨는데, 제가 눈치 없이 깨웠나요?"

"아니에요, 젊은이. 도움이 필요하면 찾아오라고 한 건 나니까."

재경의 선임, 목화마을의 오랜 터주, 온봄주택의 전 집주인이 두꺼비가 있던 자리에 서 있었다. 한순간 모습을 바꾼 노인 탓에 재경은 움찔하며 뒷걸음질 쳤다. 그 반응에 만족한 노인이 흐흐 웃었다.

"오랜만이에요, 젊은이. 오늘같이 날이 선선한 때에 바깥바람 쐬는 것도 좋지요. 겨울이었다면 안 나왔겠지만요. 유독 추위를 타거든요."

사람으로 둔갑한 노인은 훨씬 피곤해 보였다. 근처 돌 위에 걸터앉은 노인은 느릿느릿 하품한 뒤 푸근한 미소를 지었다.

"더 일찍 올 줄 알았는데 늦었군요. 염원이 얼마 안 나온다고 투덜대러 올 법도 한데 그러지 않은 걸 보면 역시 호정이가 사람 보는 눈은 있어요."

"그게 중요한 게 아니에요, 할머니. 나담이라는 이름의 외계인 아세요?"

떠올리기만 해도 골치가 아픈지 재경은 미간을 찌푸렸다.

"알다마다요. 재경이 오기 일주일 전에 마을로 흘러들어 왔답니다. 저 먼 우주에서 온 귀한 분을 맞이할 수 있어 얼마나 신기했던지요."

188

"진짜 외계인이 맞긴 한 거죠?"

"글쎄요. 이 늙은이도 외계인을 만나본 건 처음이라."

노인은 태연하게 하품했다. 의심스러운 눈초리로 노인을 바라본 재경은 나무둥치에 걸터앉아 제 무릎만 통통 두들겼다.

"이 마을엔 별별 사람이 다 있으니까 정체는 그렇다 쳐도, 왜 이렇게 불안할까요? 담 씨가 분명 잘하고 있기는 한데요. 너무 이질적이랄까, 목화마을에서 혼자만 붕 떠 있는 느낌? 결국 큰 사고 한번 칠 것 같습니다."

"오호라, 직감이군요. 터주에게 필요한 소양 중 하나지요."

"하, 모르겠어요. 다른 가게 일에 집적거리기도 해봤지만, 여전히 잘한 일인지 확신도 안 들고요. 제가 열심히는 했지만, 그게 잘한 건 아니잖아요. 그래서 굳이 나서야 할지 망설여지네요. 그 외계인은 자의식이 높아요. 그런 태도가 도움이 될 때도 있지만, 뭔가 이건 아니라는 생각이……."

"그분과 얘기는 해봤나요?"

재경은 고개를 저었다.

"담 씨가 능력은 좋거든요. 그래서 어쩌면 제가 틀렸을 수도…… 있겠다는…… 그런 생각이 들어요. 사실 제게 충고할 만한 자격이 있는지도 모르겠어요. 정현 씨는 잘하고 있다고 했지만, 아무리 생각해도 저라는 인간은 그냥 아무것도 없는 놈이라……."

말할수록 배배 꼬인 심사가 느껴져 재경은 말끝을 늘였다.

"그래서 내 의견을 물어보러 온 거군요, 젊은이."

재경은 고개를 끄덕였다. "음" 하고 시간을 끌던 노인은 천천히 "모르겠어요"라고 답했다. 한참 동안 아무 말이 없자 재경은 "응?" 하고 고개를 들었다.

"끝인가요?"

"예."

헛웃음 지은 재경은 빙글빙글 웃는 노인의 낯을 빤히 쳐다보았다. 그런 반응에 뿌듯해하던 노인이 장난스럽게 덧붙였다.

"이 사람은 아까까지 굴속에서 단잠을 자고 있었답니다? 이렇게 전해 들은 이야기로는 아무것도 모르겠어요. 예, 이게 늙은이의 답입니다."

"제가 더 상세하게 설명드렸어야."

"아니요."

지팡이가 딱 하고 바위에 부딪쳤다. 노인은 단호히 고개를 저었다.

"나담의 이야기는 나보다 젊은이가 더 잘 압니다. 직접 곁에서 보고 들은 사람은 당신이지요. 그러니 그 일에 관해서 나는 현명한 말을 해주는 마법의 노인이 되지 않으렵니다."

"하지만……."

재경은 다른 할 말이 잘 떠오르지 않았다. 친절하기만 할 줄 알았던 할머니가 예상과는 다른 반응을 보이자 새로운 난관을 맞닥뜨린 기분이었다. 고개를 숙이고 관자놀이를 문지르던 재경이 나지막이 중얼거렸다.

"그러니까 이건, 제 소관이란 말씀이죠?"

오래 이어진 적막에 시선을 올렸을 땐 곁에 아무도 없었다. 두 꺼비는 다시 굴속으로 들어간 것 같았다. 직접 듣지 않아도 노인의 대답은 알 것 같았다. "끙" 하고 앓는 소리를 낸 재경이 터덜터덜 산에서 걸어 내려갔다.

그 시각 플레이센터. 나담은 오늘도 직원으로 위장해 티켓 부스에서 턱을 괴고 있었다. 맞은편 게임존에 회색 후드티를 입은 사람이 보였다.

'온봄주택 202호, 문이수.'

담은 입꼬리를 올렸다. 티켓 부스 작업대에는 무수한 버튼과 레버가 달린 계기판이 있었다. 문이수는 요즘 플레이센터에 매일 얼굴도장을 찍고 있었다. 그 말인즉슨 때가 온 것이다. 새로운 손님을 받을 때가!

'자아, 이번엔 어떻게 저 지구인을 즐겁게 해줘야 할까요.'

담은 이수를 플레이센터의 손님으로 내정하고 콧노래를 부르며 계기판에서 누를 버튼을 골랐다. 그때 누군가가 플레이센터로 성큼성큼 들어왔다. 파란 추리닝을 입고 흙 묻은 슬리퍼를 끌며 걷는 사람은 목화마을의 임시 터주밖에 없었다.

"어서 오세요, 재경! 오랜만이에요."

해맑은 웃음으로 담은 재경을 반겼다. 평소와 다르게 눈에 힘을 잔뜩 준 재경은 곧장 티켓 부스로 다가와 담에게로 상체를 기울였다.

"저 사람은 안 됩니다."

"뭐가요?"

"202호는 여기 손님으로 받지 마세요."

"어째서죠?"

"당신이 맡기엔 위태로운 인물입니다. 이제까지 담 씨가 담당했던 손님과는 차원이 달라요. 오랫동안 가게 주인과 연결되지 못했던 민감한 사람입니다. 담 씨 역량으로는 힘들어요."

"나 못 믿어요? 나는 무려 여섯 명이나 무사히 마을 밖으로 내보낸 유능한 가게 주인이랍니다. 날 못 믿으면 대체 누굴 믿겠어요, 재경."

담이 계기판을 몇 번 두드리자 잘 정리된 서류 뭉치가 튀어나왔다. 손가락에 침을 묻힌 담은 보란 듯이 서류를 한 장씩 넘겼다.

"난 이미 문이수의 모든 자료 조사를 마쳤어요. 어떤 과거가 있는지, 어떻게 이곳으로 오게 되었는지 전부 알고 있어요. 이때까지 내가 고쳤던 지구인과 비교했을 때 딱히 심각하지도 않던데요."

그러더니 담은 손가락을 하나씩 펼쳐 숫자를 셌다.

"최근 주변에 누군가가 사망하지도 않았고, 범죄의 피해자가 된 것도 아니고, 엄청난 좌절을 겪지도 않았던데. 문제가 있다면 살아온 환경이 가난했다는 것 정도. 그 정도면 일주일 내로 마을 밖을 나서게 할 수 있어요. 나와 내 우주선의 완벽한 기능을 사용한다면요!"

"사람의 상처라는 게 그렇게 단순하지 않아요. 담 씨, 같은 상처를 입고도 느끼는 고통은 상대적이라고요. 앞선 손님들이 담 씨의 그 당찬 에너지에 쉽게 감화가 되었다고 해서 이번 손님까지 그럴 거라는 확신은."

담은 검지로 재경의 입술을 눌러 말을 멎게 했다.

"전부 내 예상 범위 내군요! 괜찮아요, 재경. 당신은 처음부터 날 걱정했지만, 보세요. 내가 얼마나 멋지게 해냈는지. 지구인은 다 날 좋아해요. 새로 온 손님도 곧 그렇게 될 거고요. 그리고 재경."

눈매를 찌푸린 담은 여전히 미소 띤 입매로 말했다.

"내가 알기로 이건 월권이에요. 손님은 터주가 짝지어 주는 게 아니라고 했잖아요. 저 손님이 여길 선택했어요. 난 저 손님을 감당할 수 있고요."

코로 숨을 뱉어낸 재경은 몸을 뒤로 젖히고 추리닝 저지 주머니에 두 손을 꽂아 넣었다. 고개를 기울여 비딱하게 담을 바라본 재경은 오랜 눈싸움 끝에 한 발짝 물러났다. 기세 좋게 들어온 것치고 빠른 포기였다.

"알겠습니다. 그래도 언제든 문제가 일어나면 저한테 말하세요."

"늘 그렇듯 플레이센터는 일어난 문제도 해결한답니다."

재경은 뒤도 돌아보지 않고 플레이센터를 나갔다. 승리감에 도취한 담은 몰래 세리머니를 했다. 그때 푸른 홀로그램 창이 눈앞에 떴다. 우주선의 인공지능, '베바'가 남긴 알림이었다.

'문이수의 활동 패턴 분석을 마쳤습니다.'

"좋아, 베바. 결과를 보고해 줘."

자기 눈에만 보이는 여러 겹의 홀로그램을 살피며 담은 느긋하게 분석 결과를 확인했다. 중간중간 손님들에게 영화표를 발권해 주고, 시간에 맞춰 상영관을 개방한 뒤, 음식을 만들어 매점 픽업대에 올려놓으면서 말이다.

베바가 분석한 문이수는 매일 오전 11시에서 오후 4시 사이에 불규칙적으로 플레이센터를 방문했다. 퇴장 시간은 다음 날 새벽 2시에서 4시 사이. 영화관 대기석에서 쪽잠을 자다가 다음 날 오전 6시에서 7시 사이에 퇴장하는 날도 일주일 간격으로 있었다.

문이수는 플레이센터의 다른 시설은 이용하지 않고 오직 게임존에서만 서식했다. 도중에 매점에서 끼니를 때울 때 말고는 게임존에서 도통 나오지 않았다. 주로 먹는 것은 가성비 좋은 기본 팝콘 세트. 게임존에서 가장 좋아하는 오락 기계는 '비트 블레이즈 레볼루션(BBR)'이었다. 게임존에 머무는 열두 시간 중 일곱 시간을 BBR에 할애했다.

매점을 이용하며 자주 얼굴을 비쳤는데도, 담의 인사에 반응한 횟수는 지금까지 0회. 간단한 안부 인사를 건네도 이수는 무섭게 보이는 무표정만 유지한 채 단 한 번도 제대로 대꾸해 주지 않았다.

"웃는 낯에 침 못 뱉는다는 속담은 이 지구인에게는 적용되지 않나 봐."

팔짱을 낀 담은 마지막 홀로그램을 읽으며 흐응, 콧소리를 냈다. 항상 같은 자리를 지키는 알바생과 한두 마디 주고받을 법도 한데, 이수에게는 그런 기미가 전혀 보이지 않았다.

"이렇게 매력적이고 개성 있고 귀여운 아르바이트생이 어디 있다고. 정말 답답하게 구네. 그래도 뭐, 괜찮아. 내게는 다 방법이 있다네."

홍얼거리며 홀로그램 덩어리를 치워버린 담은 계기판 버튼을 두들기기 시작했다. 곧 게임존에서 커다란 팡파르 소리가 들렸다. 오락기 바로 위에서 종이 꽃가루가 흠뻑 떨어졌다. 멀쩡히 게임을 즐기고 있던 이수는 난데없는 종이 조각 세례를 맞았다.

동전 반환구에서 끝도 없이 동전이 쏟아져 나왔다. 화면에는 천 번째 플레이를 축하한다는 문구가 떠 있었다. 멀뚱거리던 이수는 머리에 붙은 종이를 털어내고 바닥에 굴러다니는 동전을 하나씩 주웠다.

"벼락부자 이벤트를 싫어하는 지구인은 없지요."

주머니 두둑하게 동전을 챙겨 넣는 이수를 감상하며 담은 킥킥 웃었다. 이수는 그날 점심 겸 저녁으로 트리플 맥스 팝콘 세트를 사 먹었다. 무려 갈릭 팝콘에 버터 오징어까지 포함된 푸짐한 메뉴였다.

다음 날, 정오가 약간 지났을 무렵 이수가 플레이센터로 머리를 들이밀었다. 오늘도 언제 갈아입었는지 모를 회색 후드티를 입고 있었다. 곧장 게임존으로 가려는 이수를 담이 가로막았다.

"오늘 무료 영화표가 많이 나왔는데요, 손님! 한 장 드리고 싶어서요. 어떠세요?"

"몇 시 영화인데요."

"원하는 시간대로 드릴게요."

"새벽이 좋은데."

"새벽 1시 20분 상영, 괜찮으세요?"

"예."

영화 제목이나 내용은 물어보지도 않고 이수는 영화표를 챙겨 넣었다. 그날 새벽, 상영관의 푹신한 좌석에 기대 잠이나 자려고 들어선 이수는 드문드문 졸린 눈으로 영화를 보았다. 밑바닥 생활을 하던 소년이 꿈을 위해 노력하고, 고생 끝에 바라던 성공을 손에 넣는 그런 내용이었다.

엔딩크레디트가 올라갈 때쯤 눈을 감은 이수는 가만히 눈물을 흘리고 있었다. 혼자뿐인 영화관이 밝아질 때까지 소리 없이 울던 이수는 그대로 까무룩 잠들었다. 깨우는 대신 담은 담요 한 장을 덮어주었다.

다음 날 아침, 이수는 티켓 부스에 담요를 두고 부랴부랴 영화관을 나섰다. 그리고 저녁 늦게 플레이센터로 돌아왔다. 놀랍게도 깔끔하게 씻고 온 모습이었다. 처음으로 회색 후드티가 아닌 남색 맨투맨을 입고 있었다. 빙그레 웃은 담은 목소리를 높여 "오늘은 늦으셨네요!"라고 말을 걸었다.

곧장 게임존으로 가려다 멈춰 선 이수는 머뭇거리다가 "네"라고 중얼거렸다. 고개를 살짝 꾸벅이는 게 인사라도 하는 것 같았다. 눈에 띄는 진일보였다. 담은 휘파람을 불며 계기판의 레버를 당기고 버튼을 두들겼다.

베바가 해킹을 시도했다. 이수의 모든 모바일 계정에 침입해 영상, 음악, 검색 기록을 빼냈다. 이수의 취향을 분석해 알고리즘을 짰다. 곧 플레이센터에 들리는 음악의 양상이 바뀌었다. 이수가 즐겨 듣거나, 좋아하던 장르의 곡이 울려 퍼졌다.

"분위기 좋고."

흥얼거리며 담은 스피커를 찾아 두리번거리는 이수의 뒤통수를 구경했다. 우연히 마주친 반가운 노래는 기분을 들뜨게 하기 좋았다. 거기에 결정타. 오늘 치 끼니를 때우러 온 이수에게 담은 안마 기계 쿠폰을 선물했다.

"이걸 저한테요?"

"많이 남아서요! 기한 지나면 다 버려야 하니까 그 전에 단골손님께도 드리고 싶었어요. 기왕이면 오늘 공짜 안마 한번 받고 가세요!"

얼떨떨하게 받아 든 이수는 그날 자정 안마 기계에 큐알코드를 찍고 가벼운 마사지를 받았다. 소소한 행운이 갑작스럽게 몰려들자, 눈에 띄게 혈색이 좋아졌다. 주머니가 두둑했고, 잠도 잘 잤고, 몸 상태는 쾌적한 데다, 은근하게 기분이 들떴다. 영화 속 소년처럼 새롭게 시작할 적기였다.

가벼운 컨디션 변화로도 사람은 달라졌다. 지금의 변화는 첫 번째 도미노를 넘어뜨린 것이나 마찬가지였다. 그다음 날 바로 효과가 나타났다.

"안녕하세요?"

"안녕하세요."

담의 인사에 처음으로 이수가 제대로 반응했다. 눈을 마주치며 까딱 고개를 숙이기도 했다. 매력적인 미소와 함께 담은 매점 쪽을 가리켰다.

"새로운 메뉴가 나왔어요. 주먹밥과 닭튀김 세트."

"어……. 생각보다 싸네요."

"그렇죠? 오늘은 제가 밥 한번 살게요."

"네? 저한테요?"

"네! 단골손님이시니까, 하핫!"

쾌활하게 웃는 담을 보고 이수는 눈을 크게 깜빡거렸다. 그날 저녁, 이수는 담이 사준 주먹밥과 닭튀김을 반도 먹지 못했다. 평소 식사 상태가 좋지 못해 밥 양이 적은 듯했다. 그래도 분위기는 좋았다. 담은 이수와 처음으로 통성명하고, 엇비슷한 나이라고 속여 친구처럼 말을 텄다.

그날 새벽 3시에 플레이센터를 나선 이수는 다음 날 오후 9시가 넘어서야 돌아왔다. 하루를 건너뛰고 온 것이다. 담은 의아했다. 저번만 해도 상태가 좋아 보였다. 자신과 더 친밀해지기도 했다. 그런데 오늘 다시 본 이수는 안 씻은 몰골에 언제나처럼 회색 후드티를 걸치고 있었다.

"안녕! 어서 와!"

친근하게 외치는 담의 인사에도 이수는 전혀 대꾸하지 않았다. 그대로 게임존으로 가 BBR에 동전을 넣을 따름이었다. 완전히 첫

날로 되돌아간 모습을 보며 담은 고개를 갸웃거렸다.

"희한하긴 하네요. 재경이 말한 '민감하다'라는 게 이런 뜻일까요?"

어찌나 예상 밖이었는지 담은 저 회색 후드티가 무슨 짓을 벌였다는 엉뚱한 의심에 꽂혀 베바를 닦달했다. 하지만 베바도 이수의 현 상태에 관해 마땅한 분석을 내놓지 못했다.

담은 마음을 다잡고 계기판을 두들겼다. 이수에게 끝없이 관심을 기울이며 우주선을 이용한 다채로운 이벤트를 선보였다. 안마를 받고, 노래를 부르고, 영화를 보고, 좋은 밥을 먹고, 숙면을 취하고…… 그때마다 이수의 상태는 잠깐씩 좋아지는 것처럼 보였다.

그러나 사흘도 채 지나지 않아 이수는 처음으로 되돌아갔다. 약간 좋아졌다가도 도로 나빠지기를 반복했다. 안색은 좋지 못했고, 씻지 않아 머리카락은 떡이 졌고, 퀭한 눈 밑은 새카맸으며, 며칠을 굶거나 밤새도록 게임만 하며 자신을 혹사했다.

될 듯 말 듯 나아졌다 나빠지기를 반복한 탓에 담의 인내심도 한계에 다다랐다. 재경에게 자신 있게 말한 일주일의 기한은 이미 한참 전에 지나 있었다. 답답함을 넘어 화가 나기 시작한 담은 버튼 하나를 주먹으로 내려쳤다. 베바가 '정말 하시겠습니까?'라고 물으며 푸른 홀로그램을 띄웠다.

"이머전시 프로토콜 포 플레이센터!"

이를 갈며 담은 '예'를 눌렀다. 티켓 부스에 플레이센터 직원 복장을 한 새로운 인물이 모습을 드러냈다. 인공지능 베바가 조종하는 홀로그램 직원이었다. 베바에게 플레이센터 운영을 일임한 담은 BBR에 열중하고 있는 이수에게로 뛰어갔다.

"이수! 이수, 바빠?"

한창 리듬 게임 콤보를 쌓고 있던 이수는 갑작스러운 방해자의 등장에 인상을 구겼다. 그러나 한번 놓친 콤보는 되돌릴 수 없었다.

"있지, 나 내일 휴일인데. 같이 놀러 나가지 않을래?"

담은 이수의 기분 따위 신경 쓰지 않고 당차게 밀어붙였다. 부쩍 거리를 좁혀온 담의 제안에 이수는 정신이 아득해졌다. 누군가와 함께 나가 놀아본 적이 언제였던지 기억도 나지 않았기 때문이었다.

"내일 오전 11시 반에 요 앞에서 보자. 알겠지?"

거절은 듣지 않겠다는 듯 담은 제멋대로 약속을 정했다. 한마디 대꾸도 하지 못한 이수는 "어, 어" 하고 허둥대다 직원 휴게실로 쏙 들어가 버린 담을 쳐다만 봤다. 이수의 심정으로 말할 것 같으면, 황당했다. 저렇게 거리낌 없이 자신만만하게 선을 넘어 들어오는 사람은 처음이었다.

"내일 오전 11시 반……."

애써 거절할 핑계도 없었고, 친해지는 단계의 사람과 단둘이 시간을 보내는 것도 설렜다. 다른 아르바이트생과 눈이 마주쳐 괜스레 찔린 이수는 다시 BBR로 집중을 돌렸다. 그러고도 번번이 번뇌가 끼어들어 풀 콤보를 놓치기 일쑤였다.

다음 날, 멋들어지게 차려입은 담은 이수를 두 시간째 기다렸다.

30분쯤 전에 깨어났다는 이수는 사과 문자 하나만 남기고 또 부재 중이었다. 애초에 아무것도 기대하지 않았던 담은 느긋하게 주위를 둘러보았다. 뒤늦게 뛰어온 이수가 숨을 헐떡였다.

"헉, 헉……. 나, 나 왔어. 많이 늦었지."

"아니야. 별로 안 기다렸어. 주변 구경도 재밌었고. 일단 출발할까? 점심 안 먹었지? 오늘은 점심, 저녁, 야식까지 배부르게 먹을 줄 알아."

"노력해 볼게."

이수의 옷은 오늘도 후줄근했다. 나름 준수한 외출복을 챙겨 입으려 한 것 같았지만, 오랫동안 빨래 건조대에 널어놓아 생긴 주름 자국이 선명했다. 씻고 나왔어도 숨길 수 없는 퀴퀴한 냄새는 덤이었다.

두 사람의 만남은 무난하게 흘러갔다. 담은 완벽하게 짠 일정에 맞춰 이수에게 적정량의 건강식을 제공했다. 동선을 줄여 금방 스태미나가 바닥나지 않도록 배려했고, 너무 부담스럽지도 너무 가식적이지도 않은 대화를 끊임없이 이어나갔다.

'리듬 게임 얘기를 두 시간 십칠 분 삼십팔 초 동안이나 하고 있어. 무척이나 좋아하나 봐. 유일하게 열심히 하는 게 그것뿐인 것 같네!'

대화를 통해 알게 된 정보는 베바가 조사한 결과에서 크게 벗어나지 않았다. 완벽한 하루를 마치고 헤어질 때쯤 담의 자신감은 최고조로 치솟았다. 그래, 무언가 착오가 있었을 것이다. 혹은 시간을 더 들여야 했다던가. 자신은 문이수에 관해 전부 알고 있었다! 그러니 지금껏 이 손님을 마을에서 내보내지 못했던 건, 자신이 지나치게 조급했기 때문일 것이다.

"오늘 정말 즐거웠어!"

플레이센터 앞에서 이수의 두 손을 잡은 담은 좋은 예감에 가슴이 부풀었다. 오랫동안 웃지 않은 사람이 그러듯 이수는 어색하게 웃어 보였다.

"담아."

막 헤어지려는데, 이수가 담을 불렀다. "응?" 하고 멈춰 선 담이 돌아봤을 때, 이수는 옷소매를 만지작거리며 시선을 가만두지 못하고 있었다.

"너 나한테 자꾸 잘해주는 거, 혹시 나 좋아해서 그래?"

"어? 그럴 리가! 난 애인 만들 생각 전혀 없는걸!"

"아……"

"얘기 끝?"

"응."

"그럼 안녕. 다음에 봐!"

활짝 웃으며 손을 크게 흔든 담은 그대로 계단을 올라 플레이센터로 쏙 들어가 버렸다. 다음 날 담은 "말도 안 돼!"라고 소리쳤다. 어제의 완벽한 외출 덕분에 한층 밝아진 모습으로 플레이센터를 방문해야 할 이수가 우중충한 무표정으로 들어와 밤새도록 게임만 하고 있었기 때문이었다.

"심지어 내가 밥 사주겠다는 데도 거절했어!"

담은 허공에 주먹질을 마친 뒤 직원 휴게실을 나왔다. 그리고 계기판을 두들겨 휴게실의 방음벽을 해제했다.

"저 꼬질꼬질한 회색 후드티를 또 입고……."

혼잣말로 중얼거리며 담은 이수를 노려보았다. 이날을 기점으로 이수는 계속해서 담을 노골적으로 피했다. 말을 걸려고 하면 다른 곳으로 갔고, 이벤트 쿠폰 같은 것을 건네줘도 필요 없다며 거절했다. 강제로 선물하려고 하면 몰래 티켓 부스에 놓아두고 플레이센터를 떠나버렸다.

원상 복귀는커녕 더 악화한 관계에 지친 담은 플레이센터 운영을 베바에게 맡기고 휴게실에 틀어박혔다. 담의 모습이 보이지 않아 안심했는지 이수는 그날 밤 소파 좌석에 엎드려 잠을 청했다. 새벽 2시 40분, 불 켜진 플레이센터에는 이수와 베바의 홀로그램 직원뿐이었다.

휴게실을 나선 담은 발을 질질 끌며 걸어가 이수의 옆에 붙어 앉았다. 하도 식사를 걸러 기운이 없었는지 잠에서 깨고도 이수는 가만히 있었다. 담은 이수에게 등을 기대고 늘어졌다. 알아달라는 듯 무게를 실으며 짜증을 부리던 담은 대꾸가 없자 "배 안 고파?"라고 물었다.

"별로."

이수가 힘없이 답했다.

"너 이러다가 몸 상해."

"괜찮아."

"안 괜찮거든."

"어차피 서른 되기 전에 죽을 거야."

"그게 네 마음대로 되는 줄 아니."

"어."

담은 답답한 마음에 가슴을 두드렸다.

"왜 죽을 생각을 하고 있어. 잘 살 생각을 해야지!"

"왜 죽으면 안 되는데?"

"그거야 진심으로 죽고 싶어 하는 사람은 아무도 없으니까!"

"나는 진심으로 죽고 싶어."

"그거 병이야. 우울증일 수도 있어. 병원에 가보는 건 어때?"

"내가 안 가본 줄 아는구나."

"지금은 안 다닌다는 거잖아. 나을 때까지 다녀봐야지. 계속 이렇게 살 순 없잖아!"

"그래서 죽을 거야. 죽으면 계속 이러고 살지 않아도 되니까."

"무슨 그런 말을 해. 진짜 이상해. 죽는 게 쉬워?"

"살 이유를 못 찾겠는데 그럼 어떡해."

"사는 데 무슨 이유가 있어. 다들 그냥 태어난 거야. 그리고 이유를 갖다 붙이는 거지. 원래부터 이유는 없어. 그러니까 이유를 찾으려고 하면 죽고 싶어지는 거야. 처음부터 살아야 하는 이유 같은 건, 없었으니까!"

담은 손짓까지 곁들여 열심히 설교했다. 이수가 숨죽여 웃었다.

"내 말이 그 말이야. 살 이유 같은 게 처음부터 없었으면, 죽는 것도 내 자유잖아. 왜 죽지 말아야 하지? 아무에게도 피해 주지 않고 나 혼자 끝내겠다는데 뭐가 문제야."

"네가 죽으면 내가 진짜 너무 슬플 것 같아서 그래. 네 주변 사람도 네가 죽으면 얼마나 슬프겠어. 안 그래?"

"미안한데, 다 극복할 거야. 결국엔 다 극복하게 되어 있어."

담은 한숨을 내쉬었다. 이수에게서 큰 벽이 느껴졌다. 회색 벽돌 벽. 아무것도 적혀 있지 않은, 칙칙하고 더러운 검댕으로 가득한 벽. 끝도 없이 높고 두꺼워서 부서지기는커녕 벽 너머에 있는 사람이 뭐라고 하는지도 들리지 않을 것만 같은 벽.

"너랑 얘기하니까 나까지 우울해지는 기분이야."

중얼거리는 말에 이수는 아무 대꾸도 하지 않았다.

"내가 우울하다고 해서 아무 말도 안 하는 거야?"

채근하자, 이수는 자리에서 일어났다. 등을 기대고 있던 담은 그대로 좌석에 쓰러졌다. 허둥지둥 몸을 일으켰지만, 이수는 이미 플레이센터를 떠나고 없었다. 다시 드러누워 허공에 주먹질도 모자라 발길질까지 퍼부은 담은 머리를 쥐어뜯으며 괴성을 질렀다.

"진짜 저 답답이가! 지구인들은 원래 다 저래? 아으으! 전에 만났던 손님들은 이 정도는 아니었단 말이야! 한 번도 이런 적이 없었다고! 쟨 지구인 중에서도 별종일 거야. 별종 중의 별종! 아악, 베바!"

벌떡 일어난 담은 플레이센터의 인공지능을 호출했다. 차분한 푸른빛의 홀로그램 창이 '무슨 일이죠?'라고 물어왔다.

"도저히 안 되겠어. 지금까지의 상황을 분석해서 나한테 충고를 해줘."

상황 분석은 순식간에 끝났다. 베바의 충고는 그리 길지 않았다.

'다른 가게 주인에게 손님을 넘기세요!'

"안 돼! 이만큼 고생했는데 이대로 포기해야 한다고? 으악, 싫어!"

튕기듯 티켓 부스로 튀어 나간 담은 계기판을 신경질적으로 두드렸다.

"다른 사람에게 문이수를 넘기는 걸 제외하고! 지금 상황에서 시도해 볼 수 있는 모든 가능성을 목록으로 뽑아줘!"

플레이센터 전체가 윙윙거리며 진동했다. 요청한 임무를 수행하느라 건물 조명이 깜빡거렸다. 곧 팩스로 뽑힌 목록이 티켓 부스 바닥을 뒤덮었다. 눈을 번뜩인 담은 바닥에 주저앉아 좁쌀만큼 작게 쓰인 문자들을 하나씩 읽어나갔다.

"난 포기 안 해!"

콰르르! BBR 동전 반환구에서 끝도 없이 동전이 쏟아져 나왔다. 담은 목록 상단에 적힌 '벼락부자 이벤트'에 두 줄을 그었다. 그리고 조마조마한 심정으로 이수의 반응을 살폈다.

잭팟이 터졌는데도 이수는 무덤덤했다. 화면에는 풀 콤보를 달성했다는 문구가 떠 있었다. 동전 더미를 앞에 두고 핸드폰을 꺼낸 이수는 통장에 남은 잔액을 확인하는 것 같았다.

'10만 원도 남지 않은 건 확인했어. 돈 급할 텐데, 어때! 기분 좋지?'

담은 승리를 확신했다. 그 순간, 이수가 한숨을 내쉬었다. 이어서 입가에 희미한 미소가 스몄다. 이수는 바닥에 굴러다니는 동전을 그대로 두고 플레이센터를 떠나려 했다. 집에 가려는 이수의 앞을 담이 가로막았다. 팔을 활짝 벌린 담은 강박적인 웃음을 흘리며 사납게 외쳤다.

"네 돈이잖아! 가져가야지!"

"저것도 네가 그런 거야?"

"알 게 뭐야! 다 네 건데."

"대체 나한테 왜 그래? 날 좋아하는 것도 아니라면서. 내가 불쌍해?"

"어! 네가 불쌍해!"

"언제까지 불쌍해하려고. 제발, 담아. 그만 좀 해. 가, 좀."

일그러진 미소를 띤 담은 발만 동동 굴렀다. 그 앞에서 이수는 거칠게 마른세수하며 진절머리를 쳤다. 플레이센터를 방문한 다른 사람들이 둘을 힐끔거렸다. 이목이 쏠리자, 속이 울렁거린 이수는 담을 제치고 플레이센터를 나가버렸다.

나흘 후, 재경은 온봄주택 건물 앞에서 한가득 쌓인 쓰레기 더미를 발견했다. 쓰레기봉투 안에는 척 보기에도 멀쩡해 보이는 물건들이 가득 들어 있었다. 의아했던 재경은 쓰레기 사이에 끼어 있던 음식 배달 영수증을 참고해 202호를 방문했다.

"여긴 아직도 이렇네."

재경은 혀를 찼다. 올여름 201호는 취중책방을 다니며 문 앞에 붙어 있던 지저분한 전단을 치웠다. 그러는 동안 바로 옆 202호는 덕지덕지 붙은 전단과 스티커 광고투성이 현관문을 지금껏 방치했다.

쿵쿵. 광고지 위로 재경은 202호 현관문을 두드렸다. 느지막이 열린 문틈으로 악취가 풍겼다. 낮인데도 집 안이 밤처럼 어두웠다. 센서 등도 켜지지 않는 현관에서 고개를 내민 이수는 잠이 덜 깬 것처럼 보였다.

"아래에 쓰레기 버려놓은 거 때문에 왔는데요."

"아, 그거…… 혹시 그렇게 버리면 안 되나요?"

"아뇨. 쓸 만한 걸 다 버렸길래 진짜 버리는 거 맞나 확인차 왔습니다."

문틈으로 보인 현관에는 온갖 쓰레기들로 발 디딜 곳이 없어 보였다. 말을 듣고 이해하기까지 시간이 좀 걸리는지 이수의 반응이 늦었다. 잠긴 목으로 "어……"하고 웅얼거리던 이수는 뒤늦게 답했다.

"그거 다 버리는 거 맞아요. 이제 전부 안 쓸 거라. 아, 필요하시면 가져가셔도 돼요. 중고로 파셔도 되고."

그렇게 답한 이수는 자기 볼일은 다 끝났다는 듯 매정하게 문을 닫아버렸다. 눈앞에서 현관문이 쾅 닫혀 인상을 찌푸린 재경은 이마를 문질렀다.

"나담."

낌새를 알아챈 재경이 식식거리며 플레이센터 문을 박차고 들어섰다.

"나담 씨 어디 있습니까?"

티켓 부스에서 담의 모습은 보이지 않았다. 플레이센터의 인공지능이 꾸며낸 홀로그램 직원만 자리를 지키고 있었다. 평범한 사람 눈에는 보통의 인간으로 보이겠지만, 보배 구슬을 지닌 재경의 눈까지 속일 순 없었다.

"관리자께서는 현재 직원 휴게실에서……."

거기까지 듣고 재경은 훌쩍 티켓 부스를 넘어 들어가 휴게실 문을 열어젖혔다. 막 나오려던 담은 코앞에 선 재경을 보고도 놀라지 않았다. 신경이 온통 다른 곳에 쏠린 것처럼 자연스럽게 무시하고 티켓 부스를 나섰다.

"그 모습은 또 뭡니까?"

재경은 황당해하며 지적했다. 플리스 후드를 깊게 눌러쓰고 선글라스와 마스크로 무장한 담은 아무리 봐도 수상한 차림새였다.

"조용히 해요. 바쁘니까."

"뭐가 되었든, 하지 마세요. 202호는 어떻게 되어가고 있는 겁니까?"

"쉿, 재경. 지금 그 202호 일을 해결하기 위해서 나가는 거거든요? 여기서 기다리기나 해요. 사람이 왜 이렇게 인내심이 없어요."

"지금 그걸 말이라고······."

재경을 제친 담은 제멋대로 플레이센터를 나섰다. 기가 막힌 재경은 뒤따라 나가 도대체 저 외계인이 무슨 짓을 하는지 감시하기로 했다. 담은 온봄주택까지 갔다. 그리고 건물 입구가 잘 보이는 자리에 몸을 숨기더니 뭔가를 기다리기 시작했다.

"지금 뭐 합니까?"

"입 다물어요. 눈치 없어요?"

작게 말한 담이 재경의 입술을 찰싹 때렸다. 슬슬 어디까지 하는지 두고 보자는 마음이 든 재경은 담의 뒤에 바짝 붙었다. 저녁 7시가 막 지날 무렵이었다. 구겨 신은 운동화를 질질 끌며 문이수가 온봄주택을 나섰다. 평소처럼 플레이센터에 전 재산을 탕진하러 가는 듯했다.

이수가 모퉁이를 돌아 사라지자마자, 인근 수풀에서 튀어나온 담이 곧장 온봄주택으로 질주했다. 그 뒤를 쫓으면서 재경은 "이게 이렇게 숨어 들어갈 일입니까?"라고 어깃장을 놓았다. 으르렁거리며 계단을 오른 담은 202호 문 앞에서 락픽을 꺼냈다.

"현장 조사가 필요했다는 걸 조금 늦게 깨달았을 뿐이에요."

"지금 주인 없는 집을 털겠다고요."

"턴다니요? 난 그냥 조금 들여다보고 싶을 뿐이에요."

"요즘 무단침입은 범죄가 아닌가 봅니다. 한 가지 묻고 싶은데, 202호와 속 깊은 대화를 해보긴 했어요?"

"해봤어요. 해봤는데 안 되겠으니까 내가 여기 있는 거겠죠? 도와줄 게 아니면 좀 가요. 일하는 데 방해되니까!"

"설마 집주인 앞에서 문을 따는 대담함은 발휘하지 않으리라 믿습니다."

"부수는 것보다 낫지 않나요."

"외계인은 다 그래요?"

"모르겠네요!"

담은 재경을 째려봤다. 그 모습을 가만 내려다보던 재경은 부드럽게 끼어들어 마스터키로 202호 문을 열었다. 협조적으로 나올 줄은 몰랐던지 눈을 동그랗게 뜬 담이 미심쩍은 시선을 보냈다.

"안 들어가고 뭐 해요?"

"혼자서 해도 됐어요."

"그러시겠죠."

"어휴!"

재경을 밀치고 담은 202호 안으로 성큼 걸어 들어갔다. 문이수의 집은 쓰레기장이었다. 모든 창문은 암막 커튼으로 가려져 있었다. 역겨운 냄새가 나는 캄캄한 집 안에서 담은 준비해 온 라텍스 장갑을 꼈다. 그리고 핸드폰 플래시로 집 안을 비추며 살림살이를 조심스레 뒤적였다.

'이제 좀 심각성을 알겠지.'

재경은 센서 등이 켜지지 않은 현관에 서서 담이 스스로 깨달음을 얻길 기다렸다. 온통 비위 상하는 광경뿐인 집 안 환경이 말해

주듯 문이수는 위태로운 상황이었다. 지금의 담은 이수를 책임질 수 없었다. 그러니 스스로 다른 가게 주인에게 넘기겠다는 판단을 내려야 했다.

"담 씨?"

사부작거리며 도통 나오지 않는 담을 기다리다 못해 재경이 쓰레기 더미를 밟고 안으로 들어섰다. 담은 책장에 꽂힌 책을 살피고 있었다. 꺼림칙한 기분이 든 재경은 담이 보고 있는 것을 살폈다. 특별한 것은 없었다. 감성 힐링 휴머니즘 장르의 소설책이 잔뜩 꽂혀 있었다.

"의외네."

재경은 턱을 쓸었다. 이런 장르의 책은 전혀 모를 것처럼 생겨서는 다람쥐 도토리 모아두듯 책장 한편에 자리를 만들어놓다니.

"이런 책을 모은다는 정보는 여기서 처음 알았어요!"

담의 반응을 힐끗한 재경은 아연실색했다. 아주 대단한 발견을 한 듯 담은 잔뜩 숨을 몰아쉬고 있었다. 긴 시간 동안 미로를 헤매던 사람에게는 약간의 실마리도 탈출구로 보이는 법. 지금껏 알지 못한 새로운 정보에 담은 열광하고 있었다.

"저기, 담 씨. 무슨 생각을 하는 건지 모르겠지만, 이런 건 별반 도움이 되지 않을 겁니다. 그 사람에 관해서 많이 아는 것이 능사는 아니니까요. 차라리 여유를 두고 202호와 대화를 더 해보시는 게……."

재경의 말을 다 듣지도 않고 담은 202호를 뛰쳐나갔다. 한 가지에 맹목적으로 매달리고 있다는 건, 담 역시 궁지에 몰렸다는 증거였다. 재경은 탄식하며 조용히 집을 나와 다시 문을 잠갔다.

"터주 노릇 하기 참 어렵다, 어려워."

한편 이수는 간만에 플레이센터 이곳저곳을 서성거리고 있었다. 다름이 아니라 이제는 게임할 돈도 없었기 때문이었다. 전 재산이 바닥나 당장 오늘 저녁 사 먹을 돈도 부족했다.

'난 왜 이러고 있지?'

이수는 바로 플레이센터를 나서지 않고 망설이는 자기 자신을 이해할 수 없었다. 담에게 마지막 인사라도 남기고 싶어서일까. 아니면 아직도 삶에 미련을 느끼고 있어서?

"저기요. 다른 알바생은 오늘 안 나오나요?"

티켓 부스에서 일하는 다른 직원에게 물어보았다. 담이 쉬는 날이라고 하면, 내일 다시 와볼 작정이었다.

"곧 오실 거예요. 아, 오셨네요!"

직원이 가리킨 곳에 담이 있었다. 뺨에 잔뜩 홍조가 오르고 숨을 헐떡이며 플레이센터 입구에 서서 주위를 두리번거리고 있었다. "거기 있구나!" 담은 이수를 발견하자마자 반색하며 무서운 기세로 다가왔다.

"이거 받아!"

담은 책 한 권을 내밀었다. 막 사 온 것처럼 새 책 냄새가 났다. 제목은 『당신이 잊어버린 마을』. 이수도 들어본 적 있는 유명한 책이었다.

"이건 왜?"

"이거 다 읽고 나한테 감상을 말해줘."

담의 눈이 생기로 반짝반짝 빛났다. 이수는 눈살을 찌푸렸다.

"왜?"

"왜라니?"

"내가 왜 이걸 읽고 너한테 감상을 말해줘야 하는데?"

"너는 이 책을 좋아할 것 같아서? 그러니까 어……. 내가 너랑 이 책에 관해 얘기하면 좋을 것 같았거든. 지금 너한테 도움 되는 이야기잖아."

"도움이 된다고? 나 이런 책 안 좋아해. 싫어해!"

"그럴 리가 없는데……."

"그렇게 좋을 것 같으면 네가 직접 읽어. 그러면 되잖아."

"안 돼!" 담은 간절하게 외쳤다. "선물이니까 그냥 받아. 싫어해도 그냥 선물이니까, 응? 가지고 있다가 읽고 싶어지면 한두 장 펼쳐보면 되잖아."

담은 억지로 이수의 품에 책을 안겨주었다. 이수는 책을 손에 쥔 채로 고개를 돌려 한숨을 내쉬었다.

"미안한데, 나한테 필요한 건 이런 게 아니야."

"그러면 뭐가 필요해? 응? 갖고 싶은 거 다 말해. 내가 구해줄게."

"네가 무슨 수로……."

애가 탄 담은 "뭐든지 부탁해도 돼! 넌 그래도 돼!"라고 호소했다.

"뭐든지?"

"그래, 뭐든지!"

눈을 질끈 감았다 뜬 이수는 작은 목소리로 중얼거렸다.

"오랫동안 결정을 내리지 못했던 게 있어. 이제는 결정을 내려야 하는데, 용기가 없어서 질질 끌고만 있어. 그런 내가 답답해. 이럴 땐 어떻게 해야 할지 모르겠어."

"그거야 내 전문이지! 나한테 맡겨!"

담은 티켓 부스에 있던 홀로그램 직원을 밀쳐내고 계기판을 두드렸다. 그리고 곧장 매점으로 뛰어가 슬러시 버튼을 순서에 맞게 눌렀다. 투명한 컵에 무지갯빛 슬러시가 가득 담겼다. 이수에게 슬러시를 내민 담은 땀을 뻘뻘 흘렸다.

"용기 주스야!"

조잡한 네이밍 센스에 이수가 "용기 주스?" 하고 되물었다. 연극 배우처럼 과장된 몸짓을 보이며 담은 설명했다.

"나 역시 담대한 결정을 내려야 할 때가 많았지. 그때마다 이걸 마시면, 복잡한 고민은 사라지고 망설임 없이 해야 할 일에 뛰어들 수 있었어."

눈매를 찡그린 이수는 슬그머니 빨대를 입에 물었다. 차가운 슬러시는 오렌지 맛이 나는 소다 같았다.

"어때?"

"잘 모르겠어."

입맛을 다신 이수는 물끄러미 슬러시 컵을 내려다보았다. 혀에 남은 오묘한 단맛을 곱씹어 보던 이수는 조그맣게 중얼거렸다.

"뭔가 마음이 후련해진 것 같기도 해."

"그게 바로 용기 주스의 힘이야!" 담은 활짝 웃었다. "내가 이번 엔 너한테 도움이 됐지?"

대답을 기다리는 모습에 희미하게 웃은 이수가 "넌 정말 좋은 애야"라고 말했다. 그리고 티켓 부스 위에 걸린 디지털시계를 힐끗 했다.

"담아, 나 이제 가야겠어."

"벌써? 결정을 내리지 못했다는 일 같이 고민해 줄까?"

"괜찮아. 선물 고마워. 슬러시도."

"응!"

고개를 끄덕인 담은 플레이센터 밖까지 이수를 배웅했다. 그리고 이수가 보이지 않을 때까지 크게 크게 손 인사를 휘적였다.

온봄주택으로 가는 길, 전봇대 밑 쓰레기 더미에 이수는 선물 받은 책을 던졌다. 다 먹은 슬러시 컵이 발에 채 골목 저편으로 굴러 갔다. 끝도 없는 용기가 솟아올라 이제는 망설이고 있던 결정을 내릴 수 있을 것 같았다. 202호 현관문을 열어젖힌 이수는 어둠 속으로 사라졌다.

다음 날, 콧노래를 부르던 담은 플레이센터를 청소하고 있었다. 베바를 시켜도 됐지만, 직접 몸을 움직여 청소하면 정신 함양에 도움이 됐다.

216

'아직도 안 왔네.'

오후 2시가 막 지난 때였다. 이수는 보이지 않았다. 담은 이수를 얼른 다시 보고 싶었다. 드디어 진전이 있었으니까! 지구인들은 플라세보 효과쯤으로 여기겠지만, 용기 주스는 정말로 마시는 사람에게 용기를 주었다.

"이수가 내려야 했던 그 결정이라는 게 모든 문제의 핵심이었을 거야."

그러니 용기 주스를 마시고 결정을 내린 이수는 분명 달라진 모습으로 플레이센터를 방문할 것이다. 그리고 이제부터가 중요했다. 한고비를 넘겼으니 이대로 좋은 흐름을 타야만 했다.

전화벨이 울렸다. 재경에게서 전화가 왔다. 담은 전화를 받자마자 자랑스럽게 "문제가 해결됐습니다!"라고 운을 띄우려 했다. 하지만 수화기 너머에서 들린 재경의 윽박질에 가로막혔다. 놀란 담은 들고 있던 밀대를 떨어뜨렸다. 그리고 플레이센터를 나가 온봄주택으로 달리기 시작했다. 도착한 주택 건물 앞에서 담은 고개를 치켜들었다.

"내버려두세요! 제발요!"

높은 곳에서 이수의 흐느낌이 들렸다. 재경이 옥상 난간을 넘으려는 이수를 뒤에서 붙잡고 몸싸움을 벌이고 있었다.

"어떻게 알고 온 거예요?"

엉엉 울며 이수가 외쳤다. 재경만으로는 만취해 몸부림치는 이수를 감당하기에 벅찼다. 소란을 듣고 올라온 인하와 유민이 재경

217

쪽으로 뛰어왔다. 바닥을 구르던 소주병이 재경의 핸드폰 모서리에 부딪혀 빙그르르 돌았다. 이수에게 밟힌 핸드폰 액정이 완전히 박살 나 있었다.

"으아아아!"

괴성을 지른 재경은 이수를 끌어안고 있는 힘을 다해 드러누웠다. 의도를 눈치챈 인하와 유민이 재경이 당기는 방향으로 힘을 줬다. 세 사람의 힘을 버티지 못하고 끌어당겨진 이수는 옥상 바닥에 팽개쳐졌다.

"내버려두지 왜 그랬어요! 왜 그랬어!"

힘이 다 빠진 이수는 엎어진 채 목 놓아 울었다. 곁에 드러누워 헉헉거리던 재경은 눈부신 푸른 하늘을 올려다보았다.

'도연이도 이랬을까.'

기진맥진한 재경을 대신해 인하와 유민이 이수의 상태를 확인했다. 그동안 재경은 도연을 떠올렸다. 마을에서 도연을 기억하는 사람들이 있었다. 그들은 도연에게도 전조가 있었으며, 사람들이 몇 번이나 극단적인 결심을 막아섰다고 말했다.

그래서 도연은 마을 밖으로 나갔다. 아무도 자신의 선택을 방해할 수 없도록.

건물 아래에 있던 담은 한 발짝도 움직일 수 없었다. 이수가 시야에서 사라진 뒤에도 옥상에서 눈을 떼지 못했다. 충격이 심했다. 당장 옥상으로 올라가 이수를 대면해야 했지만, 몸이 움직여지지 않았다.

'죽을 용기를 냈구나.'

무서운 깨달음이 엄습했다. 담은 뒤를 돌았다. 그리고 허겁지겁 플레이센터로 도망쳤다.

"다들 도와주셔서 감사합니다."

"뭘요, 큰 사고 없이 끝나서 다행이죠."

유민이 순하게 웃었다. 인하가 이수를 부축해 일으켰다.

"우선 이분 술 깨실 때까지 제가 곁에서 지켜보고 있겠습니다."

"그럼 전 편의점 가서 숙취해소제랑 먹을 만한 걸 사 올게요."

"다들 부탁드립니다. 전 급하게 어디 가봐야 할 것 같아서요."

"아, 예. 괜찮습니다. 다녀오세요."

"같이 내려가요!"

유민과 함께 계단을 내려온 재경은 편의점 앞에서 갈라져 플레이센터로 향했다. 잠시 동안 이수는 인하와 유민이 돌봐줄 것이다. 그러니 지금은 지레 겁먹고 달아난 도망자를 훈계하러 가야 했다.

플레이센터는 불이 다 꺼져 있었다. 재경은 곧장 티켓 부스로 가 그 너머를 들여다보았다. 구석에 쪼그려 앉은 담이 훌쩍거리고 있었다. 부스를 넘어 들어간 재경은 담의 앞에 서서 말없이 내려다보았다.

"뭐 그런 애가 다 있대요?"

담이 시키지도 않은 변명을 시작했다.

"지구인들은 정말 이상해요. 어떻게 용기를 내도 죽을 용기 같은 걸 낼 수 있어요! 진심으로 죽고 싶어 하는 것도 이상해요. 정신

219

적으로 아프면 병원에 가서 치료받아야죠. 왜 <u>스스로</u> 죽는 길을 택해요?"

자기 몸을 끌어안은 담은 팔뚝을 계속해서 쓸어내렸다.

"나는 정말 이럴 줄 몰랐어요. 난 그냥 최선을 다하려고 했고, 잘되고 있다고 생각했어요. 실망시키지 않고 싶었다고요! 내가 그 바보 같은 주스를 주지만 않았다면 괜찮았을 텐데. 괜히 멍청한 생각에 사로잡혀서……."

고개를 푹 숙인 담은 제 머리를 주먹으로 마구 쥐어박았다. 한숨을 쉰 재경은 여전히 포인트를 잘못 짚고 있는 담에게 물었다.

"202호에 관해서 얼마나 알고 있어요?"

"거의 다?" 담은 떨리는 목소리로 대답했다. "양친이 전부 큰 빚을 떠안고 있어요. 무계획적이고 충동적인 성향의 부모 밑에서 자라 어린 시절부터 이사를 자주 다녔죠. 그래서 오래 사귄 친구가 없어요. 생계가 불안해진 건 목화마을에 들어오고 나서예요. 아르바이트로 모은 돈의 과반을 부모에게 넘겼거든요. 그 직후에 잘 다니고 있던 아르바이트도 그만두고요."

"그만."

기억하는 모든 정보를 토해내려는 담을 재경은 손을 들어 제지했다.

"담 씨, 지금 말한 그 이야기를 202호 입으로 직접 들은 적 있어요?"

"아니요."

"그런 얘기도 나누지 않은 사람에게 202호가 구해질 수 있을까요?"

"나도 노력했어요. 이야기를 끌어내 보려고 했다고요. 걔가 말해주지 않는 걸 어떡해요! 말하기 싫은 걸 억지로 말하게 할 수는 없잖아요!"

"그러면 대체 무슨 자신감으로 202호를 맡겠다고 한 거예요."

"그건, 우선 생활이 개선되면, 그러니까 의지가 되는 사람이 곁에 있고, 어, 친구의 긍정적인 사고는 지구인에게 쉽게 옮으니까, 그게."

담은 중언부언하다가 다시 왈칵 눈물을 터뜨렸다. 자기 환멸에 찼는지 입술을 꽉 깨물고 감싸안은 팔뚝을 꼬집는 것처럼 쥐었다.

"죄송해요."

몸을 바들바들 떨던 담은 울먹거렸다.

"이수는 다른 사람에게 넘길게요. 저로는 역부족이었나 봐요. 꼭 제가 아니더라도 이수가 다시 살고 싶어졌으면 좋겠어요. 내 잘못이에요, 재경."

인상을 쓰고 내려다보던 재경은 찡그린 미간을 문질렀다. 그리고 담에게로 가까이 다가가 눈높이를 맞췄다.

"거기서부터 다시 시작하는 겁니다, 담 씨. 스스로 벌인 일은 스스로 책임져야 하니까."

담의 어깨에 손을 올린 재경은 힘을 주어 말했다.

"한 번 더 드리는 마지막 기회예요. 202호와 속 깊은 대화를 나누세요. 202호를 바꾸려 하지 말고, 있는 그대로 인정하는 게 먼저입니다."

그 말을 남기고 재경은 플레이센터를 떠났다. 혼자 남겨진 담은 게임존을 물끄러미 응시했다. 항상 같은 자리에서 저를 등지고 게임을 하던 이수의 뒷모습이 그려졌다. 이대로 이수를 포기하면, 지금까지 있었던 일들은 둘 모두에게 새로운 상처로만 기억될 것이다.

"마지막 기회······."

담은 혼잣말로 중얼거렸다. 마지막이라는 말의 무게가 새삼 실감 났다.

다음 날, 온봄주택을 방문한 담은 202호 문 앞에 붙은 전단과 스티커를 전부 떼어냈다. 요령껏 스티커 자국까지 제거한 담은 깨끗해진 현관문을 보고 콧김을 내뿜었다. 그리고 품에서 무언가를 꺼내 호수판 아래에 붙였다.

어두운 집 안에서 쓰레기와 한 몸으로 자고 있던 이수는 선명하게 들린 노크 소리에 어기적어기적 걸어 나왔다. 현관문을 열었을 땐 아무도 없었다. 깔끔해진 문에 수상한 편지 봉투만 붙어 있었다. 봉투 안에는 플레이센터에서 상영하는 「마지막 기회」라는 이름의 영화 티켓이 들어 있었다.

"하하."

표를 찢어버리려 했다. 그러다 손이 멎었다. 인하와 유민의 보살핌 덕분에 소동을 벌인 것치고 몸 상태가 괜찮았다. 잠도 충분히

222

잤고, 배도 채웠다. 202호로 돌아가겠다고 고집을 부렸을 때, 집주인이 쥐여주고 간 현금 5만 원도 있었다.

'갖고 있는 돈은 다 쓰고 죽겠다고 정했는데.'

관성대로 비트 블레이즈 레볼루션이 떠올랐다. 기왕이면 가장 어려운 난이도의 곡을 풀 콤보로 깬 뒤에 죽고 싶었다. 살면서 하고 싶었던 건 그것밖에 없었으니까.

그날 자정, 이수는 염치 불고하고 플레이센터로 갔다. 밤이 깊어 플레이센터를 방문한 손님은 자신뿐이었다. 티켓 부스에 담이 서 있었다. 평소처럼 명랑하게 "어서 와!"라는 인사도 해줬다.

낮에 제가 벌였던 일을 담도 들었을까? 궁금하지만 직접 물어볼 자신은 없었다. 부스 위 디지털시계를 힐끗 확인했다. 주머니에 선물받은 영화표가 부스럭거렸다. 곧 「마지막 기회」가 상영될 시간이었다.

'난 뭘 하고 있는 거지.'

게임이나 실컷 해서 얼른 5만 원을 다 써 버려야 했는데, 발걸음은 표에 적힌 상영관으로 향했다. 형식적으로 티켓을 확인한 담은 이수와 함께 불 꺼진 상영관으로 들어섰다. 지정된 좌석에 이수가 앉았다. 담은 그 옆에 나란히 앉았다. 영화가 시작되었다. 여전히 관객은 둘뿐이었다.

이수는 영화 내용이 하나도 눈에 들어오지 않았다. 다른 이유는 없었다. 지나치게 정적이고 지루한 내용 때문이었다. 분명 스크린을 보고 있었는데도 내용이 이해되지 않았다. 옆에 있던 담도 비슷했는지 크게 하품했다.

"팝콘이라도 가져올까?"

도중에 담이 태연하게 물었다. 영화관에 둘밖에 없어 큰 소리로 말해도 아무도 뭐라 하지 않았다. 이수는 고개를 끄덕였고, 곧 담이 큰 통에 여러 맛의 팝콘을 한가득 담아 왔다.

"내가 준 책은 읽어봤어?"

팝콘을 하나씩 집어 먹던 담이 나지막이 물었다. 두 눈은 계속 스크린을 향하고 있었다. 이수가 말했다.

"아니, 버렸어."

"버렸어? 왜?"

"난 그런 소설이 싫어."

"그냥 가지고 있기만 하는 것도 싫어?"

"그래."

"처음부터 그렇게 싫었어?"

"처음부터라니?"

"처음으로 세상에 힐링 소설이 있다는 걸 알자마자 싫어했나 싶어서."

"처음 알자마자 싫어하는 사람이 세상에 어디 있어."

"그러니까 계기가 있긴 한 거지? 싫어하게 된 계기가."

"그래."

"말해줘."

이수가 한숨을 깊게 내쉬었다.

"내가 중1 때 학교 도서부원이었어."

푹신한 등받이에 몸을 완전히 기댄 이수는 오랜만에 과거를 되짚었다.

"매일 방과 후에 나 혼자 도서관 청소를 해야 했어. 나만 학원을 안 다녔거든. 청소가 끝나면 사람들이 다 나가서 학교가 되게 조용해졌어. 집에 가기는 싫고, 거기 더 있을 핑계가 필요해서 무작정 아무 책이나 펼쳤지."

담은 경청의 의미로 고개를 끄덕거렸다.

"스무 살 되고 내 인생이 좀 힘들어졌어. 원래 힘들었는데 그때부터 자각했다고 해야 하나. 아무튼 삶이 힘들어지니까 책에 매달리게 된 거야. 학교 다니면서 얻은 건 그때 생긴 독서 습관뿐이었거든."

"그때 힐링 소설을 잔뜩 읽은 거야?"

이수는 잠시 말이 없었다.

"됐다. 그거 설명하려면 한참을 돌아가야 해."

"말하다 말면 짜증 나는 거 몰라? 그러지 말고 전부 얘기해 줘."

"영화 안 봐?"

"저것보단 네가 살아온 얘기 듣는 게 더 재밌을 것 같아."

그 말이 공감되고 또 웃겨서 이수는 작게 킥킥거렸다. 정말 지독하게 지루하고 진부한 영화였다. 저것보단 재밌게 말할 수 있을 것 같았다. 자신감을 얻은 이수는 슬그머니 말문을 열었다.

"우리 집은 좀 가난했던 것 같아. 엄청나게 가난하지는 않고, 딱 애매하게 가난해서 더 힘든 거 있잖아. 어렸을 때는 가난을 별로 실감 못 했어. 그땐 그냥 모든 게 다 즐거웠거든."

"그렇구나."

"아버지 사업이 안 풀려서 어렸을 때부터 이사를 많이 다녔어. 거의 1년마다 살던 지역이 바뀌어서 친구가 생기려고 하면 전학을 가야 했어. 그래서 아직도 친구가 없어. 어떻게 친구를 사귀는지도 모르겠고."

어느새 스크린에 비치는 영화는 이수의 어린 시절 이야기가 되어 있었다. 그 변화가 너무 자연스러워서 이수는 위화감을 느끼지 못했다.

"어렸을 때 정말 별별 집에서 다 살아봤어. 초2 때는 집 계약에 문제가 생겼는지 빌라 주차장에 이삿짐을 갖다 놓고 살았던 적도 있어. 장마 시기였는데 주차장으로 빗물이 막 들어오는 거야. 엄마 아빠는 정신없이 물을 퍼 나르고, 나는 침대 위에서 동생들이랑 그거 구경하고. 그런데도 좋았어. 그냥 막 배를 타고 모험을 떠난 해적이 된 것처럼……."

스크린에 침대처럼 생긴 배를 타고 모험을 떠나는 세 명의 아이가 비쳤다. 아이들은 용감하게 하늘을 나는 적과 싸웠다. 적은 거대한 모기를 닮아 있었다. 이수는 가벼운 웃음을 터뜨렸다.

"중2 때는 말이지. 잠깐 상가에서 살았던 적도 있어. 오래된 상가라 바퀴벌레가 무진장 나오는 거야. 난 진짜 그렇게 큰 바퀴벌레를 그때 처음 봤어. 상가 구석마다 살충제를 잔뜩 뿌려놓고 나갔다

돌아오면 온 천지에 바퀴벌레가 죽어 있었어."

이수는 영화로 재현된 징그러운 광경을 보고 몸서리쳤다.

"상가에 따뜻한 물이 안 나와서 씻는 게 고역이었어. 어머니 혼자 상가 화장실 문을 잠가놓고 차갑다고 징징대는 나랑 동생들을 씻긴다고 고생하셨지. 근데도 난 그때도 전혀 불행하다는 생각을 못 했어."

이번엔 또 다른 집으로 배경이 바뀌었다. 웃자란 아이들이 무언가를 쫓아 집 안을 뛰어다녔다. 우르르 뛰는 발소리가 들리다 선두에 선 아이가 잡아챈 것을 들어 보였다. 귀여운 회색 생쥐였다.

"고1 때는 쥐가 나오는 집에서 살았어. 밤에 다 같이 자려고 누워 있으면 거실에서 쥐가 뛰어다니는 소리가 들렸어. 나중엔 나랑 동생들 다 쥐잡이 선수가 되어서 맨손으로도 덥석덥석 잡았어. 예전에 절집이었던 곳이어서 현관이 이만큼 높았던 것 같아. 와, 정말 별별 집에서 다 살아봤잖아?"

"그러게. 힘들지는 않았어?"

"이상하게 그땐 힘들다는 생각이 전혀 안 들었어. 그래서 가난하다고도 못 느꼈던 것 같아. 그냥 신기했어. 딱히 불행하진 않았고."

영화의 톤이 달라졌다. 등장인물이 부쩍 어른스러운 생김새로 변했다. 색감은 칙칙해졌고, 느리고 우울한 바이올린 선율이 배경음으로 깔렸다.

"난 가성비가 좋은 애였어. 학원에 안 다녀도 학업성취도가 높았거든. 들인 돈에 비해 성적이 좋으니까, 가족도 친인척도 날 좀 띄워줬던 것 같아. 그래서 무리해서라도 좋은 대학에 갈 수 있게 해줬는데."

이수는 한 손으로 자기 얼굴을 벅벅 문질렀다. 스크린에 비친 인물도 똑같은 모습으로 행동을 따라 했다.

"꿈에 그리던 대학에 왔는데, 적성에 하나도 안 맞았어. 그런데도 그만 다니고 싶다는 말을 못 하겠더라. 새롭게 꿈을 찾기엔 돈도 시간도 부담스러웠으니까. 대신 아르바이트를 시작했어. 학자금이라도 스스로 벌어보려고. 그걸로도 부족해서 학자금대출도 최대로 받았어. 돈이 좀 모이는가 싶으면 부모님께 드려야 했거든. 생활비다 뭐다 해서."

화면이 일그러졌다. 사물의 윤곽이 흐려져 물감 덩어리의 집합처럼 보였다. 일련의 추상화로 바뀐 장면은 기묘한 배경음과 함께 울렁울렁 움직였다. 난해한 예술영화를 틀어놓은 것 같았다.

"그때부터 우울증이 왔어. 잘 나가던 강의를 시험 날에 결석하고, 집에 있을 땐 침대에만 붙박여 있었어. 아르바이트만 겨우 나갔어. 돈이 모이는 족족 빠져나가니까 알겠더라. 나랑 우리 집은 가난하구나. 이렇게 영원히 쳇바퀴 돌듯, 돈을 벌면 사라지고, 벌면 사라지고 반복하다 매번 남이 버린 걸 주워다 쓰고, 남들 다 하는 여행이나 쇼핑도 사치가 되고, 하릴없이 늙다가 갑자기 큰 병에 걸려 병원비 부족으로 죽겠구나."

이수는 더는 화면을 볼 수가 없어 두 손에 얼굴을 묻었다.

"난 힘에 부쳐 다 그만두고 싶을 때도 계속 일해야겠지? 왜냐하면 가만히 숨만 쉬고 있어도 돈이 나가니까. 안 그래도 힘든 가족들한테 나라는 짐까지 더 얹어줄 순 없는 거니까."

떨리는 숨결과 함께 긴 한숨이 스며 나왔다.

"미안. 갑자기 울컥하네."

"괜찮아. 울고 싶으면 울어도 돼."

"우울증으로 병원에 가는 것도 다 돈이고 일이잖아. 도저히 안 되겠어서 내 발로 병원 가서 몇 번 약을 타 오긴 했어. 그런데 결국 꾸준히는 못 가겠더라. 사는 곳도 여러 번 옮겨야 했고, 이런저런 일에 밀려서……. 이것도 다 변명이긴 한데."

담은 가만히 이수의 어깨에 손을 올렸다.

"어쨌든 난 스스로 날 고쳐야 했고 내가 할 줄 아는 건 책 읽는 것밖에 없어서 힐링 소설 같은 걸로 날 붙잡아 보려고 했어. 그래도 책 읽을 땐 위로받았거든. 나 말고 다른 사람들도 다 비슷하게 힘든 것 같아서 좋았어. 내 문제들도 소설처럼 전부 해결될 것 같았고."

호흡이 목구멍에서 턱턱 막혔다. 어느새 스크린에서는 사나운 칼바람만 불고 있었다. 몰아치는 바람 소리에 오한이 들었다.

"그런데 결국 그래, 아무것도 해결되지 않았어. 난 여전히 쳇바퀴를 돌리고 있었고, 점점 지쳐갔어. 그러니까 이번엔 다 미워지는 거야. 소설은 진짜 소설인 거구나. 여기 나온 아픔은 다 가짜구나."

손을 내린 이수는 분노로 얼굴을 일그러뜨리고 환한 스크린을 노려보았다. 팔걸이를 잡은 손이 부들부들 떨렸다.

"한 소설에서 달동네에 사는 걸 부끄러워하는 인물이 나왔어. 아니, 부끄러운 건 그게 아니야. 부끄러운 건 그냥 행복하게 지내던 내 곁을 지나가며 '머리 좀 감고 다녀'라고 말하는 모르는 사람의 한마디야."

이수의 얼굴이 적의로 달아올랐다.

"어떻게 이런 거짓말투성이 책들이 매번 베스트셀러인 거지? 사람들은 표지만 보고 책을 사서 내용은 안 읽는 걸까? 하긴 한 달에 책 한 권도 안 읽는 사람이 대다수라는데. 아니면, 설마. 그래, 설마. 설마 다들 요 정도 내용에도 위로받을 수 있는 작디작은 불행만 느끼며 사는 건가?"

"이수야."

"이건 다 가짜야. 아름답게 꾸며진 이야기야. 세상엔 나보다 불행한 사람들도 많다는데, 결국 산다는 것 자체가 불행이고 고통이라는데! 숨만 쉬어도 돈이 나가는 그런 지리멸렬한 세상을 왜 거짓말로 포장해서……."

아무도 없는 상영관에서 언성을 높이던 이수는 그대로 와락 울어버렸다.

"좀 더 빨리 죽을 걸 그랬어. 그러면 이런 꼴 안 봐도 되잖아."

삶이 구차하게 느껴졌다. 담의 표정을 확인하기 두려웠다. 엉망진창인 속내를 알아버렸으니, 저를 얼마나 경멸할까. 담은 한마디도 하지 않고 이수가 감정을 가라앉힐 때까지 기다려주었다. 두 손바닥으로 얼굴을 가린 이수는 고장 난 수도꼭지처럼 줄줄 새는 생각의 누수를 막을 수 없었다.

"고3 때 할머니께서 쓰러지셨어. 좋은 분이셨는데 돈 문제 때문에 아버지 형제들끼리 책임을 미루다가 결국 요양원에 들어가셨어. 얼마 못 가서 돌아가셨다는 걸 듣고 한 가지를 깨달았어."

손가락 사이로 음울한 중얼거림이 스며 나왔다.

"인간은 결국 암에 걸리든가, 사고를 당하든가, 영양실조로 천천히 죽는 거구나. 아무리 애써도 다 비슷비슷한 결말이구나. 그렇다면 더 고통받지 말고 일찌감치 인생 종 치는 게 현명하지 않나?"

콰광! 뇌성이 요란하더니 화면이 새하얗게 번쩍였다.

"사람들은 죄다 바보고, 내 인생은 구제받을 길이 없어. 세상엔 더 힘든 일이 많아서 나 정도 불행은 불행도 아니라는데, 고작 이것도 견디지 못하는 나는 진짜 쓰레기구나. 아, 싫다. 전부 다 싫다. 지구가 멸망했으면 좋겠어. 외계인이 쳐들어와서 모두 없애버렸으면."

상영관이 순식간에 암전됐다. 고요한 가운데 이수의 훌쩍임만 들렸다. 말은 사나웠지만, 이수는 본디 바깥으로 폭력성을 발산하는 것에 서툴렀다. 못난 사람일지언정 나쁜 사람은 되지 말라는 교육을 받았기 때문이었다. 그래서 평범하고 슬픈 사람이 그렇듯 자기 내면으로 폭력성을 분출했다.

그리하여 문이수는 어떤 결정을 내렸다. 살 이유도, 의미도 찾지 못했으며, 정해진 불행만이 명백한 세상에서 나약해 아무것도 견디지 못하게 된 자신에게는 죽음만이 유일한 답이라는 결정을.

이런 사람에게는 뭘 어떻게 해줘야 마음의 상처가 나을 수 있을까. 당장 마을 안에서 행복하고 즐거워져도 바깥세상에서 금세 닳고 해질 텐데. 담은 이수의 어깨에 올린 손을 거뒀다.

"이수야. 내 부탁 한 가지만 들어줄래?"

여전히 두 손에 얼굴을 묻은 채로 이수가 "뭔데?" 하고 물었다.

"잠시만."

이수를 남겨둔 채 담은 어두운 상영관을 스르륵 빠져나갔다. 곧 상영관 스피커로 담의 명랑한 목소리가 울려 퍼졌다.

"재미없는 영화는 그만 보자. 새 영화를 틀어줄게. 그 영화를 처음부터 끝까지 봐줘. 그게 내 부탁이야. 들어줄 수 있어?"

"응······."

오래 뜸을 들인 이수는 조그맣게 중얼거렸다. 그 소리를 어떻게 알아들었는지 담은 정신감응 영상 송출기를 끄고 두 시간 분량의 다른 영상을 틀었다. 리더 필름도 없이 시작된 새 영화는 수평선이 보이는 바다를 비추고 있었다. 이수는 눈앞을 가린 손을 내렸다. 환한 바닷빛에 눈이 부셨다.

스피커에서 쏟아지는 파도 소리가 상영관을 가득 메웠다. 실제로 해변에 서서 맨눈으로 짙푸른 바다를 보고 있는 듯한 착각이 일었다. 그뿐이었다. 오로지 파도가 밀려오고 다시 쓸려가는 장면만 끊임없이 이어졌다.

조용히 상영관으로 돌아온 담은 이수의 뒷좌석에 앉았다. 사납게 요동치던 감정도 고즈넉한 풍경을 보고 있으니 금방 잔잔해졌다. 바다를 비춘 영상은 30분이 넘도록 이어졌다. 좀이 쑤신 이수는 슬슬 짜증이 밀려왔다. 아무리 부탁을 들어주기로 했다지만, 이런 영문 모를 화면을 계속 보고 있으려니 답답했다.

"이거 꼭 다 봐야 해?"

"응, 부탁해."

이상하게 졸리진 않았다. 하염없이 바다를 바라보고 있으려니 가슴이 먹먹해질 뿐이었다. 의자에 불만스럽게 늘어진 이수는 묘한 기분으로 가만히 바다를 응시했다. 영상이 시작된 지 한 시간이 지났을 때, 화면이 위로 휙 돌아갔다. 삼각대에 세운 카메라가 쓰러져 하늘을 찍게 된 것 같았다.

옅은 노란빛이 스민 새파란 하늘이 보였다. 새털구름이 바람에 실려 천천히 흘러갔다. 가슴이 탁 트일 만큼 높은 하늘이 변함없이 펼쳐졌다. 그리고 10여 분이 흐르자, 견디기 힘들었던 이수는 또다시 보기 싫다며 조용히 투덜거렸다. 담은 아무런 반응도 하지 않았다.

온갖 불평은 다 쏟아냈지만, 이수는 꿋꿋하게 자리를 지켰다. 마침내 하늘을 비추던 화면이 어두워지고 엔딩크레디트가 올라갔다. 까만 바탕에 처음 보는 언어로 적힌 이름들이 쉴 새 없이 올라갔다. 영사기의 필름 돌아가는 소리가 파도 소리에 섞였다.

이수는 갑자기 왈칵 울음을 터뜨렸다. 그리고 아이처럼 흐느끼기 시작했다. 전에 흘렸던 눈물과는 느낌이 달랐다. 원하는 대로 멈춰지지 않았고, 슬픈 동시에 좋았다. 벅차오르는 감정에서 허우적대며 이수가 속삭였다.

"내가, 흐으으……. 내가 왜 우는 건지 모르겠어."

그때 뒤에서 담이 이수를 꽉 안아주었다.

"이수야. 내가 생각해 봤는데, 소설도 영화도 음악도 자연도 네 마음을 위로하는 건 뭐든지 다 의미가 있어. 너를 하루 더 살게 했으니까."

"그게 무슨 말이야? 하루 더 살아서 뭐가 달라지는데."

"하루 더 살면 하루 더 기회가 오잖아. 동전 뒤집기 같은 거야. 매 순간 동전을 던져 행복과 불행을 정한다고 생각해 봐. 오늘 뒷면이 나와 불행하더라도, 내일 앞면이 나올 수도 있는 거야. 죽으면 다시는 동전 뒤집기를 할 수 없어."

"차라리 안 하고 말래. 난 한 번이라도 더 뒷면이 나오는 걸 못 견디겠어. 여기서 계속 불행해질 수도 있다는 게 너무 무서워."

"못 견딜 것 같으면 내가 동전을 뒤집어서 앞면으로 바꿔줄게."

"어떻게 그럴 수 있어?"

"용기 주스 기억해? 나는 뭐든 할 수 있어. 인간의 몸과 정신은 결함이 많아. 고장이 났을 때 도움을 받지 않으면 망가지지. 보통은 병원에서 약을 먹어 고치지만, 넌 병원에 가기 힘들다고 했으니까."

"나한테 또 무슨 이상한 주스를 먹일 거야?"

눈물범벅으로 훌쩍이던 이수는 이 대화가 농담 같았는지 작게 웃었다.

"무슨 일을 당해도 슬프지 않을 수 있다고 하면 믿을래? 우울의 덫에 걸려 빠져나오지 못할 때면 내가 도와줄게."

"그게 뭐야. 넌 가끔 말을 빙빙 돌려서 해. 연극배우처럼."

"그러면 직설적으로 다시 말해줄까? 계속 우울해하며 아무것도 안 하는 거랑 편법으로라도 멀쩡해져서 다시 우울해지지 않게 잘 먹고 잘 자고 운동하고 할 일 하는 것 중 뭐가 더 나아?"

목둘레를 끌어안은 팔이 장난치듯 꽉 조였다. 눈은 울면서 입은 웃던 이수는 팔을 탁탁 치며 빠져나왔다. 이수가 손등으로 눈물을 닦는 사이 담은 옆좌석으로 내려왔다. 숨을 고른 이수가 말했다.

"그렇지만 담아, 그렇게까지 노력해야 할 정도로 내 삶에 가치가 있을까? 난 사는 의미도, 이유도 찾지 못하겠어. 애써 갖다 붙이고 싶지도 않아."

"의미나 이유는 없어도, 기회는 있잖아. 우리에겐 매 순간 무한한 기회가 주어지니까 그걸로 행복하게 사는 법을 배우는 거야. 천천히 연습하자. 곁에 내가 있을게. 함께 싸워줄게."

"너도 결국 나한테 질릴 텐데?"

"아닐걸?"

"우린 사랑하는 사이도 아니잖아. 우정? 선의? 그런 것으로 어떻게 날 견디겠어. 나는 너한테 짐이야. 금방 지긋지긋해질 거야."

"괜찮아. 나한테는 시간이 아주 많이 있거든. 잠깐만……."

미간을 찡그리고 고개를 기울인 담이 팝콘 통을 집어 들었다.

235

"그런데 이상하네. 짐이 되면 안 되는 거야? 짐이 되기 싫다고 짐이 안 되는 것도 아니잖아. 그냥 시원하게 짐이 되면 어때? 한번 짐 됐다고 영원히 짐 되는 것도 아니고. 내 생각에 너는 생각이 너무 많아서 문제야."

쏟아지는 잔소리에 말문이 턱 막힌 이수는 눈만 깜빡거렸다. 어느새 상영관의 불은 환하게 켜져 있었다. 배가 꼬르륵거렸다. 슬그머니 팝콘 통으로 손을 가져가자, 담이 집어 가기 쉽게 통을 기울였다.

"이번엔 진짜 내가 도움이 됐지?"

"응."

"준비됐어?"

"당연하지."

담과 이수는 양손에 고무장갑을 끼고 쓰레기봉투를 들고 있었다. 봉투 속에는 이수가 내다 버렸던 살림살이가 들어 있었다. 집주인이 챙겨 둬서 다행이지, 아니었으면 꼼짝없이 새로 살 뻔했다. 마스크를 착용하고 심호흡을 한 두 사람은 안에 든 것을 꺼냈다. 그리고 바닥을 뒤덮은 쓰레기부터 걷어 빈 봉투에 차곡차곡 담았다.

썩어 문드러진 음식물 찌꺼기와 탑처럼 쌓인 일회용기, 반쯤 먹고 방치된 배달 음식과 온갖 벌레 사체, 알껍데기, 자질구레한 비닐 포장과 마른 물티슈, 그리고 찌든 때로 변색한 침구…….

마침내 드러난 맨 벽과 바닥 역시 처참했다. 말라붙은 음료수 자국, 검게 번진 곰팡이, 여기저기 튄 음식물, 어지럽게 뒤엉킨 머리카락, 손톱, 발톱, 살아간 흔적. 담과 이수는 그것들을 부지런히 쓸고 닦고 긁어냈다.

핸드폰으로 좋아하는 노래를 크게 틀고, 창문을 활짝 열고, 연거푸 세탁기로 빨래를 돌리고, 햇볕에 빨래를 널고, 락스를 뿌리고, 솔질하고, 리듬에 맞춰 춤을 추고, 담이 사준 음식을 먹다가, 물건의 제자리를 정하고, 제자리에 두었다.

아침부터 시작한 청소는 밤 10시가 되어서야 끝났다. 옥상에서 걷어 온 빨래에서 가을 냄새가 났다. 빨래를 개키던 이수는 설레는 기분으로 중얼거렸다.

"새집에 이사 온 것 같아."

"봐봐. 날 잡고 부지런히 움직이면 금방이잖아."

선반과 냉장고에 레토르트식품을 꽉 채운 담이 의기양양하게 대꾸했다.

"이제부터 규칙적으로 자고, 규칙적으로 먹고, 다른 건 생각하지 말고, 건강 먼저 챙기기야. 혼자서 못 하겠으면 반드시 주위 도움받기. 갑자기 못 견딜 것 같으면 바로 연락해. 언제든 같이 있어줄 테니까. 그리고 명심해. 짐이 되는 걸 두려워 말라. 혼자서 안 되면 여럿이서 해결하면 될 일이다."

"알겠어."

개킨 빨래를 서랍에 집어넣은 이수는 문득 이 모든 변화와 담의 존재가 꿈처럼 느껴졌다. 그리고 이런 기회가 얼마나 큰 우연이고 행운인지 실감 났다. 만약 담 같은 사람을 못 만났더라면 어떻게 됐을까.

"세상에 너처럼 착한 사람이 있기만 한 건 아닐 텐데."

"나 같은 사람 없지. 운이 좋은 줄 알아. 그리고 지금 온 기회를 소중히 여겨. 나한테 감사하고 날 숭배하도록 하라, 지구인!"

"오오, 위대하십니다!"

"더! 더 해라!"

담과 이수는 시답잖은 역할극을 주고받았다. 깔깔 웃다가 눈가에 고인 눈물을 닦은 담은 천천히 나갈 채비를 했다. 새로 고친 센서 등이 반짝하고 켜졌다. 현관에 서서 담은 이수를 한 번 크게 안아줬다.

"널 갉아먹는 생각은 그만두고 스스로 거짓말해서라도 스트레스를 줄여. 괜히 스트레스받을 시간에 더 나아질 방법을 찾아 실천하는 게 이득이잖아. 그러다 고꾸라지면 또 툭툭 털고 일어나면 돼."

"그 얘기 백 번도 넘게 들은 것 같아."

"원래 이런 얘기는 여러 번 해도 부족함이 없어."

"국영수 위주로 공부하면 서울대 가는 것처럼?"

"어."

둘은 키득거렸다.

"담아."

"왜?"

"고마워."

"나도 알아."

"정말 많이 고마워."

담의 두 손을 잡고 이수가 진지하게 말했다. 코를 훌쩍거린 담은 괜히 멋쩍게 창밖으로 시선을 흘렸다. 이수의 어깨 너머 창문에 도시 야경이 반짝반짝 빛나고 있었다. 허리춤에 손을 얹고 으흠 헛기침한 담이 나지막이 말했다.

"내가 더 고마워."

쑥스러워진 담은 급히 202호를 나섰다. 계단을 내려가려는데, 건물 밖에서 재경이 막 들어오고 있었다. 담과 재경은 서로를 쳐다보지도 않고 조용히 주먹을 맞부딪쳤다. 둘은 그대로 스쳐 지나갔다. 담은 건물을 나섰고, 재경은 2층에 올랐다.

'깨끗해졌네.'

202호 현관문을 보고 재경은 잠시 걸음을 멈췄다. 담은 이수와 오랜 싸움을 같이 해나가기로 한 것 같았다. 살아온 시간만큼 켜켜이 쌓인 마음의 문제를 단번에 해결할 수 없다는 사실을 드디어 받아들인 모양이었다.

그리고 재경은 도연의 목소리를 떠올렸다.

'제발, 재경아. 너 잘 지내야 해. 알겠지?'

그 목소리를 들었을 때 당장 도연을 만나러 갔더라면.

'너한테 무슨 일이라도 생기면 나 진짜 못 버틸 것 같아.'

그때 도연의 곁에 있어줬더라면. 그랬다면 많은 게 달라졌을까.

그런 물음에 답해줄 사람은 아무도 없었다. 적막 속에서 한동안 귀뚜라미 울음소리만 들렸다. 쌀쌀한 바람이 어두운 계단참에 훅 불어왔다. 다시 발걸음을 떼자, 센서 등이 반짝 켜졌다. 재경은 계단을 올랐다. 곧 302호의 문이 여닫히는 소리가 들렸다.

5.

레트로스쿱

✶

어두컴컴한 지하 아지트. 천장에 달린 백열전구 하나만이 유일한 광원이었다. 긴 테이블에 모여 앉은 이들이 상석에 앉은 재경을 주목했다. 재경이 목소리를 깔았다.

"주인 집회를 시작하겠습니다."

검은 양복을 입고 태블릿을 든 사람이 손을 들었다.

"고용주께서 가게 리모델링 건으로 한 가지 질문이 있다 하십니다."

태블릿 화면에 하늘색 원피스를 입은 여자아이가 비쳤다. 여자아이가 화면으로 바짝 다가와 "재경!" 하고 말했다.

"이번에 가게 벽과 천장을 전면 LED 디스플레이로 교체해도 될까요?"

"피피, 그건 목화마을에 있기엔 너무 새로워요."

반대편에 앉은 사람이 우려를 표했다. 피피라고 불린 화면 속 여자아이는 아랫입술을 삐죽였다.

"그렇지만 플레이센터도 괜찮았잖아요. 명색이 고지능 AI인 내가 무인 카페 키오스크에 갇혀 손님을 맞이해야 하는 건 정말 불합리해요."

"잠깐, 플레이센터가 뭐 어때서요? 평범하잖아요."

담이 끼어들었다. 다른 가게 주인이 "어험" 하고 목을 풀었다.

"올여름 취중책방에 바깥사람들이 몰려든 거 다들 보셨으리라 믿습니다. 터주가 바뀐 뒤로 마을도 달라졌어요. 이왕 이렇게 된 거 시대에 뒤떨어진 케케묵은 곳부터 전부 재개발에 들어가는 게 어떤지요."

턱을 치켜든 이는 맞은편에 앉은 사람을 흘겼다.

"우렁각시만 하더라도 그 쓰러질 것 같은 초가집에서 마늘 냄새 풍기며 살고 있는 게 참 마음이 아프더군요."

"이봐요! 김장철이었다고 나 저격한 거 맞죠? 이 흡혈귀가 매년 이맘때마다 꼭 우리 집을 걸고넘어지네? 마늘 맛 좀 보여줄까?"

눈짓을 받은 가게 주인이 역정을 내며 일어났다. 재경은 테이블을 두드린 뒤 흡혈귀와 우렁각시에게 경고를 주고 LED 디스플레이 건을 허가했다.

'집회 날이라 다들 신경이 날카롭다니까.'

담배를 피우고 싶었던 재경은 지친 표정으로 다시 목소리를 깔았다.

"다음 안건을 얘기하기에 앞서 징계가 있겠습니다. 박수진 씨."

재경은 옆에 앉힌 가게 주인을 눈짓했다. 몸을 움찔한 수진이 입술을 달싹거리더니 갑자기 눈물을 흘렸다. 턱 끝에 맺힌 눈물은 떨어지기 직전 진주로 변했다. 여러 방울의 진주가 톡톡 소리를 내며 바닥에서 튀어 올랐다.

"어젯밤 강을 헤엄쳐 마을 바깥으로 나가셨죠?"

"그게…….."

"마을을 떠난 손님을 사적으로 찾아가면 안 된다고 했을 텐데요."

"그렇지만 민경 씨가 반드시 절 기억해 주겠다고 했단 말이에요!"

경악한 다른 가게 주인들이 웅성거리기 시작했다.

"그렇지만 수진 씨. 알다시피 마을 밖을 나간 사람은 목화마을에서 있었던 일을 전부 잊습니다. 이 규칙은 변하지 않아요."

"다시 새롭게 알아가면 돼요. 저는 민경 씨 없이 못 살겠어요!"

"수진 씨, 안 돼요. 마을은 허락하지 않을 겁니다. 이곳은 사랑의 힘이 모든 것을 이기지 않아요. 가게 주인은 손님을 대가 없이 도와줄 수 있어야 합니다. 사랑이나 보답을 바라게 되었다면 일을 잠시 쉬시는 게 좋겠군요."

"잠깐만요."

방금 말은 수진이 하지 않았다. 재경의 맞은편, 제일 끝자리에 앉은 사람이 손을 들고 한 말이었다.

"저 이거 무슨 상황인가요?"

당황스러운 표정으로 묻는 이는 최근 목화마을에서 작은 소품숍을 개업한 자영업자, 송태영이었다. 참고로 태영은 목화마을의 비밀 같은 건 전혀 모르는 평범한 주민이었다. "누구야?" "알아?"라며 수군수군하던 가게 주인들은 금방 사태를 파악했다.

"여긴 어떻게 들어오셨습니까?"

"자영업자 정기 모임이 있다고 해서 왔어요."

"누구한테 듣고 오셨나요?"

"그냥, 들었어요. 우연히, 무슨 집회가 있다고 하길래……."

재경의 추궁에 태영은 말끝을 흐렸다.

온봄주택 301호에 사는 송태영은 '레트로스쿱'이라는 이름의 소품숍을 운영했다. 미국 하이틴 드라마에 나올 것 같은 개성 넘치는 레트로풍 잡화를 파는 소품숍이었다. 이곳은 태영이 자체 제작한 '버거버거'라는 이름의 캐릭터 상품도 팔았다.

새로 가게를 연 태영은 빨리 목화마을에 정착하고 싶었다. 그러려면 어서 다른 가게 주인들과도 안면을 터야 했다. 은근슬쩍 이 근방 가게 주인들의 대화에 귀를 열어두었다. 그러다 '집회'라는 단어가 포착됐다.

'가게 주인들끼리 모이는 집회? 어쨌든 나도 가게 주인이니까 가봐야 하려나? 빨리 다른 분들이랑 친해져야 나중에 불이익이 없을 텐데.'

급한 마음에 태영은 무작정 집회가 열린다는 곳으로 갔다. 그곳에 어떤 존재들이 바글거리는지는 꿈에도 모르고. 재경은 이마를 짚었고, 가게 주인들은 심란하게 웃으며 서로의 눈치를 살폈다.

"와, 수진 씨가 눈에서 진주가 나오는 마술을 보여주셨어요!"

"누가 일반 주민 앞에서 집회 얘길 꺼낸 거야. 장소랑 시간까지 떠벌리고 다니면 되겠냐고."

"실은 저희가 부업으로 연극을 하는데 가끔 이렇게 모여서 대본 연습도 한답니다. 아하, 아하하하……."

중구난방으로 사람들이 웅성거렸다. 허둥거리는 모습을 잘못 해석한 태영은 사람들이 제게 텃세를 부린다고 판단했다. 정보를 공유하는 데 자기만 배제한다는 느낌을 받은 것이다.

"저 여기 오면 안 되는 거였나요?"

"예. 아뇨. 아닙니다. 오실 수도 있죠."

말을 얼버무린 재경은 테이블을 몇 번 두드려 주변을 조용히 시켰다. 그리고 여전히 손을 들고 있는 태영에게 "뭐 발언하실 거라도 있나요?"라고 물었다. 태영은 아까부터 떠올렸던 것을 입 밖으로 냈다.

"아까 '가게 주인은 손님을 대가 없이 도와줄 수 있어야 한다'라고 하셨죠? 되게 당연하다는 듯이 말씀하셨는데, 저는 그러면 안 된다고 보거든요."

"아, 그건 여기 집회에 매번 오시는 분들께만 해당됩니다."

"네? 저도 여기 들어오려면 그래야 한다는 건가요?"

머리를 긁적이던 재경은 마지못해 "아니요"라고 말했다.

"가게 주인이 왜 아무 대가도 없이 손님을 도와줘야 해요? 여러분이 그런 생각으로 가게를 운영하니까 다른 곳도 피해를 보고 있잖아요!"

태영은 무료 봉사를 당연히 여기는 다른 가게 주인의 행태를 비난하고 나섰다. 근처에 앉아 있던 정현은 어떤 기미를 포착하고 차분히 손을 들었다. 울분을 터뜨리던 태영은 간신히 말을 멈추고 정현을 쳐다봤다.

"저는 장미1길에서 취중책방을 운영하는 하정현입니다. 발언하시는 분 이름이 어떻게 되시죠?"

"송태영이요. 아름3길에서 레트로스쿱이라는 소품숍을 하고 있어요."

"그래요, 태영 씨. 최근에 무슨 일 있었나요? 고민이 있으신 것 같아서요. 저희가 도움이 될 수 있다면 좋을 텐데요."

따뜻한 어감과 친절한 미소에 태영의 얼굴이 확 붉어졌다. 분노로 감추고 있던 부끄러운 감정이 울컥 올라왔다.

"아니, 그게. 그러니까……."

바보처럼 눈물이 고였다. 태영이 가장 싫어하는 버릇이었다. 억울하면 우는 것이다. 숨을 고른 태영은 천천히 입을 열었다.

"일주일에 한 번꼴로 가게에 오는 손님마다 자기 사연을 구구절절 늘어놓고 가잖아요. 가만히 들어주고 앉아 있는 것도 한두 번이지, 잘 알지도 못하는 타인의 인생사를 제가 왜 듣고 있어야 하는

지 모르겠어요."

태영은 눈에 힘을 주고 코를 훌쩍거렸다. 눈물이 흐를락 말락 했다.

"다른 가게에서는 다 들어준다면서요? 저는 하기 싫은데, 다른 곳에서 다 그러니까 저도 해야 하잖아요. 그러지 않으면 제가 나쁜 사람인 것처럼. 전 그냥 물건만 잘 팔고 서비스만 제대로 제공하면 되는 줄 알았어요."

태영을 바라보는 가게 주인들이 눈을 빛냈다. 그들이 보듬어줄 한 사람의 손님이 눈앞에 있었다. 전문 영역을 발휘할 시간이었다. 묘한 분위기가 장내를 휘감았다. 다들 조용히 자기 능력을 갈무리하고 있었다.

잠시 후, 지하 아지트의 분위기는 완전히 달라져 있었다. 포근한 쿠션과 담요에 둘러싸인 태영은 따스한 백열전구 아래 녹아내렸다. 앞에는 온갖 음료와 술, 음식이 즐비했다. 내부 공기는 훈훈했다. 가게 주인들은 온화한 태도로 삼삼오오 모여 태영의 말을 가만히 경청하고 있었다.

"알바생 관리는 또 얼마나, 흑, 힘이 드는지 일일이 감시하자니 부담스럽고 그렇다고 너무 안 쪼이면 해이해지는 것 같고."

누군가가 티슈를 한 장 뽑아 태영에게 건넸다. 태영은 코를 흥 풀었다.

"전 그냥 제 브랜드를 갖고 싶어서……. 그러니까, 제가 좋아하는 걸 다른 사람이랑 공유하고 싶어서 이 일을 시작한 건데요. 이

249

젠 다 모르겠어요. 길을 잃은 기분이에요."

"저런……"

안타까워하는 탄식이 곳곳에서 들렸다. 제대로 술에 취한 태영은 그런 반응에 더욱 고취돼 마음 놓고 엉엉 울기 시작했다.

"안 그래도 아이스크림 기계 하나 놓는 걸로 이것저것 허가 받아야 할 게 많아서 힘들었는데, 남의 업장까지 와서 인생의 고민을 해결하려는 사람이 왜 이렇게 많은 거예요. 정해진 일만 하기에도 정신없다고요. 전문 상담사를 찾든가, 병원에 가든가 하라고. 왜 잘 알지도 못하는 사람한테 와서 궁금하지도 않은 이야기를 툭툭 터놓고 같이 불행해지자는 건데!"

태영이 또다시 흥분하자 경란이 마음을 가라앉히는 찻물을 한 모금 먹였다. 아기 새처럼 받아 마신 태영은 화가 누그러진 대신 금세 우울해했다.

"세상엔 나쁜 일들이 너무 많아요. 저 혼자 어쩐다고 해결되지 않는 일들이요. 지구온난화, 살인, 전쟁, 혐오범죄, 악플에 그냥 내가 싫다는 사람까지. 의미 없는 싸움이 세상에 너무 많다, 진짜……."

앓는 소리를 낸 태영은 쿠션 위에서 몸을 뒤척거렸다.

"삶이란 상처투성이가 되는 일인가 봐요. 좋은 일도 있지만, 반드시 상처를 입어요. 그리고 그건 잘 안 낫는다고요. 결국 우린 모두 어느 순간 인생의 하향곡선을 타고 죽음에 이르겠죠. 인류 보통의 삶인 거예요, 다들."

태영이 고주망태가 되어 아무 소리나 떠들기 시작하자, 가게 주인들은 얼른 태영의 핸드폰을 빼앗았다. SNS나 메신저에 이상한 소리를 적지 못하게 하기 위해서였다. 쿠션에 얼굴을 파묻은 태영은 몇 달 전의 일을 웅얼거렸다.

"저는요. 이름만 들으면 아는 서울 대형 상권에 점포까지 냈었어요. 건물주에게 뒤통수 맞아서 쫓겨나기 전까지는 나름 잘나갔다고요. 하필이면 번아웃 때문에 한창 고생하던 시기였는데, 믿었던 사람에게 그렇게 배신당하니까 정신을 못 차리겠더라고요."

잘되던 소품숍을 접고 쫓겨나야 했던 때. 안 그래도 지친 시기에 다시 밑바닥부터 시작해야 한다니 아득했다. 태영은 현실도피를 하며 SNS와 유튜브를 뒤적거렸다. 인간의 어두운 면을 보여주는 뉴스가 끝없이 쏟아졌다.

"인간 혐오증에 걸릴 것 같았어요. 인류애가 떨어졌다고들 하죠. 그런데도 중독된 것처럼 나쁜 소식들에서 눈을 못 떼겠더라고요. 겨우 여기서 새 터전을 잡고 가게를 오픈했는데, 전처럼 일할 수가 없었어요. 자기 힘든 것만 얘기하는 손님들이 너무 미워서 친절히 대하는 게 점점 어려워지는 거예요. 약간, 너만 힘든 줄 알아? 세상에 그보다 심각한 일이 얼마나 많은데. 이런 생각도 들었고요."

몸은 따끈따끈하고 마음은 말랑말랑해진 태영은 이윽고 태몽부터 선호하는 장례 방식까지 전부 주절댔다. 어느 순간 누군가가 곁에서 상냥한 말을 건네며 술잔을 쥐여줬다. 투명한 유리잔에는 황금색으로 빛나는 향긋한 과실주가 가득 따라져 있었다.

"자, 이건 소원을 이뤄주는 술이에요. 소원을 큰 소리로 말하고 단숨에 삼키면 그대로 이루어질 거예요."

누군가가 그렇게 속삭였다. 정신이 해롱해롱하던 태영은 고개를 가누지 못하고 휘청댔다. 손에 든 술잔이 서너 개로 쪼개져 보였다. 벌게진 얼굴로 피식 웃던 태영은 크게 소리쳤다.

"자꾸 가게 주인들이 이렇게 정성스럽게 손님을 돌봐주니까 인간들이 스스로 문제를 해결할 생각을 안 하잖아!"

태영은 빈손으로 주변 사람들을 삿대질했다.

"요즘 사람들이 나약해진 건 다 당신들 탓이야!"

그리고 술잔을 높이 들어 올렸다.

"전부 사라져 버려!"

주변에 있던 가게 주인들도 태영과 같이 술잔을 높게 들어 올렸다. "사라져 버려!" 태영의 뒷말을 건배사로 외치며 모두의 술잔이 쨍하고 부딪쳤다. 벌컥벌컥 황금빛 과실주를 들이켠 직후 태영의 필름은 완전히 끊어졌다. 정신을 차리고 일어났을 땐, 도로 어두컴컴한 지하실이었다.

"으응……."

입가에 흥건한 침을 닦으며 태영은 엎드려 있던 테이블에서 머리를 들었다. 쿠션도, 담요도, 훈훈한 공기도, 밝은 백열전구도 간데없었다. 외투 주머니에 있던 핸드폰을 꺼내 시간을 확인했다. 하루가 지난 다음 날 낮이었다. 순식간에 잠기운이 싹 달아났다.

"뭐지?"

태영은 아무도 없는 주변을 휙휙 둘러보았다.

"어제 그건 다 꿈이었나?"

덜컥 무서워진 태영은 부리나케 지하실을 빠져나왔다. 급히 온봄주택으로 올라가는 길. 상점가의 모든 가게 문이 닫혀 있었다. 서늘한 바람이 불어올 때마다 오슬오슬 오한이 들었다. 불현듯 필름이 끊기기 전에 했던 말이 떠올랐다.

"전부 사라져 버리라고 해서 정말 다 사라진 거 아니겠지?"

오싹했다. 낮인데도 을씨년스러운 상점가를 서둘러 빠져나왔다. 온봄주택에 이르러서야 집 앞에 서 있는 익숙한 파란 추리닝이 보였다. 오늘 처음 마주친 사람이었다. 얼른 뛰어간 태영은 "저기요!"라고 불렀다.

태영과 정확히 눈이 마주친 재경은 피우던 담배를 껐다. 그리고 황급히 건물로 들어가려 했다. 겨우 만난 사람마저 없어져 버릴까 무서웠던 태영은 후다닥 달려가 재경을 붙잡았다.

"잠깐만요! 어제 집회에 계셨죠."

"아닌데요. 전 자영업자도 아닌데 거기 왜 있겠습니까."

"저 아직 무슨 집회인지 말 안 했는데요."

낭패라는 듯 재경은 눈을 질끈 감았다.

"오래 안 붙잡을게요. 이것만 알려주세요. 왜 가게들이 다 문을 닫았어요? 제가 어제 빌었던 소원 때문인가요?"

"그럴 리가 없잖아요. 저는 모르는 일입니다."

"어제 있었던 이상한 일들이 다 꿈은 아닌 거죠? 다들 막 무슨 특별한 존재들인 거잖아요. 그래서 저한테 숨기려는 거고요."

"무슨 말을 하는 건지 진짜 하나도 모르겠네요."

"왜 그래요, 정말. 저 무서워지려고 그래요. 여기까지 오는데 문을 연 곳이 한 곳도 없었어요. 설마 진짜 저 때문에 다 사라진 거예요?"

재경은 어떻게 태영을 뿌리쳐야 할지 고민했다. 그사이 2층에서 내려온 문이수가 "그게 무슨 소리예요?"라고 물으며 둘 사이에 끼어들었다.

"아무것도 아닙니다."

"뭐가 아무것도 아니에요. 사람들이 다 사라졌는데!"

"다 사라졌다고요?"

"아랫길로 내려가 보세요. 가게들이 다 문을 닫았어요."

"그럴 리가 없는데. 플레이센터는 열려 있을 거예요. 같이 가실래요?"

이수는 담이 저에게 말도 없이 가게 문을 닫을 리 없다고 생각했다. 그때 101호 김인하가 온봄주택으로 다가왔다. 인하는 집 앞에 사람이 모여 있는 것을 보고 "무슨 일 있어요?"라고 물어왔다.

"가게 주인들이 다 사라진 것 같아요. 저 때문에요."

"예? 그게 무슨 말이에요?"

도움이 간절했던 태영은 집회에서 있었던 이야기를 이수와 인하에게 들려주었다. 재경은 걷잡을 수 없이 불어난 상황에 작게 탄식했다. 인하 역시 태영의 말을 진지하게 들었다. 조금 전 안젤라의 찻집에 갔다가 문이 닫힌 걸 보고 돌아온 참이었기 때문이었다.

"저도 갑자기 하루 쉬라고 해서 이상했는데!"

2층에서 소리가 들려 넷은 고개를 들었다. 201호 창문에서 몸을 내민 지유민이 살랑살랑 손을 흔들었다. 어젯밤 돌연 가게 문을 닫는다는 정현의 통보를 듣고 유민 역시 찜찜하던 참이었다.

"사장님 친구분! 뭐 아시는 거 없으세요?"

"없어요."

"정말요?"

"예."

"잠시만요!"

유민은 창문 안으로 쏙 들어갔다. 잠시 후 201호 문을 열고 나온 유민은 재경에게 어깨동무했다. 꼼짝없이 사람들에게 둘러싸인 재경은 네 사람의 관심을 한 몸에 받게 되었다. 유민이 예리하게 말했다.

"거짓말이 서투시네요. 정말 아는 게 없으면 잘 모르겠다든가 생각해 보겠다고 하셨어야죠."

"맞아요! 어제 자영업자 집회에서도 회의를 이끌어가시던데. 어떻게 아무것도 모르실 수 있어요!"

"죄송한데요. 잠깐 고민할 시간을 주시죠. 제게도 사정이라는 게 있지 않겠습니까."

슬그머니 유민의 어깨동무에서 빠져나온 재경은 한 발짝 뒤로 물러났다. 날카로운 칼바람이 사람들 사이로 횡 불었다. 몸을 떨던 이수가 팔짱을 끼고서 "저……" 하고 말문을 열었다.

"그러면 다들 일단 플레이센터로 가지 않을래요? 아무리 생각해도 거기 주인이 저 몰래 가게 문을 닫진 않았을 것 같아서요. 여기서 계속 떠들고 있기에도 너무 춥고요."

모두는 일단 이수의 말에 동의하고 플레이센터로 자리를 옮겨 마저 이야기하기로 했다. 그러나 막상 플레이센터에 도착했을 땐 건물 안으로 들어갈 수 없었다. 불이 다 꺼진 채로 문이 닫혀 있기 때문이었다.

"이런 적이 없었는데?"

이수는 믿기지 않아 플레이센터 문을 몇 번 두드려 보았다. 그러나 안에서는 아무런 인기척도 들리지 않았다. 그래서 담에게 전화를 걸었다. 하지만 몇 번을 걸어도 받지 않았다. 이수는 몹시 불안해졌다. 공황발작이 오려는 것을 인하가 천천히 다독여 주었다.

"심호흡하세요. 괜찮을 거예요."

SNS 계정이 있는 가게라고는 취중책방뿐이었고, 믿었던 담은 연락 두절이다. 경란과 정현 역시 알 수 없는 이유로 가게 문을 닫았다. 다른 평범한 가게였다면 이렇게까지 걱정되지 않았겠으나, 목화마을 가게들은 연중무휴, 설과 추석에도 24시간 정상영업 하는 비범한 곳이 태반이었다.

초조하게 주변을 두리번거리던 태영이 사람들에게 말했다.

"우선 이 근처에 제 가게가 있으니까 다들 그쪽으로 이동할까요? 오늘 가게 오픈 담당이 저라서 지금 가봐야 할 것 같거든요."

"좋아요. 이렇게 계속 밖을 헤맬 수도 없는 일이니까."

"결정됐으면 출발하죠."

사람들은 레트로스쿱으로 목적지를 바꿨다. 써늘한 겨울바람을 견디느라 다들 몸을 웅크리고 종종걸음으로 걸었다. 겨우 도착하자마자 태영은 급히 셔터를 올렸다. 그리고 안으로 들어가 히터부터 강으로 켰다.

"이 겨울에 좀 그렇지만, 아이스크림이라도 내려드릴까요?"

의자를 꺼내 좌석을 마련한 태영은 계산대로 가 아이스크림 기계를 켰다. 다들 허기가 졌던지 고개를 끄덕였다. 소프트콘을 한 개씩 받아 든 사람들이 가만히 히터 바람을 쐬었다. 아이스크림의 단맛과 함께 몸에 훈기가 돌며 긴장이 사르르 풀렸다. 잠깐의 평화가 적막으로 내려앉았다.

"흠, 다들 아실 만큼 아실 테니 일단 말씀드리려고 하는데요."

불쑥 적막을 깬 재경이 무릎 위로 손깍지를 꼈다.

"우리 마을 가게 주인들은 다들 좀 특별한 존재들입니다."

'아이스크림이 참 맛있네요'라고 말하는 정도의 태연한 어조였다. 1초 늦은 반응으로 온봄주택 주민들이 크게 반응했다.

"역시 꿈이 아니었어!"

"솔직히 숨길 생각도 없어 보였어요."

"저희 사장님만 그런 줄 알았는데 다들 그랬다는 건 좀 신기한데요!"

"그러면 담이는 어디로 간 거예요? 지금 괜찮은 거죠?"

"글쎄요."

재경의 애매한 대답에 마음을 놓지 못한 이수가 불안하게 숨을 몰아쉬었다. 계산대 너머로 상반신을 내민 태영이 다급하게 물었다.

"오늘 그분들이 가게 문을 다 닫은 이유는요? 제가 어제 다 사라지라는 소원을 빌어서 그런 거예요?"

"잘 모르겠어요." 재경은 뒷덜미를 긁적거렸다. "애초에 저는 술판이 벌어지기 전에 거길 떠났거든요. 그래서 태영 씨가 마신 술이 정말로 소원을 들어주는 효력이 있는지 잘 모르겠습니다."

"그렇다는 말은."

"다 사라지라는 소원을 빌어서 정말 다 사라졌을 수도 있다?"

태영은 절망했다. 나머지 셋도 재경의 말에 충격을 받은 건 마찬가지였다. 혼자만 느긋했던 재경은 대수롭지 않게 손을 휘적거렸다.

"괜찮아요. 그런 끔찍한 소원까지 완벽하게 이뤄줄 정도로 이 마을이 무서운 곳은 아니니까. 간절한 마음으로, 사라진 이들이 돌아올 자리를 만들어낸다면 소원 자체가 무산될 수도 있습니다."

"무슨 짓이든 할게요."

태영은 재경의 옷자락을 붙잡고 늘어지기라도 할 것처럼 말했다. 사건의 주범이 된 죄책감이 이만저만이 아닌 듯했다.

"그런데 돌아올 자리를 만든다는 건 무슨 뜻인가요?" 인하가 물었다.

"말 그대로 그들이 돌아올 자리, 명분을 만들어주는거예요. 약간의 명분만 있으면 됩니다. 예를 들어, 파티 같은 걸 열어서 초대하는 정도?"

"파티 괜찮네요. 조만간 사장님 생일이라 선물을 살까 말까 했
는데."

어안이 벙벙해진 유민이 중얼거렸다. 태영을 쳐다본 인하가 "여
길 파티 장소로 이용해도 되겠죠?"라고 물었다.

"네, 네! 물론이죠! 곧 크리스마스라서 장식 소품도 많이 있어
요."

"말씀드릴 건 다 말씀드렸으니 전 잠시 담배 좀."

자연스럽게 재경이 자리를 떴다. 담배를 피운다던 사람은 그대
로 사라져 돌아오지 않았다. 결국 남은 사람들끼리 파티를 준비하
기로 했다. 누가 무엇을 할 것인지 짧은 협의가 이루어졌다.

인하는 마을 밖에서 케이크와 먹을 것을 조달해 오기로 했다. 레
트로스쿱에 남은 유민과 이수는 태영과 함께 소품숍 안을 작은 파
티장으로 꾸몄다. 세 사람은 트리를 세우고, 조명을 달고, 중간 매
대를 가장자리로 밀고, 빈백을 꺼내 앉을 자리를 만들었다.

"그러면 이수 씨는 플레이센터에서 도움을 받은 거예요?"

"네. 전에 제가 음, 옥상에서…… 그 일이 있었잖아요."

"아, 그때요."

유민이 자세히 말하지 않아도 괜찮다는 듯 고개를 끄덕였다. 이
수는 흘러내린 소매를 걷어붙이며 수줍게 말했다.

"실은 그 전부터 담이가 절 많이 도와주려고 했는데 제가 다 거
절했어요. 그땐 제 상태가 많이 안 좋았거든요. 근데도 담이는 끝

259

까지 절 포기 안 했어요. 저도 절 포기한 상태였는데."

"그러면 그분도 저희 사장님처럼 최면을 걸 수 있다든가 하는 특별한 능력이 있었던 거예요?"

"담이는 최면은 못 걸었던 것 같은데……. 대신 오락실 기계를 조작하고, 신기한 음료수를 만들어줬어요."

"오, 그렇게만 들어서는 그냥 수상한 사람 같기도 하네요."

유민과 이수는 서로가 겪은 일을 한동안 공유했다. 어디에도 말할 수 없었던 비밀을 나눌 사람이 생기자, 시키지 않아도 대화가 술술 이어졌다. 곧 케이크와 음식을 싸 들고 온 인하가 합류했다.

"어서 오세요! 마침 가게 주인분들 얘기하고 있었어요. 인하 씨도 친한 주인분이 있으신 거죠?"

유민이 인하의 짐을 받아 들며 대화로 끌어들였다. 모두는 가장자리로 밀어놓은 매대 위를 치워 음식 놓을 공간을 만들었다. 그러는 동안 인하 역시 유민과 이수에게 찻집 주인과 있었던 일을 밝혔다.

"그때 사장님 없었으면 저 어떻게 됐을 거예요. 사실상 제 은인이시죠."

"그러면 인하 씨도 사장님의 정체는 아직 모르시는 거네요?"

"네. 유민 씨네 사장님처럼 최면을 걸진 못하셨던 것 같아요. 영 종잡을 수가 없는 분이라 짐작도 안 가네요. 갑자기 나타났다가 사라지기도 하고, 감정을 조절하는 차를 끓여주기도 하시는데……."

그들이 나누는 이야기를 엿들으며 태영은 더욱 움츠러들었다. 어제 손님이 하는 이야기가 듣기 싫다고 사람들 앞에서 징징댔던 것이 떠올랐기 때문이었다. 부끄러움에 뺨이 홧홧 달아올랐다.

'주인과 손님이 이렇게 서로 따뜻한 마음을 나눌 수도 있구나.'

문에 달린 종이 짤랑거렸다. 재경이 두꺼운 패딩을 껴입고 한기와 담배 냄새를 풍기며 들어왔다. 빨개진 코를 훌쩍거리던 재경은 얼추 구색을 갖춘 파티장을 둘러보았다. 매장 스피커에서 빈티지 캐럴이 달콤하게 들렸다.

"분위기 좋네요. 간절한 마음이 제대로 느껴져요."

가게 주인에게 줄 선물을 고르고 있던 온봄주택 주민들이 재경을 돌아보았다. 외투를 벗은 재경은 꼭대기에 왕별이 반짝이는 트리로 다가갔다. 그리고 트리 장식을 구경하며 흘러가듯 말했다.

"슬슬 사람들한테 전화 걸어서 파티에 초대할까요. 이제 받을 겁니다."

그 말에 인하, 유민, 이수는 곧장 핸드폰을 꺼내 전화를 걸었다.

"뭐야……. 무슨 부재중전화를 이렇게 많이 걸었어……."

신호음이 채 세 번도 울리기 전에 졸음에 잔뜩 취한 담의 목소리가 이수의 전화기 너머에서 들려왔다. 왈칵 눈물이 나올 뻔한 이수는 간신히 우는 소리를 참고 "담아, 너 괜찮아?"라고 물었다.

"갑자기 왜 그래? 으응, 당연히 괜찮지."

"가게 문은 왜 닫았어?"

"그냥. 오늘은 좀 쉬고 싶어서."

"그럼 미리 말을 했어야지."

"아, 미안. 미안. 지금까지 자느라 타이밍을 놓쳤어. 너 지금 상태

261

안 좋아? 바로 보러 갈까?"

"아니야. 난 이제 괜찮아졌는데, 그냥. 그냥 네 얼굴이 좀 보고 싶어서. 혹시 레트로스쿱까지 와줄 수 있어?"

"당장 갈게."

담은 그렇게 말하고 바로 전화를 끊었다. 인하와 유민도 이수와 마찬가지로 각각 경란과 정현에게 연락이 닿은 듯했다. 애타게 가게 주인을 기다리는 손님들의 모습을 보고 태영은 또다시 작아지는 기분이 들었다.

10여 분도 지나지 않아 소품숍 입구에 익숙한 얼굴이 비쳤다. 오다가 마주쳤는지 경란, 정현, 담이 동시에 가게로 들어왔다. 경란은 멋들어진 트렌치코트 차림이었고, 정현은 하얀 롱패딩을 입고 있었으며, 담은 무려 아기자기한 패턴이 그려진 털 잠옷을 걸치고 있었다.

"어머."

선두에 있던 경란이 눈을 휘둥그레 떴다. 소품숍 안을 돌아본 정현과 담도 입을 벌리고 감탄했다.

"이게 뭐예요?"

"와, 잠이 싹 달아나네!"

"연말 파티."

모두를 대신해 재경이 답했다.

"갑자기 왜 부르나 했더니 이거 때문이었어?"

경란이 입꼬리를 올렸다. 머뭇머뭇 다가오던 인하는 "몸 괜찮으시죠?"라고 물었다. 경란을 다시는 못 보게 될까 걱정했던 모양이었다. 북받치는 감정을 주체하지 못한 인하가 눈물을 글썽거렸다.

"얘가 어색하게 왜 이래?"

경란은 당황하며 주위를 둘러보았다. 정현의 몸 이곳저곳을 살피고 있는 유민과 담을 와락 끌어안은 이수도 인하처럼 이상하긴 매한가지였다.

"너희 무슨 일 있었어?"

"아무것도 아니에요."

"아무것도 아닌 게 아닌데?"

함부로 진실을 말해도 될지 갈피를 잡지 못한 인하는 재경의 눈치를 한번 살폈다. 경란의 시선이 인하에게서 재경으로 넘어가고, 또다시 재경이 쳐다보고 있던 태영에게로 넘어갔다. 계산대에서 멀거니 서 있던 태영은 경란의 매서운 눈초리를 받고 제 발이 저렸다.

"죄송합니다."

인사 대신 사과부터 튀어나온 태영은 눈도 마주치지 못하고 고개를 숙였다. 상황이 이상하게 돌아가는 걸 알아챈 경란이 "인하야, 설명해" 하고 말했다. 인하는 즉시 오늘 있었던 일 전부를 경란에게 들려주었다.

"하아."

깊은 한숨을 내쉰 경란은 이마를 짚었다.

"재경아, 이거 네가 한 짓이지."

경란의 말에 사람들의 시선이 재경에게로 꽂혔다. 우두커니 서 있던 재경은 눈동자만 굴려 먼 산을 쳐다봤다. 말할 생각이 없어 보이는 터주를 대신해 정현이 입을 열었다.

"사람들이 가게를 비운 건 오늘이 해마다 돌아오는 정기 휴일이기 때문이에요."

유민이 헉하고 입을 벌렸다. "네?"라고 말한 인하는 그대로 몸이 굳어버렸고, 경란은 그걸 보고 깔깔 웃었다.

"마시기만 하면 소원을 들어주는 술이라니. 너희도 참! 그런 게 어디 있어. 그런 게 있었으면 내가 먼저 마셨겠다."

"뭐, 좋은 게 좋은 거잖아요."

재경은 태연하게 덧붙이며 어깨를 으쓱였다. 뒤통수가 너무 얼얼했던 나머지 태영은 하마터면 재경의 멱살을 잡을 뻔했다.

"그러면 담이는 왜 전화도 안 받고……."

이수가 중얼거렸다. 가만히 듣고 있던 담이 손가락을 튕겼다.

"그래서 재경 씨가 잘 자고 있던 날 깨우러 온 거였군요?"

"깨웠다고? 언제?" 이수가 눈을 휘둥그레 떴다.

"오늘 같은 날에 연락이 끊기는 가게 주인분들이 많아서 제가 발로 뛰며 조치를 좀 취해놨죠. 여러분이 파티 준비할 동안 저도 한겨울에 고생 좀 했습니다?"

재경이 당당하게 말하며 코를 훌쩍였다. 뻔뻔한 태도에 태영이 목뒤를 잡고 소리쳤다.

"날 역적으로 만들면서 즐거웠어요?"

"기대가 작으면 기쁨은 커지잖아요."

계산대를 넘어 달려들려는 태영을 인하와 정현이 뜯어말렸다.

재경은 고깔모자 형벌에 처해졌다. 머릿수만큼 준비한 고깔을 혼자 다 뒤집어쓰는 형벌이었다. 눈, 코, 입 가릴 것 없이 가려진 재경은 묵언수행에 들어갔다. 그러고 나서야 사람들은 본격적으로 연말 파티를 즐겼다.

파티 분위기는 금세 무르익었다. 케이크 주위에 둘러앉은 사람들은 음식과 이야기를 함께 나누었다. 간단한 근황에서부터 가지를 뻗어나간 이야기는 밤과 함께 깊어졌다. 결국 마을의 비밀을 교묘하게 비껴가는 일도 더는 못 해 먹을 때가 왔다.

"야, 터주."

경란은 재경의 입을 막은 고깔을 들췄다.

"네가 정확하게 선을 그어줘. 어디까지 말해도 될지 모르겠잖아."

"드디어 제게도 발언권이."

"쓸데없는 얘기 하면 이거 놓는다."

경란이 손에 쥔 고깔을 흔들었다. 큼큼 목을 풀던 재경은 한참 뜸을 들였다. 그러다 "옛날 옛적에"라는 의미심장한 관용구로 이야기를 시작했다.

"옛날 옛적에 상처 입은 존재를 끌어당기는 비밀스러운 공간이 있었습니다. 그런 공간은 세상 여러 곳에 각기 다른 형태로 나타났죠. 그곳에는 공통으로 특별한 규칙이 한 가지 있었습니다. 바로 그 공간을 벗어난 사람은 자연스레 그곳에서의 기억을 잊는다는 것입니다."

재경은 침을 삼켰다.

"덕분에 공간의 비밀은 세상의 기록에서 언제나 지워졌습니다. 목화마을도 그런 곳입니다. 왜 이런 곳이 생겼는진 묻지 마세요. 마법, 신의 섭리, 우주의 신비 등등. 의심스러운 건 많지만, 아무도 모르니까요. 한 가지 확실한 건 결국 오늘 들은 이야기는 이 마을을 벗어날 수 없다는 겁니다."

"예외가 있긴 하잖아."

경란이 덧붙이려 했지만, 재경은 손을 들어 가로막았다.

"아무튼 여기서 들은 비밀을 마을 바깥에 퍼뜨릴 생각은 일찌감치 접으세요. 어차피 불가능하거든요. 이 규칙에서 반항하면 할수록 망각의 저주만이 따를 겁니다."

재경이 으스스하게 말을 마치자마자 경란은 고깔을 제 위치로 돌려놓았다. 짧은 정적이 내려앉는 동안 온봄주택 주민들은 침을 꿀꺽 삼켰다.

"재경 씨가 무섭게 얘기하긴 했지만, 정리하자면 뭐든 다 털어놔도 괜찮다는 뜻이에요. 이 마을을 나설 때쯤엔 전부 잊을 테니까요."

정현이 웃으며 한 말에 이수가 기어들어 가는 목소리로 "그게 무서운 거예요……"라고 대꾸했다.

"잠깐만요."

무언가를 알아챈 인하가 심각한 표정을 지었다.

"그러면 여기 가게 사장님들은 사람들을 도와주라고 따로 뽑힌 게 아니에요?"

"그럼요." 정현이 대답했다. "저도 여러분처럼 평범한 사람인걸요? 이 마을에 처음 들어왔을 때는 제 상태도 정말 심각했어요."

"잠깐, 잠깐!"

유민이 눈을 휘둥그레 떴다.

"사장님이 평범하다고요? 저한테 전에 꿈이라고 속이고 최면 거신 적 있지 않아요?"

"하하, 그건 유민 씨가 잠결에 제 목소리를 듣고 정말 꿈을 꾼 것뿐입니다. 최면은 어디까지나 이론으로만 알고 있는걸요."

"이럴 수가."

양손으로 머리를 감싼 유민은 올여름에 있었던 일을 되짚어 보았다. 가만히 듣고만 있던 태영이 정현 쪽으로 상체를 기울였다.

"이론으로만 알고 있다는 건 혹시 그쪽으로 일을 하신 건가요?"

"아, 네. 바깥에서 상담심리사였습니다."

"역시! 저도 학부생 때 그쪽으로 진로를 잡을 뻔했어요."

"이쪽 티오가 정말 안 나죠. 전 어렸을 때부터 이런저런 일을 전전하다가 우연히 이쪽으로 발을 들인 케이스예요. 센터에 취직하기 전까지는 그나마 바텐더 일을 오래 했습니다. 지금 술집을 연 것도 그때 영향이 컸죠."

"그러면 사장님은 어쩌다 여기 오시게 됐어요?"

유민이 조심스레 물었다. 이런저런 일을 전전했다던 정현에게 동질감이 느껴지던 참이었다. 종이컵을 만지작거리던 정현은 쓸쓸한 낯빛을 했다. 자신의 이야기를 털어놓아야 할지 고민하는 듯했다.

재경이 망각의 저주 운운하며 겁을 준 걸 보면, 어떤 이야기든 털어놓아도 된다는 암묵적인 허락이 떨어진 거나 마찬가지였다. 게다가 오늘은 일 년에 한 번뿐인 목화마을의 휴일. 가게 주인들이 가장 지쳐 있는 시기였다. 손님들이 가게 주인을 위한 파티를 열어준 이때, 정성에 보답하여 자신의 진실된 모습을 보여주는 것도 나쁘지 않을 것 같았다.

"너무 많은 사람을 구하지 못했어요. 정말, 너무 많은 사람을……."

그때부터 정현의 두 눈이 깊어졌다. 몸은 여기 두고 과거를 보는 듯했다.

"물론 제가 모두를 구할 수 없다는 건 알아요. 그렇지만 그걸 아는 것과 실제로 느끼는 건 달랐습니다. 점점 저 자신을 탓하는 날이 늘었어요. 연락이 끊긴 내담자를 떠올리기만 해도 눈물이 나고 손발이 떨렸죠."

시선을 내려 자기 손바닥을 들여다보던 정현은 눈을 감아버렸다.

"목화마을에 왔을 땐 참 좋은 분들을 많이 만났어요. 그분들의 손님이 될 수 있어서 좋았습니다. 전보다 단단한 사람으로 클 수 있었거든요. 목화마을을 떠나도 무너지지 않을 만큼 단단한 사람이."

태영은 눈을 감은 정현의 얼굴을 물끄러미 살폈다. 주름을 따라 드리워진 희미한 그림자와 입술이 그리는 고운 선. 아주 내밀한 부분까지 얼굴에서 보이는 것 같아 정현과 부쩍 가까워진 기분이 들었다.

"그렇지만 저는 이곳에 제 역할이 남아 있다고 느꼈습니다. 목화마을은 벼랑 끝까지 내몰린 사람들이 오는 곳이죠. 제가 구하지 못했던 사람이 언젠가 이곳에 도달한다면, 끝까지 책임을 다하고 싶었어요. 제가 손님으로 받은 만큼 주인으로 돌려줄 수 있다면 얼마나 좋을까요."

꽉 닫혀 파르르 떨리던 눈꺼풀이 반짝 열렸다.

"그래서 저는 이곳에 남기로 했습니다. 언젠가 이곳을 떠날 자격이 생길 때까지 목화마을의 가게 주인으로 최선을 다하고 싶어서요."

"넌 잘할 거야."

경란이 무심한 목소리로 말했다.

"그런가요?"

정현은 빙그레 웃었다.

옆에서 케이크를 먹고 있던 인하가 경란의 귓가로 고개를 숙였다.

"사장님은요?"

"응? 나?"

"사장님 과거도 궁금해서요. 책방 사장님처럼 평범한 인간은 아니시죠?"

금방이라도 "알려줄 것 같아?"라는 답이 날아올 듯했지만, 인하는 꿋꿋하게 호기심을 밝혔다. 경란은 그런 인하를 빤히 쳐다보았다.

"모두한테 다 반말 쓰시는 걸 보면 나이가 무지막지하게 많으시다거나."

평소엔 가만 들여다보고 있으면 한 발짝 물러났던 인하가 이번에는 물러서지 않았다. 진심으로 경란의 과거를 궁금해하는 기색이었다.

"정말 알고 싶어?"

"네."

경란은 인하의 입가에 묻은 케이크 부스러기를 닦아주었다. 진지한 표정으로 대답한 인하가 민망해하자, 경란이 입꼬리만 올려 웃었다. 정현이 자기 비밀을 밝힌 것을 시작으로, 경란 역시 알아챘다. 이 모임은 재경이 준비한 가게 주인을 위한 시간이었다. 숨겨야만 했던 본모습을 있는 그대로 드러내도 괜찮은 시간인 것이다. 그래서 경란은 말했다.

"이 세상에 단 하나뿐인 마녀. 그게 바로 나야."

"오……."

막상 들으니 인하는 어떻게 반응해야 할지 알 수 없었다.

"어머, 안 웃네? 재경이는 처음 들었을 때 막 비웃었는데."

"민망하실까 봐 웃어준 겁니다."

입을 막은 고깔 안에서 재경의 항변이 들려왔다.

"아무튼 그래. 난 진짜 마녀야. 내 스승님은 제자였던 내게 역할을 넘겨주고 섭리 속으로 돌아가셨지. 마녀는 있지, 뭐든 할 수 있어. 할 수 있지만, 하지 말아야 할 것을 매 순간 판단해야 해. 책임이 아주 무겁단다?"

경란이 자신의 높은 콧대를 더욱 높이듯 고개를 치켜들었다.

"그리고 마녀는 외로워. 아주, 아주 많이. 세상에 나 같은 사람이 나밖에 없다는 게 얼마나 고독한지 알아? 스승님도 이 고통을 알아서 당신의 책임을 다음 사람에게 넘겨주지 않으려 했어."

자신만만하던 경란의 낯빛에 애수가 스쳤다.

"그리고 스승님은 나를 발견하셨지."

가만히 듣고 있던 태영은 조금 놀랐다. 경란의 표정 변화는 퍽 인상적이었다. 자부심 넘치던 태도가 순간 위축되었고, 지친 사람이 그러듯 눈꺼풀이 반쯤 내려앉았다.

"난 아직도 내가 스승님을 대신할 만큼 가치 있는 사람이라고 생각되지 않아. 마녀가 된 후로 세상은 지나치게 빠르게 바뀌었어. 바깥세상에서 도태된 채로 나는 이 마을까지 밀려왔지. 험난한 세상에서 나를 지키려면 이곳에 숨어 사는 수밖에 없었어."

무릎 위로 쥔 경란의 주먹이 가느다랗게 떨렸다.

"비슷한 처지인 사람이 많다는 건 어쨌든 좋은 일이야."

그렇게 중얼거린 것을 마지막으로 경란은 이야기를 마쳤다. 인하는 경란의 손을 잡아야 할지, 어깨를 두드려야 할지 고민했다. 그러다 결국 둘 다 하지 못하고 물끄러미 경란의 외로운 옆얼굴만 바라봤다.

"그럼 이제 내 차례인가요?"

분위기가 착잡하게 가라앉으려던 찰나, 담이 쾌활하게 말했다.

"정현 씨도 경란 씨도 자기 얘기를 들려줬으니 이제 내가 말할 차례잖아요. 두 분에 비하면 별로 특별한 것 없는 사연이지만요!"

옆에 앉아 눈치만 살피고 있던 이수에게 담은 "너도 알고 싶지?"라고 말했다. 내심 궁금했던 이수는 정곡을 찔려 어쩔 줄 몰라 하다가 작게 고개를 끄덕거렸다. 히히 웃은 담은 앉은 자리에서 벌떡 일어났다.

"나는 시간과 공간에 구애받지 않고 온 우주를 누비고 다니는 여행자랍니다! 그리고 내게는 파트너가 있었어요. 우리는 아주 오랫동안 함께 여행을 다녔죠. 먼 옛날에는 우리 같은 이들이 많았지만, 어느 순간 나와 내 파트너만 남았어요. 이 우주에 단 둘뿐인 여행자가 된 거죠."

갑자기 커진 스케일에 현실감을 찾고 싶었던 이수는 주위 사람들을 둘러보았다. 다들 담담히 듣는 눈치였기에 금방 여상스럽게 표정을 고쳤지만.

"정말 어이없는 실수로 항성 폭풍에 휘말린 적이 있어요. 우주선 이동 장치에 결함이 생겼죠. 저랑 파트너 둘 다 서로 멀리 떨어진 좌표로 전송되어야 했어요. 우리는 다시 만날 시간과 장소를 정했답니다."

극적인 어투와 몸짓을 사용해 설명하던 담은 한쪽 뺨에 손을 댔다. 그러더니 꿈결처럼 아득한 추억에 흠뻑 빠져 행복한 표정을 지었다.

"나와 내 파트너는 말이죠. 종종 지구로 여행을 왔어요. 이곳만큼 시간의 흐름이 빠르게 느껴지는 공간은 드물거든요. 볼거리가 정말 많죠. 최근 들어 시간이 더욱 가속하는 것 같아요. 생명체가 탄생한 영향일까요."

기도하듯 두 손을 맞잡은 담이 말했다.

"우리가 서로 떨어져 있어야 했을 때 내 파트너가 말했어요. 지구의 다음 빙하기 때 다시 만나. 그게 마지막 메시지였죠."

담이 보이는 모습은 남달랐다. 오랫동안 둘뿐이었던 동반자와 헤어지는 이야기를 하는데도 슬픈 기색이 전혀 보이지 않았다. 분명 그 일로 상처를 받아 이 마을까지 왔을 텐데도.

"나 혼자 지구에 좀 이르게 도착하긴 했지만, 금방 빙하기가 오고 우리는 다시 만나게 될 거예요. 하지만 이토록 시시각각 변화하는 곳에서 홀로 파트너를 기다리기만 하는 건 불편하더군요."

불편하다는 말을 계속 중얼거리던 담은 "아" 하고 턱을 들어 올렸다.

"지구인은 이 감각을 외롭다고 표현하기도 했었죠."

거기까지 말하고 담은 후련하게 자리에 앉았다. 갑작스레 침묵이 찾아왔다. 너무 엄청나고 비현실적인 이야기를 들어 다들 섣불리 말을 못 꺼내던 참이었다.

가게 주인들이 실은 손님이었다니.

주인과 손님 사이에 놓여 있던 경계가 흐려지며 신선한 충격이 은은하게 장내를 감돌았다. 대단하게만 보이던 이들은 다른 마을 주민들처럼 저마다의 상처를 갖고 있었다. 게다가 그 상처는 얄팍한 위로나 격려로 나을 수 없을 만큼 아주 해묵은 것이었다.

"목화마을은 그러면, 상처 입은 사람들이 다른 상처 입은 사람을 도와주는 곳인 거네요."

이수가 용기 내 중얼거렸다. 그러더니 주머니에서 주섬주섬 손바닥만 한 인형을 꺼냈다. 레트로스쿱에서 파는 버거버거 캐릭터 인형이었다. 이수는 그것을 담에게 쥐여주었다.

"이게 뭐야? 귀엽다!"

"선물이야. 우주를 여행하는 너한테는 별것 아니겠지만, 여기서밖에 살 수 없는 거라서 골랐어. 이 순간 이곳에서 내가 너한테 도움을 받았고, 그래서 정말 고맙다는 얘기를 전하고 싶었으니까."

"별것 아니라니! 네가 나한테 준 첫 선물이잖아. 이거 진짜…… 큰 감동이야. 평생 잊을 수 없을 것 같아."

"담아, 먼 훗날 내가 없어지더라도 그 인형을 보면서 가끔 날 떠올려 줘. 나는 네가 언제 어디서든 지금보다 덜 외로웠으면 좋겠어."

담은 버거버거 인형을 품에 소중히 안았다.

"지금 그 말 확실히 전해졌어."

"사장님, 저도요."

그 모습에 자극받은 인하가 종이 가방을 경란에게 내밀었다. 경란이 받아 들자, 바스락거리며 종이 가방의 틈이 열렸다. 가방 안에서 부드럽고 따뜻한 나무 향이 풍겼다.

"양초예요. 나무 향이 난대요. 살 때는 그냥 찻집과 잘 어울릴 것 같았어요. 그런데 음, 사장님 얘기를 듣고 나서 든 생각인데요."

인하는 쑥스러운지 멋쩍게 목뒤를 만지작거렸다.

"초를 켤 때마다 풍기는 나무 향은 사실 저예요. 그러니까 사장님이 크게 키워주신 저라는 나무에서 나는 향이요. 저는 사장님 덕분에 제대로 살아갈 수 있게 됐어요."

심호흡을 마친 인하가 "감사합니다"라고 말하며 고개를 꾸벅였다.

"일 때문에 힘드시더라도 이것만 알아주세요. 사장님 아니었으면 저 여기 없었어요. 여기서 이렇게 먹고 마시고 웃으면서 못 있었어요."

가만히 종이 가방을 내려다보던 경란이 생긋 웃었다.

"그래. 그렇지만 너는 내가 아니었어도 이렇게 컸을 거야. 날 믿어. 난 뭐든지 아는 마녀인걸."

경란은 손을 뻗어 격려의 의미로 인하의 팔뚝을 툭툭 두드렸다. 그러자 큰 결심을 마친 인하는 "이번 기회에 사장님 한번 안아드려도 되나요?"라며 두 팔을 벌렸다. 경란이 먼저 인하를 끌어안았다. 두 사람이 진하게 포옹하는 동안, 유민은 정현을 쳐다보고 어색하게 웃었다.

"저도 소소하긴 한데요……."

275

유민은 결국 가져온 손가방을 뒤적여 새 다이어리를 꺼냈다.

"나중에 포장해서 드릴 생각이었는데 지금 드리는 게 나을 것 같아서요."

"오, 저만 선물 못 받는 줄 알았는데 아니었군요?"

정현의 장난스러운 반응에 유민은 가볍게 웃으며 어깨를 으쓱였다.

"전에 매일 일기를 쓰신다는 얘길 들어서 좋은 노트를 꼭 선물해 드리고 싶었어요. 저는 가끔 머릿속에 생각이 꽉 찰 때마다 노트를 펼쳐서 속에 담긴 생각을 전부 적거든요."

"마음을 챙기는 좋은 방법이죠."

"네. 사장님도 힘든 날엔 여기에 전부 쏟아내셨으면 해요. 사장님은 센스도 좋고 정말 멋지게 사시는 분이지만, 사람이라면 한 번쯤 힘든 날이 찾아오잖아요. 그럴 땐 제가 선물한 이걸 맘껏 써주세요. 일부러 편하게 막 적어내려도 괜찮은 하드커버로 골랐거든요."

유민이 다이어리 표지를 손가락으로 두드렸다.

"나중에 취업하고 나면 더 큰 거, 값비싼 걸로 사드릴게요. 이번엔 이걸로 만족해 주세요."

"유민 씨, 제게는 크고 값비싼 것보다 유민 씨 선물이 더 소중해요."

"그래도요! 저도 사장님처럼 제가 받은 만큼 다 갚아드리고 싶어요. 하지만 전 전문가가 아니라서 제게 도움이 됐던 방식밖에 떠올리지 못하겠어요. 사장님의 평화가 되고 싶지만, 저는 고작 이 정도예요. 그렇지만요. 전 정말 사장님이 좋고, 또 감사해한다는 걸 알려드리고 싶어요."

"말하지 않아도 전해지는 것들이 있죠. 고작 이 정도라는 말로는 유민 씨가 제게 준 선물을 담지 못해요. 그거 알아요? 오히려 제가 더 유민 씨에게 감사한 입장입니다."

정현이 유민을 다정하게 바라보았다.

"누군가에게 마음을 연다는 게 얼마나 힘든 일인지……. 제가 당신을 구할 수 있게 마음을 열어줘서 고맙습니다, 유민 씨."

어느새 머리에 쓴 고깔을 전부 걷어낸 재경이 태영의 옆으로 다가와 앉았다. 멍하니 사람들을 구경하고 있던 태영은 깜짝 놀라 재경을 쳐다봤다. 예의 뚱한 무표정을 짓고 있던 재경은 정면을 바라본 채로 말했다.

"오늘은 원래 가게 주인들끼리 서로를 다독여 주는 날이에요. 마을 나설 길이 소원한 사람들끼리 한 해에 한 번이라도 위로받자는 취지였죠. 집회가 열릴 즈음이면 다들 정신력에 한계가 오거든요."

재경은 눈앞에 펼쳐진 풍경이 마음에 드는지 만족스럽게 웃었다.

"어쩌면 마을 사람 중에 가게 주인이 생기는 건 자연스러운 일일 겁니다. 심한 상처를 입어본 사람만이 다른 사람의 상처도 얼마나 아픈지 이해할 수 있잖아요."

재경은 두꺼비 노인이 왜 아무에게도 터주 자리를 넘겨주지 않았는지 슬슬 깨닫고 있었다. 이곳엔 모두 상처 입은 사람들뿐이었다. 언젠가 상처가 나아서 과거를 잊고, 덮고, 털어내, 앞으로 나아가야만 하는 사람들. 그중에 재경은 유일하게 잊지 않으려고, 누군가를 기억하려고 온 사람이었다.

'도연아.'

잊고, 덮고, 털어내지 않기 위해 찾아온 목화마을. 그곳에서 만난 노인은 재경에게 다음 터주를 고를 수 있는 권한을 주었다. 하지만 재경은 터주로 지내면 지낼수록 누가 다음 터주가 되어야 하는지 더더욱 알 수 없었다.

'그만. 여기까지만 생각하자. 일 년에 한 번뿐인 연말 파티잖아.'

재경은 일부러 희미한 미소를 지은 채 턱을 괴었다.

"태영 씨, 바깥세상은 위험하고 어려운 일투성이죠. 즐겁고 행복했던 기억도 다 잊을 만큼 힘든 일도 많이 일어나요. 그래도 말이죠. 지금 보는 장면은 정말 아름답지 않나요?"

태영은 할 말을 잃고 가만히 눈앞의 풍경을 지켜보았다. 웃고 울고 껴안고 감사를 전하고 서로를 아끼며 오늘 하루 더 살아갈 수 있게 붙잡아 주는 사람들이 보였다. 울컥하는 감정을 내리누르고 조용히 중얼거렸다.

"그러게요. 정말 아름다워요."

그날 밤. 잠자리에 든 태영은 가슴이 콩닥거려 쉽게 잠을 이룰 수 없었다. 눈을 감고 있어도 오늘 보았던 장면이 눈앞에 새록새록

그려졌다. 가게 주인으로서의 마음가짐이 완전히 달라진 것만 같았다.

'나한테도 언젠가 날 위한 가게 주인이나 손님이 생길까?'

꼭 그러지 않아도 괜찮을 것 같았다. 어제의 목화마을 집회에서, 오늘의 레트로스쿱 연말 파티에서, 아니, 어쩌면 이곳에서 살아가던 모든 순간에, 서로 마음을 나누는 이들을 바라보며 스스로 위로받고 있었으니까.

어떤 사람은 치유를 '받는' 게 아니라 치유를 '하면서' 회복되기도 한다.

'재경 씨가 그랬어. 꽤 많은 주민이 페어를 만들지 않고도 마을을 떠날 수 있게 된다고. 나도 당장 나만을 위한 한 사람이 필요한 건 아니야. 나는, 내가 정말 원하는 건…….'

어느 순간 까무룩 숙면에 들었다. 고요한 밤이 지났다. 목화마을에도 어김없이 새로운 아침이 밝았다. 개운하게 기지개를 켠 태영은 일찍 출근 준비를 마치고 온봄주택 301호를 나섰다.

"안녕하세요!"

"어서 오세요!"

"오늘도 오셨네요."

"기다리고 있었어요."

언제 가게 문을 닫았냐는 듯 목화마을의 상점가는 시끌벅적했다. 전에는 지나쳤던 풍경이 눈에 들어왔다. 가게 주인들이 그들의 손님에게 반갑게 인사하고, 웃음을 나누고, 이야기에 귀를 기울이고 있었다. 그들을 지나쳐 레트로스쿱에 도착한 태영은 셔터를 올리고 히터부터 켰다.

"어! 사장님, 일찍 나오셨네요?"

"응, 오늘은 왠지 일찍부터 가게에 있고 싶어서요."

아이스크림 기계의 전원을 올린 태영은 콧노래를 불렀다. 막 도착한 아르바이트생이 눈썹을 찌푸렸다. 이런 분위기의 사장님을 본 건 처음이었다. 뭔가 잘못 드신 게 아닐까?

문에 달린 종이 짤랑 울렸다. 안색이 어두운 손님 하나가 가게로 들어섰다. 밖에서 내린 눈을 맞았는지 머리카락에 희끗희끗한 눈꽃이 피어 있었다. 낌새를 알아챈 아르바이트생이 질색하며 태영에게 다가왔다.

"아, 좀 싸한데요. 저 손님, 또 한바탕 하소연하다 가실 것 같죠."

"괜찮아요. 내가 해결할게요."

태영은 아이스크림 기계의 레버를 내렸다. 잠시 후, 소프트콘을 손에 쥔 태영이 슬그머니 손님 곁으로 다가갔다. 인기척을 들은 그 사람은 힘없이 태영을 돌아보았다. 눈앞에 새하얀 아이스크림 언덕이 내밀어져 있었다.

"안녕하세요? 날이 참 좋죠. 혹시 무슨 고민이 있으신가요?"

환한 미소가 얼어붙은 마음을 녹였다.

6.

말빛터널

새해가 밝았다.

"재경 씨."

101호를 나선 김인하는 건물 출입구 옆에 기대 있던 재경을 발견했다. 담배 필터를 씹고 있던 재경은 기다렸다는 듯 말했다.

"안젤라의 찻집 가시는 거죠?"

"어떻게 알았어요?"

"척하면 삼천리죠."

킥킥거리던 재경이 잇자국이 남은 담배를 주머니에 집어넣었다.

"같이 갑시다."

"그래요."

안젤라의 찻집으로 향하는 길. 두 사람의 입술 사이로 입김이 부옇게 올라왔다. 지난주 인하의 아버지 김정환이 형기를 채우고 출소했다. 어머니 임수일 여사는 슬그머니 인하에게 권했다. 다 같이 살지 않겠느냐고.

"싫어." 인하는 단호했다.

"그러냐? 그래, 그럴 줄 알았다."

"서운해?"

"조금."

"그래도 내 결정이니까 알아서 하라고 할 거죠?"

"그래. 네 삶에 내가 언제까지 이래라저래라 할 수 있겠어."

얕게 한숨을 내쉰 수일은 전화를 끊었다. 애초에 인하가 독립생활을 접을 거라고 기대도 안 한 것 같았다. 그렇게 인하는 완벽한 1인분의 삶을 쟁취해 낼 수 있었다.

때마침 타이밍 좋게 인하가 근무하던 싹싹연구소가 서울 근교로 사무실을 이전했다. 인근에 주택단지가 정갈하게 조성된 곳이었다. 차로 사무실 주변을 둘러보던 인하는 직감적으로 알았다.

'지금이 목화마을을 떠날 시기구나.'

마법 같은 확신에 놀라워하던 인하는 그다음으로 경란을 떠올렸다. 마을을 떠난다면, 경란은? 우리가 쌓은 유대, 소중했던 추억은 다 어떻게 되는 걸까. 그것들이 모두 물거품처럼 사라져도 자신은 괜찮을까.

다시 현재로 돌아와, 인하와 재경은 안젤라의 찻집 앞에 도착했다. 인하는 검은 경첩이 달린 나무문을 열어젖혔다. 오늘도 여전히 가게 여기저기에서 수상쩍은 액체가 보글보글 끓으며 시원한 수증기를 뿜어내고 있었다. 멀리 맞은편에 경란이 인하를 등지고 서 있었다.

인하가 'WELCOME'이라고 쓰인 발 매트 위로 올라선 그때, 경란이 크게 소리쳤다.

"거기서 얘기해! 바쁘니까."

인하는 더 들어오지 않고 그 자리에서 멈춰 섰다. 경란은 여전히 돌아보지 않았다. "사장님" 하고 부른 인하가 허리를 깊게 숙였다.

"저 오늘 떠나요. 그동안 정말 감사했습니다."

경란은 아무런 대꾸도 하지 않았다. 끝까지 돌아보지 않는 등에 대고 인하는 인사를 마쳤다. 그리고 뒤를 돌아 찻집을 나섰다. 따라 들어가지 않고 문밖에서 기다리고 있던 재경이 인하에게 툭 말을 던졌다.

"좀 더 대화하다 가시지 않고요."

씩씩한 발걸음으로 걸어 나간 인하가 씩 웃었다.

"괜찮습니다. 마음은 전해졌을 거예요."

재경은 주차장까지 인하를 배웅했다. 운전대를 잡은 인하는 깊게 숨을 내쉬었다. 그리고 속으로 경란에게 하지 못한 말들을 털어놓았다. 잘 지내겠습니다. 외롭지 마세요. 미안합니다. 제가 떠나길 바라신 게 맞죠? 감사해요. 정말 감사합니다. 잊지 못할 거예요.

자동차는 미끄러지듯 마을 아래로 내려가 터널 속으로 모습을 감췄다. 더는 인하의 모습이 보이지 않을 때까지 재경은 세 갈래 길 난간에 기대 아래를 응시했다.

'오늘도 한 사람이 목화마을을 떠났구나.'

재경은 천천히 안젤라의 찻집으로 발걸음했다.

"뭐가 그리 급한지."

경란은 인하가 들어왔을 때 서 있던 그 자리에 그대로 서 있었다. 경란이 짚은 선반 위에는 언젠가 인하가 선물했던 나무 향 초가 놓여 있었다.

"더 있다 가도 되는데."

그렇게 중얼거린 경란은 성냥갑에서 성냥 한 개비를 꺼내 득 그었다. 양초 심지에 불을 붙이자, 찻집 전체로 따스하고 감미로운 나무 향이 번졌다. 촛농이 녹으며 번들거리는 표면에 불꽃이 맺혔다.

경란은 그날 선물받은 나무 향 초를 다 태웠다.

재경은 아주 오랫동안 경란의 곁을 지켰다.

며칠 후 인하는 퇴근하는 길목에서 어렴풋한 차향을 떠올렸다. 지금껏 살면서 차를 즐겨 마시기는커녕 찻집에 가본 적도 없었는데. 갑자기 떠올린 차향이 의아했던 나머지 집에 오자마자 컴퓨터를 켜고 찻잎을 검색했다.

'주말에는 찻집에 한번 들러볼까. 전문적으로 차를 끓이는 곳은 그냥 티백으로 마시는 거랑 뭐가 다른지 궁금하네.'

그날부터였다. 인하에게 전에 없던 차 마시는 버릇이 생긴 것은.

"됐다. 됐다! 됐어!"

전화를 끊은 지유민은 제자리에서 펄쩍 뛰었다. 201호를 뛰쳐나온 유민은 그길로 취중책방에 달려갔다. 아직 영업 시작 전이었지만, 정현은 오늘도 택배로 도착한 비품들을 정리하느라 일찍 나와 있었다.

"사장님!"

"설마. 됐어요?"

"네! 저 드디어 취직했어요!"

한달음에 달려간 유민이 정현을 얼싸안고 방방 뛰었다. 장장 오십 군데에 입사지원서를 넣은 끝에 이뤄낸 성공이었다.

작년 9월부터 유민은 꾸준히 책 모임에 나갔다. 책 읽고 평론하기를 좋아한다는 걸 스스로 깨달아 용감하게 도전했다. 유민은 거기서 새로운 친구를 많이 사귀었다. 좋아하는 것이 비슷하고 이야기가 잘 통하는 사람들이었다.

그곳에서 친해진 한 사람은 출판업계에서 일하고 있었다. 그 사람은 유민이 책과 관련된 직업을 얻고 싶어 한다는 것을 알고 꾸준히 취업 정보를 물어다 주었다.

"자가 출판 서비스를 제공하는 회사에서 이번에 SNS 마케터를 구인하더라고요. 전에 유민 씨 알바 하는 곳에서 SNS 홍보로 대박 났다면서요? 여기 한번 지원해 보는 거 어때요?"

"무조건이죠."

당시 유민은 오십 번 연속 탈락으로 오기가 생긴 상태였다. '되든 안 되든 상관없다' '이번에도 취업에 실패하면 취중책방에서 더 오래 일하면 되는 것이다'라고 생각한 유민은 즉시 도가 틀 대로 튼 이력서 쓰기를 마쳤다. 이력서는 그날 저녁 포트폴리오와 함께 메일로 발송되었다.

기적처럼 합격한 서류 전형과 어째선지 분위기가 좋았던 면접을 거쳐 초조하게 합격 발표를 기다리길 사흘. 일주일 뒤부터 나와 줄 수 있느냐는 회사의 부름에 유민은 우렁차게 "네!"라고 답했다.

정현과 한바탕 축하를 마친 그날 유민은 급히 이사를 준비해야 했다. 당장 다음 주부터 출근해야 했는데, 목화마을에서 통근하기에 애매한 거리에 회사가 있었다. 유민은 깨달았다. 지난주 김인하가 목화마을을 떠난 것처럼 제게도 마을을 떠날 기회가 온 것이다.

'그러면 사장님과는 헤어져야겠구나.'

가슴이 먹먹해진 유민은 집 천장만 멍하니 올려다보았다. 아쉬워도 시간은 흐르고, 이사 준비는 착착 진행되었다. 정신없이 짐을 싸고 이사할 집을 구하고 그곳으로 이삿짐을 부치느라 눈 깜짝할 새 일주일이 지났다.

"아이이, 버스 늦게 왔으면 좋겠어요."

"여기 더 있고 싶어서요?"

"사장님이랑 헤어지기 싫어서요!"

"떠나야 할 때를 알고 가는 자의 뒷모습은 얼마나 아름다운가." 정현은 유명한 시 구절을 변형해 읊었다. "저는 이곳에서 항상 유민 씨를 응원하고 있겠습니다. 유민 씨는 절 기억도 못 할 테지만, 흑흑."

정현은 장난스럽게 우는 시늉을 덧붙였다. "으하!" 하며 고개를 젖힌 유민은 어깨를 늘어뜨렸다. 버스가 곧 도착한다는 알림이 정류장 알림판에 떴다. 이별이 코앞까지 와 있었다.

"사장님, 제가 진짜 사장님 꼭 기억하겠습니다. 마을을 나가면서도 계속 사장님 생각만 하면서 절대 안 잊으려고 해볼게요. 진짜 간절히 바라면 이뤄질 수도 있는 거잖아요."

"그럴지도 모르겠네요. 이거, 기대하고 있어야겠어요?"

그러더니 정현은 유민의 어깨에 손을 올렸다. 그리고 두어 번 두드리며 "잘 살아요"라고 말했다. 오르막을 오른 버스가 이쪽으로 오고 있었다.

"사장님."

"힘들었던 기억은 저와 함께 여기 다 두고, 바깥에서는 또 새로운 사람과 새로운 추억을 쌓으며 행복하게 살아요. 그게 건강한 거예요."

"그렇지만……."

정류장에 도착한 버스의 문이 열렸다. 유민은 버스에 오르며 말했다.

"저 진짜 꼭 다시 올게요. 사장님 절대 안 잊을 거니까, 사장님도 저 잊지 마세요. 알겠죠? 첫 월급 타면 꼭 생일 선물 드리러 다시 올게요!"

"네, 네. 알겠어요. 어서 가요. 사람들 기다리겠다."

버스 카드를 찍은 유민은 계속해서 정현을 돌아보며 소리쳤다.

"사장님, 정말 감사했어요. 정말로요!"

"거기 안 타요?"

바깥에 한 발을 걸치고 있던 승객에게 버스 기사가 핀잔을 주었다. "죄송합니다!"라고 외친 유민은 후다닥 버스에 올랐다. 문이 닫히고, 부르릉 소리를 내며 버스가 출발했다. 정현과 재경은 버스정류장에 서서 버스가 터널로 사라질 때까지 한동안 그 모습을 지켜보았다.

그날 유민에게서는 잘 도착했다는 연락도 오지 않았다. 텅 빈 가게에 혼자 남아 한숨을 푹 내쉰 정현은 연말 파티에서 유민에게 받았던 다이어리의 비닐 포장을 뜯었다. 그리고 그간 쌓였던 유민과의 추억을 모두 적어 내린 뒤 책장을 덮었다.

며칠 후, 퇴근하고 자취방에 들어온 유민은 온수 매트가 켜진 침대로 직행했다. 누운 채로 은행 앱을 켜서 확인하니 저절로 웃음이 나왔다. 첫 월급으로 받은 금액이 선명하게 찍혀 있었다.

'첫 월급이다. 내가 열심히 해서 번 첫 월급.'

이것으로 뭘 하면 좋을지 고민하며 유민은 SNS를 살폈다. 책 모임에서 만난 친구가 푸른빛이 도는 칵테일 사진을 올렸다.

'레이지 먼데이? 칵테일 이름인가? 되게 맛있게 생겼다.'

칵테일 바 이름을 검색한 유민은 "오, 북 페어링 칵테일 바라는 게 있구나" 하고 감탄했다. 신기하다고 생각한 유민은 꼭 가봐야겠다고 다짐했다. 그리고 집 천장을 바라보며 가게 이름을 여러 번 되뇌었다.

하염없이 시간이 흘러 그다음 해 겨울. 유례없는 폭설이 내렸다. 목도리를 감고 현관에 선 문이수는 텅 빈 202호를 한 번 돌아보았다. 그 많던 물건들이 전부 빠지고 나니 처음 보는 집처럼 어색했다.

발목까지 쌓인 눈을 밟으며 미끄러지지 않게 조심조심 계단을 내려갔다. 뽀드득뽀드득 소리가 나길 몇 분, 난간을 잡느라 시린 손마디가 붉게 물들었다. 다른 상점가에서 홀로 떨어져 섬처럼 우뚝 서 있는 플레이센터가 보였다. 새하얀 설원에 발자국을 찍으며 분주히 걸었다.

"왔어?"

티켓 부스에 있던 담이 플레이센터로 들어온 이수를 보고 활짝 웃었다. 이수는 담이 저를 발견한 뒤 보이는 저런 표정 변화가 좋았다. 가까이 다가온 담은 이수의 차가운 뺨을 두 손으로 감싸고 마구 주물렀다.

"이제 정말 문이수가 가는구나!"

"응! 이제야 간다, 담아!"

서로를 마주 본 둘은 눈을 가늘게 뜨고 흐흐 웃었다.

"밖에서도 나 없이 괜찮을 거지?"

"응, 괜찮을 거야."

"갑자기 힘들어지면 어떡하라고?"

"병원에 간다. 매니저님한테 문자 한다. 예승이나 재원이한테 전화한다. 샤워한다. 산책한다. 집 안을 환기한다. 그리고 또……."

"됐어. 충분해!"

291

담은 이수의 어깨를 탁탁 두드렸다. 전보다 몸과 마음의 내구력이 오른 이수는 그간 택배 상하차, 식당 서빙, 일용직을 비롯한 여러 가지 돈벌이를 전전했다. 그러다 비슷한 또래들과 어울리며 문득 한 가지를 깨달았다.

'자꾸 새로운 일을 하지 말고 이전부터 해왔던 걸로 돈을 벌어보자. 그게 뭐가 있지? 내가 여태까지 꾸준히 해왔던 건 오락실 리듬 게임뿐인데.'

며칠 후, 이수는 리듬 게임을 주력으로 하는 개인 방송을 시작했다. 담과 함께 머리를 맞대고 지은 '그레이후드'라는 이름으로 스트리머 데뷔를 한 것이다.

"안녕하세요! 오늘은 제가 아주 좋아하던 오락실게임, 비트 블레이즈 레볼루션 스팀 버전을 해보겠습니다. 과연 오락실에서 날고 기던 실력이 나올지 기대해 주세요!"

아무도 보지 않아도 이수는 매일매일 정해진 시간에 방송을 켰다. 꼬박꼬박 인사를 하고 콘텐츠를 구상했다. 처음에 10명도 채 보지 않았던 방송도 꾸준히 하니 조금씩 시청자 수가 늘었다.

유튜브에 올린 BBR 지옥 모드 풀 콤보 달성 영상이 알고리즘을 타며 갑자기 유입이 늘었다. 열심히 하다 보니 매니저와 팬카페도 생겼다. 어느새 이수는 방송만으로 먹고사는 일이 가능해졌다. 그때 결심했다. 더 나은 방송 환경을 위해 스튜디오 설비를 할 수 있는 집으로 이사하자고.

"네가 그런 일을 하게 될 줄은 정말 상상도 못 했어."

"나도 내가 이런 일에 재능이 있는 줄은 정말 몰랐어."

"어때? 내 말대로 계속 살아보길 잘했지?"

"그러게. 동전 던지기 앞면이 이런 식으로 나올 줄은 몰랐어. 스트리머로 안 살아보고 저승 갔으면 억울해서 혼날 뻔했다."

너스레도 떨 줄 알게 된 이수의 머리를 담이 톡톡 두드려주었다. 그때 재경이 플레이센터로 들어왔다. 마지막으로 이수를 보러 온 것 같았다.

"이야, 둘이 끌어안고 한 시간째 울고 있을 줄 알았는데 의외로 상태 괜찮아 보이네요."

"누가 운다는 거예요. 우린 필연적으로 다가오는 이별을 아주 어른스럽게 받아들일 준비가 되어 있다고요. 그렇지, 이수야?"

"음."

"이수야?"

일부러 답을 미뤘던 이수는 킁 하고 코를 훌쩍거렸다.

"보고 싶기는 할 것 같아."

"그거야 물론 나도 그렇지. 그래도!"

"응, 그래도 떠날 거야. 하지만 보고 싶은 건 보고 싶은 거니까."

"어차피 밖에 나가면 보고 싶은 마음도 금방 희미해질 텐데?"

"그것도 슬픈 이유 중의 하나지."

"이수, 너 슬퍼?" 놀란 담이 입을 크게 벌렸다.

"지금 한 시간째 끌어안고 울고 싶은 거 꾹 참고 있으니까 더 자극하지 말아 줄래?"

이수는 콧잔등을 찌푸리고 눈살을 찌푸렸다. 눈물이 나오려 하면서 비강이 시큰거렸다. 그 순간 재경이 이수의 등짝을 짝 소리나게 후려쳤다. 아파서 눈물이 쏙 들어간 이수가 맞은 곳을 문지르며 앓는 소리를 냈다.

"으, 뭐예요……."

"슬슬 갑시다. 추해지기 전에."

"뭐가 추해진다는 거예요."

"저녁 방송도 있으시잖아요. 더 늦으면 방송 지각합니다?"

"알겠어요. 알았다고요. 가면 되잖아요."

이수는 한숨을 내쉬고 소매로 눈가를 문질렀다.

"갈게, 담아."

"그래, 이수야. 안녕."

어딘가 미안한 표정으로 담이 어깨를 으쓱였다. 이수도 마지막을 망치지 않기 위해 어색하게 웃었다. 그리고 뒤를 돌아 재경과 함께 플레이센터를 나섰다. 아니, 나서려다가 뒤를 돌아 담에게로 성큼 다가갔다.

"담아." 이수는 결연한 눈빛을 했다.

"나 앞으로도 정말 잘 살게. 네가 준 소중한 기회 값지게 쓸게."

"응, 알았어. 그러니까 내 걱정 하지 마. 빨리 가. 늦겠다."

"갈게. 나오지 마. 안녕. 안녕, 잘 있어."

담을 꽉 끌어안았다가 놓아준 이수는 재경이 기다리는 출입구로 달려갔다. 그리고 플레이센터를 나설 때까지 한 번도 뒤돌아보지 않았다. 담은 티켓 부스로 돌아갔다. 계기판 구석에 버거버거 인형이 놓여 있었다. 피식 웃은 담이 손가락을 뻗어 인형을 좌우로 까딱였다.

"핑크머리외계인 님, 6개월 구독 감사합니다!"

그날 저녁 방송에서 이사 후기를 풀고 있던 이수는 구독 알림을 읽으며 눈웃음 지었다. 담은 이수가 어떤 반응을 보이길 기다렸지만, 그런 일은 일어나지 않았다. 턱을 괸 담은 나지막이 중얼거렸다.

"역시 기억 못 하는구나."

그날 이후로 담은 종종 오락실에서 비트 블레이즈 레볼루션을 했다. 실력은 형편없었다.

"지금 가세요?"

"아, 재경 씨."

온봄주택 3층 복도. 막 301호를 나선 송태영은 옥상에서 내려오던 재경과 마주쳤다. 따뜻한 봄바람이 향긋한 꽃내음과 함께 불어오는 계절이었다. 대학로 근처로 레트로스쿱을 이전하면서 태영은 목화마을을 떠나게 되었다. 문이수가 마을을 떠난 지 석 달이 지났을 무렵이었다.

"이리 주세요. 가시는 곳까지 태워드릴게요."

재경은 태영이 들고 있던 묵직한 짐 가방 하나를 빼앗아 들었다.

"괜찮은데. 동생 부르면 되거든요."

"어차피 저도 오늘 터주 일 때문에 마을 밖에 나갈 일이 있어서요. 황금 같은 공휴일에 동생분은 쉬시라 하고 가시는 길까지 제 차 타고 가세요."

"앗, 그래요? 그러면 신세 좀 질까요?"

계단을 내려온 재경은 집 앞에 세워놓은 자동차로 다가갔다. 두 사람은 들고 있던 짐 가방을 뒷좌석에 내려놓았다.

"어, 여보세요. 주영아, 아직 출발 안 했지? 아니, 집주인분이 태워주신다고 해서. 너 안 와도 될 듯? 어, 그래. 이따 봐."

동생에게 전화를 마친 태영은 자동차 조수석에 올랐다. 부드럽게 출발한 자동차는 골목을 빠져나와 아랫길로 천천히 내려가기 시작했다. 창밖 풍경을 물끄러미 바라보던 태영이 감회에 젖어 중얼거렸다.

"드디어 저도 여길 떠나네요."

"그러게요. 재작년쯤인가. 그때 떠나실 수도 있었잖아요. 따로 각별하게 지낸 주인이 있으신 것도 아니었고. 근데도 좀 더 남아 있겠다고 하셔서서 '아, 정현 씨처럼 되시려는 건가?' 했습니다."

태영은 가볍게 웃었다.

"재경 씨는 제가 여기 막 왔을 때 뭐 하고 싶었는지 알아요?"

"음……. 새출발?"

"하하, 전 복수를 하고 싶었어요."

강변길을 달리던 자동차는 곧 좁은 터널로 들어섰다. 터널 조명이 순식간에 차 안을 주황빛으로 물들였다.

"제 뒤통수를 친 건물주도 그렇고, 살면서 절 개무시했던 사람들 코를 납작하게 눌러주고 싶었어요. 무진장 잘나가는 사람이 돼서 한때 날 막 대했던 사람들이 땅을 치고 후회하게 만들어주자!"

제가 말해놓고도 우스운지 태영은 키득거렸다.

"그런데 몸은 그때만큼 안 따라주지, 세상에는 나처럼 억울한 사람들만 있는 것 같지, 가게 오는 손님들은 구구절절 하소연만 늘어놓지. 와……. 정말 그때만큼 제 인성이 더러웠던 적은 없었을 거예요."

고개를 절레절레 내젓던 태영은 앉은 자리에서 진저리를 쳤다.

"첫 연말 파티에서 다른 분들을 만나보고 알았어요. 가게 주인과 손님이 이렇게 서로 긍정적인 영향을 나눌 수도 있구나. 그날부터 마음을 좀 곱게 먹기로 했던 것 같아요. 다양한 사람을 만나고, 많은 사연을 들었죠. 그러고 나니까 알겠더라고요."

태영은 주먹을 꽉 쥐었다.

"아하. 진짜 중요한 건 과거의 그놈들한테 복수하는 게 아니구나. 나는 지금 내가 행복했으면 좋겠다. 그래서 새로운 목표를 세웠어요. 저는 제 가게를 성장시키고 싶어요. 그게 저를 행복하게 하고, 활력을 주거든요."

"그러면 이제 복수 같은 건 별로 원하지 않으시겠네요?"

"하면 좋기야 하겠지만, 더는 그런 거에 연연하고 싶지 않아요."

엄지를 올린 태영은 재경을 바라보고 고개를 끄덕였다. 피식 웃은 재경은 정면을 주시하며 말했다.

"주머니 한번 확인해 보세요."

"주머니요?"

태영은 외투 주머니에 손을 집어넣었다. 핸드폰, 지갑, 구겨진 영수증, 우둘투둘한 표면이 만져졌다. 우둘투둘한 표면을 가진 것은 주머니에 넣은 기억이 없었다. 흠칫하며 손에 잡힌 것을 꺼냈다. 손바닥보다 약간 작은 크기의 까만 돌덩어리였다.

"이게 뭐예요?"

"염원입니다."

"염원이요?"

"간절히 원했다가 더는 원하지 않게 된 것이요. 이대로 가지고 나가면 미련으로 남을 겁니다. 그러니 이곳에 두고 가세요."

"이게 제가 간절히 원했던 거라고요?"

태영은 손에 쥔 돌을 눈앞으로 가져와 요리조리 살펴보았다. 겉으로는 평범한 돌처럼 보였다.

"검은색은 복수심. 누군가에게 되갚아 주고 싶은 마음이 크면 클수록 더 짙은 색이 나오죠. 태영 씨도 어지간히 속을 태우셨나 보네요. 숯덩어리를 가지고 계신 걸 보면……."

쿵쿵 냄새를 맡아보던 태영은 묘하게 탄내가 난다고 생각했다.

"가져가고 싶으세요?"

"기념으로 가져갈까 했는데 미련이 남는 건 싫어서요. 이거 어디에 두면 되나요? 여기?"

태영은 컵 홀더를 가리켰다. 고개를 저은 재경은 "앞에 열어서 넣어놓으세요"라고 말하며 조수석 글러브 박스를 턱짓으로 가리켰다. 달칵하고 열린 글러브 박스 안에는 이미 다른 돌덩이가 잔뜩 들어 있었다.

"와, 이것들도 전부 염원이에요?"

"태영 씨가 아는 사람 것도 있어요."

"아! 설마 그분들의……"

"네. 녹색은 김인하, 갈색은 지유민, 하얀색은 문이수의 염원이에요. 가족이 화목하길 바라면 염원에 녹색이 많이 섞이죠. 갈색은 우정과 관계된 색인데, 염원의 각이 날카로울수록 누군가에게 인정받고 싶은 마음이 컸다는 의미예요. 하얀색은 체념과 포기, 죽고 싶은 마음입니다. 순백색에 가까울수록 그런 마음이 강했다는 뜻이죠."

"세상에."

신기하고 또 반가워 태영은 안에 든 것을 가만히 바라보았다. 그러다 조심스레 한구석에 자신의 새까만 염원을 놓아두었다.

"재경 씨, 이 염원들은 다 어디로 가나요?"

"돌탑을 쌓는 재료가 될 겁니다."

"이걸로 돌탑을 쌓아요? 왜요?"

태영은 궁금한 표정으로 글러브 박스를 탁 하고 닫았다.

"끝까지 쌓으면 소원을 들어주거든요."

"소원을 들어줘요?"

장난스럽게 눈매를 찡그린 태영은 "제가 마셨던 그 술처럼 가짜는 아니겠죠?"라고 말했다. 하하 웃은 재경은 검지로 운전대를 두어 번 두드렸다.

"진짜예요. 염원으로 쌓은 돌탑은 정말로 소원을 들어줘요."

"아, 아쉽네요. 돌탑에 소원 빌고 갈걸. 염원이 한가득인 걸 보니까 이제 곧일 텐데. 그런데 재경 씨는 무슨 소원 빌 거예요?"

"태영 씨 대답부터 들을래요. 태영 씨야말로 돌탑에 빌 수 있다면 무슨 소원을 빌고 싶어요?"

"소원 1000개 들어줘. 이런 건 안 되겠죠?"

"당연하죠."

"으음, 그렇다면……. 세계 1위 부자로 만들어달라고 할래요."

"그런 속물적인 소원이라니. 뭐, 솔직해서 좋네요."

재경은 킥킥거렸다.

"재경 씨는요? 재경 씨는 무슨 소원 빌 거예요?"

"저요?"

재경은 입꼬리를 올렸다.

"저는요. 제 친구를 다시 살려달라고 할 거예요."

태영은 당황했다. 차 안에 무겁게 정적이 내려앉았다. 그러고 보면 재경은 자기 얘기를 한 번도 하지 않았다. 연말 파티에서 가게 주인들이 자기 사연을 늘어놓을 때마저 이 사람은 끝까지 입을 다물고 있었다.

"미안해요."

"아니에요. 이런 분위기로 만들려고 한 말은 아닌데, 이거 참."

가볍게 웃은 재경은 자기 뒷머리를 흩뜨렸다.

"시간이 꽤 지난 일이라 지금은 아무렇지도 않아요. 도연이는, 아……. 그러니까 제 친구 이름이 도연인데요. 그 친구는 목화마을 에서 살다가 스스로 세상을 저버렸어요. 저는 그 친구를 다시 보려 고 이 마을에 들어왔고요."

"그런 거였군요."

"예. 그러다 얼떨결에 터주가 되었죠. 쓰읍, 참. 내 팔자도 기구하 지."

"목화마을의 터를 다스리는 사람이 터주라고 들었어요. 뭐 하는 사람인진 아직도 잘 모르겠지만. 괜찮으신 거죠, 재경 씨?"

재경은 일부러 대수롭지 않은 척하는 것 같았다. 하나도 아프지 않다고 얘기하면 진짜 하나도 아프지 않은 것처럼. 그러지 않을 게 분명한데도. "음" 하고 생각에 잠긴 재경은 다시금 운전대를 손가 락으로 두드렸다. 그러다 빙그레 웃으며 "태영 씨, 비밀 얘기 할까 요?"라고 말했다.

"비밀 얘기요? 갑자기?"

"그러지 말고요. 자, 들어보세요. 이상하다고 생각한 적 없어요? 위기의 순간에 모든 사람이 목화마을에 살러 올 수 있었다면, 마음 의 상처 때문에 죽는 사람은 아무도 없어야 하잖아요."

크흠, 하고 재경은 목을 풀었다.

"사실은 말이죠. 아주 운이 좋은 몇 사람만 목화마을에서 살 기 회를 얻어요. 그래서 터주는 마을에 오지 못한 사람들을 위해 마을 에서 일어난 일들을 이야기로 엮습니다."

태영은 조마조마한 기분이 들었다. 무언가가 신경에 거슬리고 있었다. 저기 멀리서 밝은 빛이 보였다. 길고 긴 터널의 끝이 다가오고 있었다.

"그렇게 엮인 이야기를 영감이라는 형태로 바깥세상에 전달하면, 음악이나 그림, 소설 같은 것으로 가공되어 위태로운 사람들 앞에 나타나요."

왜 재경은 이제야 태영에게 이런 이야기를 들려주는 걸까. 그러고 보면 항상 재경은 마을로 들어온 손님의 시작과 끝을 함께했다. 태영은 문득 떠올렸다. 이런 얘기를 들은 사람이 과연 저 혼자일까?

"이야기는 사람들을 위로하거든요. 혹은 그 자체로 사람들을 목화마을에 끌어들이기도 하죠. 마을을 잊어버린 사람에게 닿아 향수를 불러일으킬 때도 있어요."

"재경 씨, 그런데요."

고개를 돌린 태영은 불안하게 재경을 바라보았다.

"왜 지금 저한테 이런 얘길 해주시는 거예요?"

"그건……."

재경은 제대로 말을 잇지 못했다. 슬며시 손을 뻗은 태영이 재경의 어깨를 잡았다.

"설마 지금껏 마을을 떠나는 사람에게만 이런 이야기를 할 수 있었던 거예요?"

그 순간, 자동차가 터널을 빠져나왔다. 볕이 밀물처럼 차 안으로 스며들었다. 환하게 밝아진 햇살 아래로 태영의 표정이 선명했다. 안쓰럽고 가엾게 여기는 표정. 그 표정은 천천히 잦아들다가 완전히 사라졌다.

눈이 부셨던 태영은 손차양을 만들었다. 재경은 라디오를 틀었다. 유명한 개그맨이 진행하는 라디오 프로그램이 차 안의 정적을 채웠다. 따스한 햇볕 아래 졸음이 밀려온 태영은 얼마 지나지 않아 고개를 꾸벅꾸벅했다.

깜빡 잠이 들고 얼마나 지났을까.

"도착했습니다."

자동차가 길가에 정차해 있었다. 움찔하며 깨어난 태영은 비몽사몽간에 조수석에서 내렸다. 뒷좌석에서 부랴부랴 짐을 챙기고 운전석에 고개를 숙이며 "감사합니다"라고 말했다. 그리고 주변을 두리번거리며 새롭게 이사한 집의 위치를 가늠했다.

"저기요!"

재경은 조수석 창문을 끝까지 내리고 어리바리 서 있던 태영을 불렀다. "저요? 저 부르신 거예요?" 하고 물은 태영이 가까이 다가왔다. 마치 처음 보는 사람 대하듯 태영은 재경을 서름서름하게 대했다.

"네. 제가 여기 초행길이라 그런데 산양빌딩으로 가려면 어디로 가야 하는지 아세요?"

"어쩌죠. 저도 이 주변 지리를 잘 몰라서요."

"근처에 샛별 유치원 있는 곳인데. 아, 어디로 가야 하지."

"아, 그 유치원은 알 것 같다! 저쪽으로 쭉 가시면 큰 삼거리 나오는데 거기서 편의점 있는 곳으로 꺾으면 금방 보일 거예요."

"감사합니다."

재경은 고개를 꾸벅였다. 뿌듯해진 태영도 미소를 지으며 눈인사했다. 미련 없이 짐 가방을 들고 떠나는 태영의 뒷모습을 재경은 한동안 지켜보았다. 곧 자동차가 출발했다. 왔던 길을 되돌아가던 재경은 한적한 길목에서 신호를 받아 차를 세웠다.

"찾았다."

대로변에서 초록불을 기다리고 있던 사람이 눈에 들어왔다. 재경은 혀 밑의 구슬을 굴리며 운전석의 창문을 내렸다. 길가에 피어 있던 봄꽃 향과 자동차의 매연이 순풍을 타고 들어왔다. 왼손을 말아 엄지손가락 쪽에 입술을 가져다 댄 재경은 건널목에 서 있는 사람을 쳐다보았다.

"이번엔 온봄주택 사람들로 엮은 이야기입니다. 잘 부탁드립니다."

손안에 이야기가 모이자마자 훅 입바람을 불어넣었다. 말아쥔 손이 펼쳐지고, 실바람으로 화한 이야기가 건널목의 그 사람에게로 뛰어들었다. 갑작스러운 오한에 부르르 몸을 떨던 이는 가만히 서 있다 부랴부랴 핸드폰을 꺼내 들었다.

"임무 완료."

그 사람은 초록불로 바뀐 것도 모른 채 열심히 핸드폰에다 아이디어를 적어내렸다. 재경은 신호를 받아 핸들을 꺾었다. 유유히 목화마을로 복귀하는 길. 얼마 가지도 않은 것 같은데 마을로 통하는 터널이 나왔다. 다시금 주황빛이 차 안을 물들였다.

섬광처럼 뇌리를 스치는 질문이 있었다.

"재경 씨. 정말 돌탑을 세워 친구를 되살릴 거예요?"

흠칫한 재경이 조수석을 돌아보았다. 그곳에 태영이 있었다. 어째서지? 재경은 분명 태영을 바깥세상에 내보내고 돌아왔다.

"태영 씨?"

"친구분은 살고 싶지 않아서 죽은 거잖아요. 그런데 재경 씨가 멋대로 되살리면 그 친구의 선택을 배반하는 게 되지 않나요?"

"예?"

"그 친구를 되살려도 다시 죽고 싶어 하지 않겠어요?"

"그게 무슨 소리예요. 왜 말을 그런 식으로 해요."

정면을 주시한 재경은 상황이 이해되지 않았다. 운전대를 잡고 있던 손이 덜덜 떨렸다. 어서 터널을 빠져나가고 싶었다. 액셀을 힘껏 밟았다. 속력이 높아졌는데도 터널의 끝은 좀체 보이지 않았다.

"어차피 재경 씨는 또다시 그 친구 곁을 떠날 거잖아요. 도연이가 죽은 날로부터 시간이 너무 많이 지나버렸어요. 되살아난다 해도 마을을 나간 순간 아무 기억도 나지 않을 우리가 과연 멀쩡히 살아남을 수 있을까?"

"그런 식으로 말하지 마세요! 나도 많이 바뀌었어요. 도연이는 분명 나한테 고마워할 거예요. 내가 걔를 되살리려고 얼마나 고생

했는데!"

"애초에 죽은 사람을 되살리는 게 말이나 되는 이야기니?"

태영의 목소리가 변했다. 재경은 그 목소리를 알았다. 이제는 떠올리려 해도 잘되지 않았던 도연의 목소리였다. 기억 속에 묻혀 서서히 썩어 문드러졌던 음성. 소름이 돋았다.

'그래, 처음부터 이상했어.'

태영은 이런 말을 할 리 없었다. 그 사람은 재경을 끝까지 측은하게 여겼다. 벌써 몇 년도 전의 일이었다. 태영은 오래전에 목화마을을 떠났다. 그럼 지금 옆에 있는 이 사람은…….

위화감을 느끼고 조수석을 다시 돌아본 순간 주변의 풍경이 바뀌었다. 재경의 눈앞에는 거대한 돌탑이 우뚝 서 있었다. 저절로 몸이 움직여 돌탑에 기대 세워진 사다리를 올랐다. 손을 뻗어 마지막 염원을 탑의 꼭대기에 내려놓은 그때, 무섭게 진동하던 돌탑이 와르르 무너졌다. 흙먼지가 자욱하게 날렸다.

"도연아! 도연아, 거기 있어?"

몸 위로 무너져 내린 돌을 치우며 재경은 심하게 기침했다. 앞에서 누군가가 돌무덤을 헤치고 몸을 일으켰다. 도연이었다. 되살아난 도연이 고개를 들고 스르르 눈을 떴다. 재경은 기어서 도연에게 다가가려 했다. 그때 날카로운 비명이 들렸다. 도연의 비명이었다.

"뭐야? 이게 어떻게 된 거야?"

주위를 두리번거리던 도연은 자기 몸을 더듬었다.

"다시 살아난 거야. 내가 널 다시 살려냈어."

"왜 나를 살려냈어?"

얼떨떨한 표정으로 도연이 물었다. 멈칫한 재경은 어떻게 말해야 할지 알 수 없었다. 벌어진 입에서 아무런 대답도 나오지 않았다.

"나는 너한테 살려달라고 한 적 없어. 난 죽고 싶었단 말이야."

"아니야. 도연아, 세상에 죽고 싶은 사람이 어디 있어. 뭔가 문제가 있었던 거잖아. 그렇지? 나한테도 말 못 했던 문제가……."

도연은 강박적으로 고개를 저으며 자기 머리카락을 쥐어뜯었다.

"아니야, 재경아. 아니란 말이야. 싫어. 도대체 왜 나를 살려낸 거야? 제발 다시 죽게 해줘. 삶은 고통뿐이야. 살아간다는 건 너무 버거워. 아무것도 모르면서 도대체 왜 날 살려냈어! 그게 정말 나를 위한 일이었다고 생각해? 널 위한 일이 아니고?"

도연의 말은 날카로운 칼처럼 날아와 재경의 가슴을 저몄다. 원망하는 시선과 마주치자, 재경은 그 자리에 굳어 석상이 되었다.

"나는, 나는 네가 너무 그리웠어. 네가 너무 보고 싶었어."

"네 이기적인 집착 때문에 나는 또다시 생지옥에서 발버둥 쳐야 해."

그다음부터는 고요한 숲속에 도연의 울음만 사무치게 들렸다. 영겁이 지난 것만 같았다. 주변 공기가 재경을 무겁게 짓눌렀다. 숨을 쉬기 힘들었던 재경은 거칠게 헐떡이다 눈을 번쩍 떴다. 이곳은 침대 위. 식은땀 범벅으로 깨어난 재경은 긴장한 채 손가락을 까딱여 보았다.

'꿈이었구나.'

벌써 한 달째 반복되는 악몽이었다. 터주가 된 지 얼마나 지났더라. 까마득한 시간이 흘렀다는 것만 어렴풋하게 기억했다. 바깥세상과 재경이 괴리된 시간도 그만큼이었다. 그런데도 재경은 처음 터주가 되었을 때의 모습 그대로였다.

쿵쿵쿵! 무엇 때문에 악몽에서 깰 수 있었는지 드디어 깨달았다. 누군가가 현관문을 부서질 듯 두드리고 있었다. 문을 열어줄 때까지 멈추지 않겠다는 기백이 느껴졌다. 비틀거리며 침대에서 벗어난 재경이 크게 외쳤다.

"나가요!"

이미 재경은 문 앞에 누가 와 있는지 알고 있었다. 경란, 정현, 담이었다. 목화마을에서 유독 가깝게 지낸 가게 주인 셋. 현관문을 열자, 그들의 창백한 낯빛이 보였다. 성큼 다가와 현관에 발을 걸친 경란이 말했다.

"터주 노인께서 오늘 밤을 넘기시지 못할 것 같아. 재경아, 이제는 결정해야 해. 염원도 전부 모았다며. 다른 사람한테 터주 자리를 넘기고 친구랑 같이 이 마을을 나가야지. 응?"

멍하니 선 재경은 한뉘산에서 꺼져가는 두꺼비 노인의 기운을 감지했다. 이대로 노인이 숨을 거두면, 자신은 목화마을에 붙들려 평생 터주로 살아야 했다. 그러니 지금이라도 도연을 되살려야 했다. 그래야 인간으로 도연과 함께 이 마을을 나설 수 있었다. 하지만⋯⋯.

"뭘 고민하는 건가요, 재경 씨."

경란의 뒤에서 굳은 표정을 짓고 있던 정현이 재경과 눈을 맞췄다. 어느새 하얗게 머리가 센 정현은 부쩍 나이가 들어 있었다. 세월의 흐름을 피하지 못하는 평범한 인간이었으니 당연한 일이었다.

"혼자서 고민하지 말아요. 괴로운 일이 있으면 저희와 나눕시다. 이대로 떠밀리듯 이 땅에 붙잡히는 건 좋지 못해요. 늦지 않게 선택하셔야 합니다."

정현의 간절한 호소에 재경은 간신히 입을 뗐다.

"제가 살려낸 걸 도연이가 원망하면 어떡하죠."

한 발짝 뒤로 물러난 재경은 벽에 등을 바짝 붙였다. 악몽의 잔상이 아직도 선명하게 남아 있었다. 실제로 겪은 일처럼 생생했다.

"너무 많은 시간이 지났잖아요. 저는 이미 도연이가 알던 그 사람이 아니에요. 도연이가 또다시 힘들어하면 그때는 뭘 어떻게 해야 할지……."

"그래서 이렇게 가만히 있겠다고? 시간이 모든 걸 결정해 줄 때까지?"

경란이 쏘아붙였다. 고개를 숙인 재경은 한 손으로 얼굴을 감싸고 괴로워하는 신음을 냈다.

"우리야 이대로 네가 터주가 되어서 영원히 이곳을 지켜주면 좋지. 네가 오고 나서 많은 게 바뀌었고, 우리는 그게 정말 마음에 들었어. 하지만 너는? 너는 이대로 정말 괜찮겠어?"

"목화마을에서 터주 노릇을 하면서 배운 게 있다면, 어떤 일은 순리대로 둬야 한다는 거예요. 도연이를 포기하는 게 순리고, 이대

309

로 잊어가는 게 정답이라면 어떡하죠?"

"어휴!"

맨 뒤에서 가만히 듣고 있던 담이 사람들을 밀치고 현관으로 들어왔다. 신발도 벗지 않고 그대로 집 안까지 들어온 담은 오랫동안 굳게 닫혀 있던 방문을 열어젖혔다.

"그렇게 말한 사람이 이런 방을 만들어요?"

그곳은 도연의 방이었다. 시간이 너무 흘러 이제는 도연의 냄새가 나지 않는 방. 그러나 여전히 도연의 흔적이 살아 숨 쉬는 방.

"그냥 가주세요. 마음을 추스르고 건강해져서 돌아올게요. 그다음에 이야기해요. 지금은, 너무……. 너무 힘들어서……."

현관 벽에 등을 기댄 재경은 그대로 미끄러져 내렸다.

"그래, 아무것도 선택하지 않는 것도 선택이지."

쯧, 하고 혀를 찬 경란이 담에게 돌아오라고 손짓했다. 방문을 닫은 담은 뾰로통하게 입술을 내밀며 현관으로 돌아왔다.

"근데 재경아. 이거 한마디는 하자. 예전에 기억나? 손님을 두고 도망치려던 나한테 네가 그랬잖아. 정말 할 수 있는 게 단 한 가지도 없겠냐고."

바로 앞까지 간 경란이 쪼그려 앉아 재경과 눈높이를 맞췄다. 두 손에 얼굴을 묻은 재경은 가늘게 떨리는 숨만 겨우 쉬었다. 웅크린 양어깨에 손을 올린 경란이 말했다.

"이번엔 내가 물을게. 정말 할 수 있는 게 단 하나도 없겠어?"

재경은 아무 대답도 하지 않았다. 뒤따라 들어온 정현이 부드러운 음성으로 말했다.

"재경 씨, 언젠가 제게 가게 주인으로서의 비법을 물으셨죠. 저는 친절과 경청, 그리고 약간의 계략이라고 답했어요. 계략이라 하면, 때를 놓치지 않는 거예요. 어떤 선택을 해도 우리는 재경 씨를 존중하겠지만, 지금의 때를 놓치게 두고 싶진 않네요."

정현은 재경의 뒤로 접근해 강제로 몸을 끌어올렸다. 덕분에 재경은 정현에게 와락 안겨 억지로 일어설 수밖에 없었다.

"같은 인간으로서 조언하겠습니다. 기회는 매 순간 오지 않아요. 그러니 재경 씨, 기회가 왔을 때 잡아요. 후회 없도록."

고개를 저으며 정현에게서 몸을 떨어뜨리려는 재경을 반대쪽에서 담이 가로막았다. 담은 재경과 정현을 한꺼번에 덥석 끌어안으며 말했다.

"내가 큰 실수를 했을 때 재경이 와서 그랬어요. 스스로 벌인 일은 스스로 책임지라고. 거기서부터가 진짜 시작이라고. 그런데 이게 무슨 꼴이에요, 재경! 담대한 결정을 내리기가 버겁다면 내가 용기 주스를 만들어 올게요. 이렇게 도망치는 건 재경답지 않아요. 솔직해지라고요!"

슬며시 일어난 경란도 합류해 한꺼번에 모두를 감싸안았다. 좁은 현관에 넷이 가만히 안고 있자, 밝게 켜졌던 센서 등도 시간이 지나 꺼져버렸다. 어둠이 잠식한 현관에서 사람들 품에 갇힌 재경은 눈앞을 가린 제 손가락 틈으로 맞은편 창문을 보았다.

"잠이 오지 않을 때면 한참 동안 저 풍경을 들여다보게 돼."

들렸다. 도연의 목소리가. 바로 곁에서 말하는 것처럼 생생하게. 창밖으로는 반짝거리는 도시 야경이 은하수처럼 흐르고 있었다. 저도 모르게 눈시울이 붉어졌다. 주르륵 쏟아진 눈물이 뺨을 적셨다.

"도연이가 보고 싶어요."

견디지 못하고 진짜 마음이 새어 나왔다.

"내 이기적인 욕심일지도 몰라요. 그 애의 마지막 선택을 존중하지 않고, 그냥 그 애를 다시 보고 싶은 내 마음 때문에 되살리는 걸지도 몰라요. 그래도……."

그런 마음이라도 괜찮지 않을까. 이제 와 너를 위한다는 명분으로 네 죽음을 받아들이는 것도 이상하잖아. 그야 난 네가 왜 죽었는지 아직도 모르겠거든. 아무리 널 이해해 보려 해도 영원히 정답을 알 수 없는 질문을 던지는 것과 같았거든.

이 모든 일의 시작은 너에 대한 몰이해에서 비롯되었다. 당연하지. 나 자신도 다 알지 못하는 세상에서 남을 이해해 보려는 시도는 오만이잖아. 그러면 계속 널 이해하지 못한 채로 남아서, 네 죽음을 그저 받아들이고, 체념하고, 애도하는 일만이 내가 할 수 있는 전부일까.

'아니야, 도연아. 그렇지 않아. 나한테 다시 한번 기회가 주어진다면.'

"널 만나서 직접 네게 들어야 할 얘기가 있어. 날 원망해도 괜찮아. 왜 살려냈냐고 마구 화를 내고 따져도 상관없어. 그냥 나는……."

312

재경은 크게 소리 내 엉엉 울었다.

"네 얘길 들어주고 싶었던 거야."

네가 아니면 대답해 주지 못할 질문들이 너무 많거든.

돌탑이 있는 한뉘산의 숲속까지는 금방이었다. 경란, 정현, 담도 재경의 뒤를 따랐다. 돌탑 앞에는 무더기로 쌓아놓은 색색깔의 염원이 있었다. 그리고 두꺼비. 산짐승들에게 둘러싸여 숨을 할딱이고 있는 두꺼비도 있었다.

"죄송해요. 제가 너무 늦었죠."

재경은 두꺼비 앞에 무릎을 꿇고 고개를 숙였다. 와준 것만으로 다행이라는 듯 두꺼비는 게슴츠레하게 뜬 눈으로 돌탑에 기대어 놓은 사다리를 쳐다봤다. 천천히 일어난 재경은 염원 몇 개를 손에 들고 사다리를 올랐다.

달그락. 달그락. 재경은 들고 올라온 염원을 돌탑 위에 쌓기 시작했다. 따라온 가게 주인과 산짐승들이 사다리에 오른 재경에게 염원을 날라주었다. 하나씩 차분하게 쌓으며 재경은 떠나간 마을 사람들의 면면을 추억했다. 하나의 염원에 담긴 사연들이 뇌리를 스칠 때마다 가슴이 먹먹해졌다.

'이건……'

어느새 마지막 염원만을 남겨두고 있었다. 재경은 손에 든 새까만 돌덩어리를 물끄러미 바라보았다. 그리고 조심스럽게 가장 꼭대기에 그것을 내려놓았다.

'늦지 않았구나, 재경아.'

돌탑이 완성되는 걸 지켜보던 두꺼비는 입꼬리를 길게 늘여 웃었다.

0.

안녕,
목화마을

아주 오랜 꿈에서 깨어난 기분이었다.

텅 빈 혀 밑의 감각이 어색했다. 보배 구슬이 사라져 있었다.

사람 전 내가 풍기는 후미진 골목. 도심의 소음, 취객들의 고성 방가가 시끄럽게 들렸다. 재경은 주위를 둘러보았다. 눈에 익은 장소였다. 골목을 따라 고깃집, 술집이 잔뜩 늘어서 있었다.

"벨 소리."

시끄러운 벨 소리가 자꾸 들렸다. 누가 이렇게 전화를 안 받는 걸까. 무심코 아래를 내려다보니 손에 쥔 구식 핸드폰에서 시끄러운 벨 소리가 흘러나오고 있었다. 누가 건 전화인지 확인도 하지 않고 귀에 가져다 댔다.

"여보세요?"

"너 왜 이렇게 전화를 안 받아!"

재경은 왈칵 울음이 터져 나올 것 같아 황급히 입을 가로막았다. 이 목소리를 다시 듣길 얼마나 바라왔는지 아무도 모를 것이다.

"제발, 재경아. 너 잘 지내야 해. 알겠지? 너한테 무슨 일이라도 생기면 나 진짜 못 버틸 것 같아."

"도연아, 지금 내가 그쪽으로 갈까?"

갑작스러웠는지 핸드폰 너머가 조용해졌다. 도연은 가쁘게 숨을 쉬고 있었다. 울고 있는 것 같았다. 잠시 아무 말 없던 도연은 간신히 "응"이라는 대답을 쥐어짜 냈다.

"기다리고 있어. 금방 갈게."

"응."

재경은 전화를 끊었다. 뒤에서 회사 대표가 재경을 부르는 소리가 들렸다. 성큼성큼 회식 자리로 걸어 들어가 대표의 앞에 섰다. 그리고 90도로 허리를 숙이며 말했다.

"오늘부로 퇴사하겠습니다. 그동안 감사했습니다."

허울뿐인 공치사를 늘어놓으려던 대표의 얼굴이 굳고, 재경은 즉시 회식 자리를 떠났다. 큰 도로로 나가자마자 택시가 잡혔다. 목화마을로 가달라고 말한 뒤 쿵쾅거리는 가슴에 손을 얹었다.

잠시 후 차 앞 유리에 벽처럼 솟은 한뉘산이 나타났다. 검은 하늘 아래로 겹겹이 쌓인 능선은 거대한 범의 허리처럼 보였다. 속력을 높인 택시는 순식간에 산 아래의 작은 터널로 진입했다. 터널 입구에 세워진 비석이 전조등을 받아 빛났다.

〈말빛터널〉

터널 조명이 차 안을 물들이고, 심장은 더욱 빠르게 뛰었다. 앞도 뒤도 끝없이 터널로 이어진 듯한 공간. 몇 번이나 오갔던 길고 긴 산의 혈관을 따라 달린 끝에 목화마을이 펼쳐졌다.

한밤중인 목화마을은 어두웠다.

남보랏빛 하늘 아래, 마을을 감싼 한뉘산은 검은 그림자로만 보였다. 건물에 켜진 불빛과 도시 야경, 밤하늘에 산재한 별빛이 찬란했다. 저 별 중에는 도연이 켜놓은 별도 있을 것이다.

택시에서 내렸을 땐 은하수에 몸을 던진 기분이었다.

눈에 익은 가게들을 뒤로하며 상점가를 빠져나온 재경은 세 갈래 길에 들어섰다. 시원한 강바람이 머리칼을 사정없이 흩뜨렸다. 숨이 차 헉헉거리며 재경은 남은 계단을 짓밟았다. 저기, 온봄주택이 있었다. 눈을 질끈 감고 골목을 힘껏 달렸다.

마침내 도착한 302호 문 앞에서 재경은 노크하려던 손을 멈칫했다. 덜컥 가슴이 조여 크게 심호흡했다. 바람으로 엉망이 된 머리칼을 정리하고 흐트러진 옷매무새도 매만졌다. 그다음 노크했다. 쿵쿵.

문은 천천히 열렸다. 그래서 문 건너편에 있는 사람보다 문틈으로 새어 나오는 냄새를 더 빨리 알아차렸다. 집 안에서 냄새가 났다. 도연의 냄새. 도연이 꾸린 삶에서 풍기는 냄새. 점점 희미해져 기억 속에서도 맡을 수 없었던 그 냄새였다.

활짝 열린 문 너머에 그 애가 서 있었다. 벅차오른 심정이 눈물이 되어 눈가에 맺혔다. 이 순간, 그리웠던 사람의 이름이 머릿속을 가득 채웠다. 견딜 수가 없어 그 이름을 크게 외쳤다.

"도연아!"

그대로 힘껏, 재경은 도연에게로 뛰어들었다.

작가의 말

제 이름으로 장편소설이 나오게 되다니 감회가 새롭습니다. 어
린 시절부터 저는 현실적인 이야기를 잘 쓰지 못하는 아이였습니
다. 장르 불문 온갖 콘텐츠를 즐기면서도 감성, 휴머니즘, 힐링 장
르는 도무지 첫 장면에서 나아가질 못했죠. 그래서 이 책은 제게
큰 도전이자 모험이었습니다.

저희 어머니께서는 현실적인 이야기만을 사랑하십니다. 현실에
서 벌어지지 않는 일이라면 안중에 두지 않으셨죠. 어린 시절 애니
메이션 영화를 보러 가면 어머니께선 항상 졸음과 싸우셔야 했습
니다. (심지어 이 책이 애니메이션으로 나온다 해도 얼마 버티지 못하
고 주무실 것 같습니다.)

그런 어머니께서는 어렸을 적부터 제게 이렇게 말씀하셨습니

다. 무엇을 전달하고 싶은지가 글쓰기에서 가장 중요하다고. 하도 어머니와 반대되는 의견을 내놓고 살아온 자식인지라, 당신께서는 제가 당신 말씀을 귓등으로도 안 듣는 줄 아시겠지만. 어머니, 제 작품 세계에 어머니는 항상 지대한 영향을 미치고 계십니다. 부디 자랑스러우시길…….

아무튼 작가의 말을 쓰겠다고 정했을 때부터 저는 이 이야기를 하고 싶었습니다. 이 책을 쓰겠다고 마음먹었을 때, 저는 제가 무엇을 전달하고 싶은지를 가장 먼저 고민했습니다. 저는 왜 감성, 휴머니즘, 힐링 장르의 소설을 쓰고 싶었을까요? 그 질문의 해답을 구하기 위해 저는 가장 먼저 온갖 힐링 서적을 탐독하고, 영화와 드라마를 가리지 않고 찾아보며 눈물을 쏟았습니다. 세상에는 정말 좋은 이야기들이 많더군요. 여러 작품을 거치며 저는 저만이 할 수 있는 이야기가 무엇일지 스스로에게 여러 번 물었습니다. 그리고 이 책은 그 질문의 답을 이야기로 풀어놓은 결과물입니다.

저는 많은 사람이, 실상 모든 사람이 저마다의 상처를 안고 절체절명의 위기를 아슬아슬하게 넘기며 살아왔다고 생각합니다. 저역시 제 나름대로의 역사를 쓰며 개인적인 아픔을 보듬으면서 살고 있습니다. 과거, 절체절명의 순간에 운이 좋게도 저는 많은 귀인의 도움을 받았습니다. 그렇게 도움을 건네는 일이 쉽지 않다는 것을 분명히 알기에 항상 그분들께 감사했고, 또 은혜를 갚고 싶었습니다.

제 인생에 짙은 족적을 남긴 귀인들은 자연스럽게 저마다의 삶으로 흩어졌습니다. 만남의 개수만큼 이별이 있습니다. 그런데 우리는 이별에 관해 이야기하기를 꺼립니다. 사람 간의 문제를 이별로 해결하는 것은 어딘가 껄끄럽고 비겁하고 불편하고 두렵기까지 합니다. 하지만 저는 지금까지 절 도와주셨던 분들 대다수와 잘 헤어졌기에 지금의 삶이 있다는 걸 압니다.

이 책은 원래 『당신이 잊어버린 마을』이라는 제목으로 나올 뻔했습니다. 원제에서 보이듯이, 이 작품은 좋은 이별로 인생의 다음 단계를 맞이하는 내용입니다. 그리고 어쩌면 우리는 모두 그런 식으로 마음의 상처를 극복했을지 모릅니다. 열심히 사느라 잠시 기억의 한구석에 밀어두었지만요. 잊어버려도 괜찮습니다. 그게 보통의 삶이니까.

소설을 구상하던 단계에서 저는 이 글이 제 자전적인 이야기가 될 거라고 생각했습니다. 어디서 본 것을 흉내 내기보다 실제로 겪었던 경험을 이야기로 잘 빚어내는 편이 스스로에게 떳떳할 것 같았거든요. 그래서 이 책은 저라는 사람이 꽤 많이 함유되어 있습니다. 가족, 친구, 진로 고민, 금전적 어려움, 주변인의 죽음, 각박한 세상에서 타인의 상처에 어떻게 반응하면 좋을지에 관한 고민 등등……. 저는 여전히 가장 개인적인 이야기로 가장 보편적인 이야기를 할 수 있다고 믿습니다.

여담으로 몇 가지 집필 후기를 적어보려 합니다. 실은 글감을 선택하는 단계에서 우선순위에 밀려 보관 중인 이야기가 몇 있습니다. 그 흔적이 본문에도 남아 있는데요. 고지능 AI 피피와 202호의

정이내 씨가 그 흔적입니다. 언젠가 기회가 된다면 목화마을의 다른 가게 주인과 손님도 소개할 수 있지 않을까요? 재경이 떠난 목화마을에 누가 터주 자리를 차지했는지도 언젠가 밝힐 수 있겠죠.

마을 이름을 '목화마을'이라 지은 이유는 별것 없습니다. 제가 목화길에 살고 있거든요. 좋아하는 창작물에서 특정 지명을 사용하는 게 정말 부럽더라고요. 저 역시 제가 살고 있는 곳을 사랑하는 사람으로서 한 번쯤 드러내고 싶었습니다. 그런데 어쩐지 다들 목화마을에 목화꽃이 잔뜩 피어 있을 거로 생각해 주시더군요. 신기했습니다. 이거야 말로 텍스트 기반 콘텐츠의 장점 아닐까요. 독자 개개인의 상상력이 이야기의 틈을 놀랍도록 정교하게 채워 더욱 풍성하게 경험할 수 있도록 하니까요. 그런 의미에서 한 가지 독서법을 전파하려고 합니다.

먼저, 밝힙니다. 이 글에 나오는 모든 등장인물은 성별이 불분명합니다. 가능하면 성별을 지칭할 수 있는 대명사를 생략했습니다. 실제로 주요 인물의 성별을 따로 정하지 않았습니다. 그러니 읽으면서 상상하셨던 성별이 있다면, 그 인물의 성별은 여러분이 상상하신 게 정답입니다.

그래서 제가 제안하는 독서법이 무엇인가 하면, 책에 등장하는 인물의 성별을 제멋대로 바꿔 읽기입니다. 그러면 같은 장면도 전혀 다른 느낌으로 다가오고, 미처 알지 못했던 부분을 알아챌 때도 있거든요. 무엇보다 한 번 읽었던 이야기를 상당히 새로운 관점으로 읽을 수 있어요. 이 방법으로 부디 즐거운 독서가 되시길 바랍니다.

마지막으로 고마운 분들에게 감사 인사를 전하려 합니다. 항상 다른 분들이 쓴 작가의 말에 왜 그렇게 감사한 사람이 많은지 의아했는데, 직접 책을 내보니 알겠더군요. 책 하나 만드는 과정에서 정말 많은 분들이 도움을 주셨습니다. 지난한 글쓰기 과정에서 한 분이라도 없었다면, 이 책은 말 그대로 세상에 나오지 못했을 겁니다.

편의를 위해 카테고리를 달겠습니다.

가족: 영원히 글만 쓰며 살고 싶다고 고집부리는 자식을 인내심 있게 견디며 격려와 응원을 아끼지 않은 우리 가족. 여러분은 제 뮤즈이자 반면교사이자 초자아이자 피는 물보다 진하다의 피를 맡고 계세요. 특히 동생아. 항상 눈물 나게 고맙고, 넌 내가 무너질 때마다 듬직하게 버팀목이 되어주었어. 앞으로도 이 험난한 세상 함께 잘 헤쳐 나가자.

파트너: 영원한 나의 동반자, 당신 없었으면 나도 없었어. 영원히 나랑 놀고 평생 나랑 함께해. 내 창작의 근원이자 나의 30퍼센트를 구성하고 있는 고마운 P님. 부디 적게 일하고 많이 벌어 저를 먹여 살려주시거나, 제가 적게 일하고 많이 벌어 당신을 먹여 살려드리겠습니다. 올 한 해도 잘 부탁합니다.

유사 가족: YY유니버스 식구들과 버스정거장 여러분. 항상 제 어설픈 글마저 꼼꼼히 읽어주시고 멋진 코멘트와 함께 현명한 혜안을 보여주어 감사합니다. 누군가를 선택해 가족으로 삼을 수 있다면, 그건 여러분이겠죠. 아파트라도 세워 여러분 전부 입주시키

고 싶네요. 제가 포기하고 싶을 때마다, 바닥난 창작욕에 울먹일 때마다 일으켜 주셔서 항상 감사합니다.

편집팀: 이 책이 이렇게 세련된 표지와 수려한 문장으로 나올 수 있는 건 여러분의 공이 큽니다. 정말 많은 노력을 기울여 주신 다산북스 편집팀과 이한민 편집자님께 진심으로 감사하다는 말씀을 전합니다. 그리고 이 이야기의 도화선에 불을 놓아준 한나래 편집자님께도 역시 감사를 전합니다.

당신: 고마운 분에 당신을 빠뜨릴 순 없겠죠. 이 글을 끝까지 읽어준, 저와 함께 목화마을의 비밀을 공유한 당신. 이 이야기가 당신께 즐거운 경험이 되었기를 바랍니다. 감사하고, 사랑합니다. 이 말은 수없이 해도 부족한 것 같습니다.

그럼 이만 저는 다음 작품을 준비하러 떠나겠습니다. 부디 우리가 다음에 또다시 만날 수 있기를. 본디소를 잊지 말아주세요.

안녕, 목화마을

초판 1쇄 인쇄 2025년 4월 14일
초판 1쇄 발행 2025년 4월 22일

지은이 본디소
펴낸이 김선식

부사장 김은영
콘텐츠사업2본부장 박현미
책임편집 이한민 **책임마케터** 권오권
콘텐츠사업6팀장 임경섭 **콘텐츠사업6팀** 정지혜, 곽수빈, 조용우, 이한민, 이현진
마케팅1팀 박태준, 권오권, 오서영, 문서희
미디어홍보본부장 정명찬 **브랜드홍보팀** 오수미, 서가을, 김은지, 이소영, 박장미, 박주현
채널홍보팀 김민정, 정세림, 고나연, 변승주, 홍수경
영상홍보팀 이수인, 염아라, 김혜원, 이지연
편집관리팀 조세현, 김호주, 백설희 **저작권팀** 성민경, 이슬, 윤제희
재무관리팀 하미선, 임혜정, 이슬기, 김주영, 오지수
인사총무팀 강미숙, 이정환, 김혜진, 황종원
제작관리팀 이소현, 김소영, 김진경, 이지우, 황인우
물류관리팀 김형기, 김선진, 주정훈, 양문현, 채원석, 박재연, 이준희, 이민운
외부스태프 디자인 검정글씨 민희라

펴낸곳 다산북스 **출판등록** 2005년 12월 23일 제313-2005-00277호
주소 경기도 파주시 회동길 490
전화 02-704-1724 **팩스** 02-703-2219
이메일 dasanbooks@dasanbooks.com
홈페이지 www.dasan.group **블로그** blog.naver.com/dasan_books
용지 스마일몬스터 **인쇄 및 제본** 한영문화사 **코팅 및 후가공** 평창피앤지

ISBN 979-11-306-6614-3 (03810)